记事百文

刘大为　著

中国海洋大学出版社

·青岛·

图书在版编目（CIP）数据

记事百文 / 刘大为著. -- 青岛：中国海洋大学出版社，2023.7

ISBN 978-7-5670-3538-6

I. ①记… II. ①刘… III. ①作随笔－作品集－中国当代 IV. ① 1267.1

中国版本图书馆CIP数据核字（2023）第109627号

出版发行	中国海洋大学出版社
社　　址	青岛市香港东路23号　　　**邮政编码**　266071
出 版 人	刘文菁
网　　址	http://pub.ouc.edu.cn
电子信箱	184385208@qq.com
订购电话	0532-82032573（传真）
责任编辑	付绍瑜　　　　　　　　**电　　话**　0532-85902533
印　　制	青岛国彩印刷股份有限公司
版　　次	2023年7月第1版
印　　次	2023年7月第1次印刷
成品尺寸	165 mm × 233 mm
印　　张	15.75
字　　数	205 千
印　　数	1～4 000
定　　价	58.00元

自 序
PREFACE

本人真名刘大为，一九四八年生于青岛，祖籍山东莱阳，笔名东林格，取自家乡村名，在青岛受教育、工作、生活至今，为青岛市作家协会会员。

一九七八年发表首篇小说习作，后以杂文为主见于报刊。在工作中明显感觉到文字功底事半功倍的作用，虽发表文章有限，但仍有不断提高文字水平的自我要求，从未敢懈怠，也因此受益匪浅。

本人对学生时代的许多经历记忆犹新。改革大潮中，受命在企业、机关、事业单位诸多岗位工作过，亲历的许多事件印象深刻。家庭生活和社会交往中一些难以忘却的人和事也时常浮现在脑海。用百余篇短文记录下自己确有感触的经历早已成为夙愿。

本书百余篇文章均以本人亲历亲闻事件为基础撰写，文字极少修饰，写的是自己最熟悉的生活，即使拙些，也会令人产生些许共鸣。

愿将本书献给所有在生活道路上陪伴过自己的人！

书中人名均为化名，特此说明。

目 录
CONTENTS

幼稚篇

亲情篇

传承篇

友谊篇

感悟篇

人物素描篇

旧事拾遗篇

职业篇

幼稚篇

小书的故事

我坐在贮水山路 19 号院门的石阶上，透过暮色望着远处的弯路，等待在十中教学下班回家的父亲提着办公包在那段围山弯路出现。我焦躁等待的其实是父亲放在办公包里的小书（多年后才称"小人书"）。父亲学校图书馆里的小书几乎被我看遍了，每次父亲去借十几本，我很快看完，又催父亲去借；然后每次不等父亲走进家门，就迫不及待地从父亲包里掏出一摞新借的小书，父亲便会操着浓厚的莱阳家乡腔说一声："这孩子！"

看小书近乎疯狂的不止我一个。一有时间和几分钱，我们几个同龄的小学生就相约去各处的小书摊看书，一分钱两本，厚点的一分一本，甚至两分钱一本。摊主老头不允许交换着看，还会把厚的小书拆成两三本，贴上牛皮纸封面，再用毛笔写上书名和（一）（二）（三），就多赚了钱。摊主总是临时加价，且不肯通融。而我们没有几个钱，便常为难。有一次在胶东路与无棣二路路口一个有木棚的小书摊，我们几个小孩偷偷换着看书，被摊主发现训斥，吓得我们再不敢到这个书摊了。

我家对门有一个父亲在晶华玻璃厂作工程师的吴姓同学，他有许多家里给买的小书，我经常去他家里看，我们还一起把他家的几十本小书用包袱卷了，拿到大庙山人流多的路旁摆起了小书摊，竟然也有不少小学生顾客。吴同学虽然家庭富裕，但拿着自己挣来的几分钱，脸上也出现了异样的光彩。

后来看小书不过瘾了，要看长篇小说，那时就叫大书。有的小书摊也摆着新老年代的小说，但租回家看，论天计费，挺贵，因而只好还让父亲从学校图书馆借。教语文的父亲似乎并不怕我看长篇小说耽误学习，因而我有机会看了不少的中外长篇小说，量最大的是苏联小说。从列夫·托尔斯泰、阿列克谢·托尔斯泰，到契诃夫、爱伦堡、高尔基、肖洛霍夫、奥斯托洛夫斯基。当时我非常惊奇，这些苏联作家的小说为什么写得都那么美，总会让人抛开一切去阅读。

有了大书，小书就淡出了，我也渐渐地喜爱上了文学。

一九六八年，我在造纸厂就业，跟老汽车司机刘师傅当学徒。一个偶然的机会，遇见刘师傅与那曾经"欺负"我们的小书摊主在一起，刘师傅细声细语地与他说着话。后来才知道，刘师傅自幼丧父随母改嫁，那摊主是他的继父。继父在旧社会就靠赁小书这样的小生意养活一家人，还能把刘师傅送进汽车行学徒。知道了这些，那摊主原先凶悍的模样在我脑海中就变成了一副饱经沧桑、令人怜悯的面孔。

疯狂的影迷

一九五二年，我家从锦州 11 号搬至贮水山路 19 号。因为是在最靠山顶的街道，站在马路上抬头可见到山顶仰向天空的高射炮筒，晚上时常会看到交叉的探照灯光柱在夜空中摆晃，有一天晚上还惊人地炮响连天，市区几个山头高射炮齐鸣，天空中红、蓝色的弹光照亮了天空。

街上四五个院驻满部队，每到星期六，部队就在近街的山坡上放电影。幕布挂在 14 号院二楼的西墙上，解放军战士列队进场坐在中间，老百姓围在周边，我们这些孩子就兴奋地呼喊着找"好地方"，直到开演才肯静下来。

当时放的基本都是反映苏联卫国战争的影片，记忆最深刻的是《马特洛索夫》，因为有一小书将黄继光称为"中国的马特洛索夫"。

每星期六下午，孩子们都盼望着部队的放映队到来，一看到放映队的车停下，我们就迫不及待地跑上去七嘴八舌地问："解放军叔叔，放什么电影？演不演打仗？演几集？"

看打仗的电影是当时所有男孩子的最爱。偶遇贮水山路和黄台路的驻军同时放露天电影，我们这帮孩子就急坏了，于是两边跑着看，一面跑一面急匆匆地互相询问着那面演什么、好不好、打不打仗。

从高处的贮水山路到低处黄台路驻军放电影的正廉祠大院有三人深的大墙相隔，我们图近都是从贮水山路19号旁的墙翻过去。有一次，下面有身着醒目的水兵服的战士在"捉"越墙而过的小孩，我一急，裤子被墙头上的防爬玻璃碴划开一条一尺长的大口子。

驻军的露天电影放了好多年。随着山顶高射炮部队的撤离，街上几个驻军院现役军人逐步减少，部队放电影的次数也越来越少了，以致星期六的傍晚有小孩问别人今天演不演电影，答者会说："演《红（哄）孩子》！"

三年困难时期时，饿着肚子看电影是我很重要的生活内容。那时进口电影倒是挺多，苏联的不说，欧洲各国、埃及、阿根廷、印度、日本的都有。我一开始约要好的同学跑电影院学生场，有些电影约不到人，我便一个人去看。南到海边的金星、金城，北到东镇的大光明、慈光，还有市内的中国、福禄寿（后称红星）、青岛、友协、胜利等影院无不留下我重叠的足迹。

在文化生活贫乏的时代，几乎每个人都喜欢看电影，并把它作为极高的享受。真遇到感人的电影，人们简直会忘乎所以。记得二十世纪六十年代初，我逃课在工人文化宫看下午场的《冰山上的来客》，响起主题歌《花儿为什么这样红》时，全场观众都放开嗓子随唱。我看见旁边两个女同学竟然闭着眼睛，摆头晃脑地唱，陶醉得不得了。那次离文化宫很近的青岛九中有不少学生为看这场电影没去上课，气得好几位班主任跑到剧场里"抓"学生，几十年后，这仍然是我们同学聚会的笑谈。

三看《流浪者》

一九五六年夏天，在青岛医学院上学的堂姐带上小学二年级的我去栈桥旁的金星电影院看《流浪者》。那小小的电影院塞满了人，有坐着的，有买了站票挤在两侧和后面通道上的，还有蹲或坐在中间通道地面上的。我从没见过这种看电影的场面。天热得很，几个吊扇不停地转着，我却感觉不着一点儿风。电影还没开演，周围的几个大人已满脸是汗，堂姐也用一小手帕擦着脸颊。这电影一定很好看，我想。

电影一开演，人们一下子静了下来。那拉兹和丽达在梦幻中牵手同游令人向往，那《流浪者之歌》《丽达之歌》动人心扉，那法庭上丽达抨击出身论慷慨激昂——人们都死死地盯着银幕，早已忘记了炎热。

这电影影响之广非同一般，仅是经常听到身边大人小孩哼唱几个插曲即略见一斑。有的顽皮孩子会边走边怪腔怪调地唱道："我到处流浪，满街逛荡，啊……"

一九六二年，众业萧条，电影院却很忙活，每家电影院门前都有不少人在看电影海报，售票窗口总是有人排队买票。《流浪者》再一次上映。当时像我这样的初中生喜欢看这电影的不少，其中女孩也很多。记得我是在市场三路的友协电影院看的。拉兹唱《流浪者之歌》时，旁边座席上有男孩低声随唱；《丽达之歌》响起时，有女孩在细声随唱。席间的大人笑着看一眼这些激动的孩子，丝毫没有嫌他们的意思，好像孩子们也在替他们唱着。

改革开放后的一九八〇年，许多电影再一次上映，电影院空前热闹。《流浪者》再次放映，而且是多家影院串片二十四小时不停地上演。我和爱人弄到的是广州路二七剧场凌晨四点的票。那天还下着雨，我们穿着衣服在床上迷糊了一阵子，怕睡过了头，一会儿看表，一会儿看窗外的雨大小。我们冒雨奔到剧场时，上一场还没散场，剧场门前已挤满打着伞和穿着红绿色塑料雨衣的观众。这些半夜来看电影的人大都是中老年人，大家都很有耐心地等待着，旁边有人在低声地议论着这电影的过往。

剧场大门陡然打开，散场的人们涌了出来，门前顿时喧闹起来。走出来的人们都在议论着刚看过的电影，声音或大或小，有的还双手比划着，一脸兴奋。似乎没有清场的时间，最后出剧场门的几个人还没走下门前石梯，已开始检票，我们随着密集的人流奔向检票口。

似乎没有人觉察这是在深更半夜。

感谢大海

夏天的第一海水浴场简直就是我们这些好游泳的青岛人的天堂。从二十世纪五十年代初康乐幼儿园的老师用一辆木壳的美国旅行车把我们几十个孩子拉到第一海水浴场玩水开始，我就对那里有了清楚的记忆。

我是小学二三年级春夏之交在栈桥学会的游泳。同去的几个发孩子都会蛙泳或"小狗爬"，一到回澜阁北面的桥下小码头就跳下了水。而我虽在第一海水浴场学过蛙泳，却从未下过深水。一个人站在桥下深入水中的花岗岩石阶上，大半截身子浸在冷冷的海水中，上方铁栏杆旁站满好奇观望的游人，我又激动又胆怯。已在水中兴奋不已游着的同学对我高喊着："快下来，你不是早会游了吗？"

我试探着蹲下身子，把全身浸在水中，收起双腿，紧张地 面臂划腿蹬，一面稍微离开石阶，没想到身子竟然没有下沉，我便试着在离小码头两三米远的地方游了几圈，竟能呼吸自如，我一下子就放心大胆了，又游了几圈，就离同学们不远了，虽然上来的时候感觉挺累，气喘吁吁，但很兴奋。听见上面的游客议论道："看样青岛的小孩都会水，到底是靠海呀！"

是的，这青岛的孩子中就有我一个，我能下深水游泳了，我正式学会了！

对于二十世纪五六十年代的青岛男孩子，夏季洗海澡几乎是无与伦比的娱乐方式。许多男孩几乎整个暑假都泡在海水浴场。九月一号开学大家在教室里一见面，发现班上似乎来了许多"黑人"男生。

使所有人愉悦的是那永恒的、有节律的涛声和涌上海滩的潮水。在大海中漂游，回看着渐远、渐小的岸上建筑，人群的喧嚣全淹没在浪涛之中。

以后几十年，我从未断过夏季的海中畅游。不管生活中有什么烦恼，只要来到海水浴场，扬开双臂，奔进大海，远离尘嚣，自由自在地游在蔚蓝洁净的海水中，我总会无比兴奋和惬意。

庆幸自己生在海边，感谢大海。

深秋的下午

贮水山支路，是一条几乎无人知晓其路名的方石块铺就的短短小路。午后的阳光照射着整条街道。上小学三年级、戴着红领巾的我，匆匆走下被叫作大崖子的石阶，奔往黄台路小学。

街上似乎只有我一个行人，我不由自主地边走边向前张望，竟发现一个大人从大庙山那头与我对面走来。他那上下起伏很大的步态引起了我的注意，近在几十步时，我发现正是半年未见的班主任刘诚涛老师，他还是穿着四个口袋的蓝色中山服，只是已洗得发白；头发仍旧理得很整齐，但整个面孔连脖子都毫无差别的晒得呼黑。

我已准备好给刘老师行个队礼，刘老师也一定看见了我。

两人近至七八步时，我迎上去，"刘老师好"还没喊出口，发现刘老师目光垂下，像不认识一样与我擦身而过。我诧异地扭身望向刘老师的背影，他正慢慢地迈上我刚走下的大崖子，那发白的中山服下摆随着他攀登石阶的节奏一下下地飘掀着。

刘老师的刻意回避使我猛地想起刘老师成了"右派"，去修水库了的传闻。他那在别人那儿看不见的黑面孔难道是露天劳动改造风吹日晒的结果？

刘老师快走到崖顶了，我心里涌起一股冲动，想追上去跟刘老师说一声"对不起"。我曾经辜负过刘老师，而且没有当面认错的机会，今天遇见了，却又没有足够的勇气。

刘老师是当时黄台路小学很罕见的男教师，语文课教得很棒，因为他的引导我才不打怵写作文。刘老师当班主任后，知道了我跟同班一位陆姓女同学从黄台路小学幼儿园起就搭档跳一支民族舞，参加过不少演出，于是暑假前安排我们再次排练这个"保留节目"，准备参加汇报演出。我因为男同学们的嘲讽不再敢参加，也不敢跟刘老师说，就半路逃了。因为找不到合适的替代者，刘老师上报的节目取消了。想到刘老师会多么难堪，我躲避着刘老师，不敢和他单独相处，能从他远远的目光中看出他对我的冷淡。我惭愧得不知如何是好，到放暑假的时候我才松了一口气，好歹可以几十天不再见到刘老师那令我惊恐的眼神了。

再见到刘老师，竟是在家门口的这条小街上，竟是那样的目光交错。

如今六十年过去了，小街上的相遇情景仍是那么清晰，我对刘老师的歉意始终没有消失。刘老师应该有八十多岁了，不知现在哪里生活、身体可健康。我们师生会不会有机会见一面，让我当面向您道歉？

天线与雷

小学五年级时，我装配矿石收音机已经很熟练了。我把天线从二楼的家中拉到院里接近二十米远的一棵桑树梢上，收音效果奇好，耳机响亮，舌簧喇叭都能带起来。

有一天打雷下雨，我放学回来发现矿石收音机没有信号了，趴在窗上一看，天线断了。妈妈对我说，东屋邻居家打进一个雷来，把靠窗的写字台烧成碳了，那声音大得可吓人了。我跑到院子里，看见几个邻居大娘神情异样地看着二楼打进雷的窗户压低声音议论着。桑树底下，我那漆包线拉成的天线一端断在草地上，断头是黑色的；另一端我家窗户旁拴着的白瓷绝缘子上已不见漆包线的影子，烧没了。我那固定天线的绝缘子离进雷的邻居窗户只有一臂的距离，是不是那天线把雷电引进邻居家的？我一阵心跳。我想起书上介绍的装天线安装避雷器的线路图，很简单，但自己却存侥幸心理没安装。天线断了重拉起来就是了，但我多了个心事，到底是不是我那天线引来的雷？我们那日式三层楼是离贮水山顶最近的建筑物，沿街的所有房屋似乎都比它矮些，这是不是引雷原因？

多年后，我退休在家拾起儿时的喜好，成了音响"发烧友"，就在当年"引雷"房约五十米的一间闲置老屋内，捣鼓我那些从旧货市场淘来的功放机、音箱什么的，乐此不疲。

那年秋季一天下了一场雷阵雨，我担心漏雨湿了东西，第二天一早赶到老屋。房顶未漏，西墙渗出点水，没啥事。但拨弄我那些"宝贝"时，发现一台建伍功放、一台电视机连机顶盒、一台显示器，都通不了电了。我马上想到雷击，但一时想不通那雷是顺哪儿进来的，我跑到院子里问邻居牛大哥。他笑嘻嘻地告诉我："咱这里招雷了，好几个楼的人都亲眼看见，一个黄红色的大火球在院东平房的顶上转悠，突然一声巨响，白光一闪，火球没了，周边几个院烧坏了不少电视机和没拔插头的电器。"牛大哥开玩笑地说："人家都说这雷是来找人的，旁边几米远都是二层楼，那雷偏偏在最矮的平房顶上晃荡不走，是什么意思？可巧那人不在家，雷才这么走了，算是送达告知。"

我回想起多年前的那次雷击，回屋查看、分析进雷的通道。最后确定是未从插座上拔开的有线电视馈线。那馈线正是从那平房顶一侧的线盒接过来的；那雷电通过机顶盒进入电源插排，跳过插排开关进入所有插在上面的电源插头，直击被毁电器电源电路以致所有电路。

时跨几十年，同一地段两次亲眼看到雷击造成的损害，我想，当年邻居家的雷击恐怕就是我那天线引进去的；可时至今日，有线电视的同轴电缆怎么就成了引雷入室的"天线"了呢？

眼镜片

初中同学刘化中现在是一位小有名气的钱币收藏家。当年，因为他个子高，老师把他的座位安排在我身后隔排的课桌那儿。有一天，上课经常回头看的我发现刘化中一只眼睛闭着，手拿一只眼镜片在另一只眼睛前晃着，向黑板的方向瞄望，没等我看明白，忽见正在讲物理课的孙绩希老师跳下讲台，噔噔地奔向刘化中，怒吼了一声，夺过他手中的镜片，猛地摔在水泥地上。同学们都惊呆了。刘化中被罚站在那儿，深深地低着头。下课的时候孙老师说："都说你们这个班乱，还真是玩出花样来！"

课间，我们几个同学凑过去问，刘化中苦笑着，什么也不说。放学时他被班主任叫了去。

又上物理课时，同学们都没有敢乱动的，教室里静得出奇。奇怪的是，孙老师没有了以往的严肃，环视一周后态度和蔼地面对同学们说："今天我首先要向刘化中同学道歉。"说着向刘化中坐的方向点了一下头，"我不知道他是那样的情况，过后我很难受，请刘化中和同学们原谅。"

我回头看了一下刘化中，他低着头，很显眼的是鼻子上多了一副透明镜架的眼镜。

孙老师讲："刘化中的眼睛近视，家中困难，没配眼镜，捡了别人丢的近视镜片充当望远镜看黑板，我误认为他上课玩耍。"孙老师这堂课讲得格外耐心，同学们也听得非常认真，我们几个经常在上课时做小动作的同学不约而同地正襟危坐，老老实实地听完了一堂课。

事后知道，刘华中那副近视镜是孙老师出钱带他去三山诚眼镜店配制的。

夜乘马笼车

一九六一年冬季，临近春节的一天晚上，十三岁的我穿上母亲给我缝制的棉大衣，只身一人背着简单的行李到大港火车站蹬上奔往老家方向的临时加开的马笼客车，马笼客车是当时铁路常用来运送大型牲畜的有顶货厢列车，被人们称作马笼车。

马笼车上铺着麦草，上百个乘客紧挨着坐在草上。笼车的两端各用秸席围出一个不足两平方米的厕所，一男一女，里面放着一只被胶东人称作"坎"的黑瓦罐。没有电灯，一个穿铁路服的男乘务员在开着一条缝的沉重拉门旁点上一支蜡烛，车跑起来，那蜡烛随门缝里吹进的风不时飘摇。没有供暖，穿得厚厚的人们都静静地坐着，几乎没有人讲话，任凭这列跑得极慢、逢站就停、逢车让路暂停的火车摆布。

一百二十公里路程，晚八点多发车，下半夜还不到。临时厕所的瓦罐溢出尿水，淌出厕所区域，有些尿水顺着残缺漏缝的地板不知流向何方。靠近厕所的乘客一步步朝车中部靠拢，人们挤成一团。乘务员熟视无睹，无动于衷，那厕所显然不属他管理的范畴。

第二支蜡烛烧尽时，那乘务员不见了，没有人换上新蜡烛，而且那沉重的拉门被关上了，车厢内忽然变得伸手不见五指。有人说，那乘务员去后面守车了，怕掉下去人，把门从外面关上了。

不远处有女性内急，小声询问身边人，答："忍吧，去不了。"另一边突然听到很急的尿声，那是憋了很久的尿声。有人喊"你尿我身上了！"无人应声。不一会儿又听见尿声。内急忍无可忍的乘客在拥挤成一团、毫无光线的黑暗中只能顺其自然了。

列车仍旧不紧不慢地跑着，大家早已被满地的尿水逼得站立了。我没有感觉格外遭罪，因为大家都这样，况且，这车票很便宜。

突然，我感觉一只手伸进了我的棉大衣口袋，我一抓，是一只成年男人的手，正捏着我放在口袋里的一个火烧。我不由自主地向伸过手来的方向扭过头，看不见那人，也看不见自己。我不能让他掏走我的口粮！我用力扭那只手，那人不吭声，也不松手，我试了几次，那手一动不动，我便去撕那火烧，那人开始抽手，一小半火烧留在我的手中。

车一停，有人喊："莱阳站到了！"大拉门呼隆呼隆地拉开了，天已蒙蒙亮。

多数乘客慌忙背起行李，挤向敞开的大门。借着曙光，我很想认出旁边抢我火烧的人，也想看看谁被尿了一身尿，都不成功。能看清的，是聚在门口的未到站少量乘客、杂乱的麦草和满地的尿水。

我走出车站，掏出那半截扭曲的火烧，上面有那男人的指窝。等真饿了再吃吧，我对自己说。

我整理了一下背上的行李和大衣，跺了几下在车上几乎被冻僵的双脚，沿着火车站前覆盖着残雪的土路，奔向十八里路外的家乡东林格庄。

刘诰大叔

刘诰是我五服上的本家大叔，三年困难时期时已当了多年村长。父亲虽然离家乡多年，但仍与大叔有书信来往。那年城市粮食极度紧张，政府也号召投亲靠友度灾荒，父亲便联系刘诰叔，刘诰叔毫不犹豫地答应帮忙。很快，母亲就把户口迁到莱阳原籍家乡。大叔通过村委给我家安排了两屋一院的住处，分了一块自留地，按照当时的口粮政策，母亲一回村就领到了足够吃几个月的口粮，加上本家乡邻送来的地瓜、芋头、白菜，堆了一墙角。母亲高兴极了，马上写信让父亲带我回老家背东西。

一进那烧着热炕的故乡新家，我就被土灶上大铁锅盖帘边冒出来的煮地瓜味吸引住了。母亲掀开盖帘，热气腾腾的大半锅地瓜、芋头，熥的米汤、白菜豆腐香气四溢。空腹多时的父亲和我顾不得讲话和烫嘴，抓起母亲刚端上炕桌的地瓜就吃了起来，母亲在旁盯着我俩，眼角涌出泪水。

村里不停有人请父亲和我吃饭，多为四个菜加自酿白酒，少不了豆腐或豆芽，有的还有煎的刀鱼。也有端上桃酥等点心的，父亲说，那不能随便吃，摆摆样子的，最多尝一块。

走的人家多了，我发现村里人除了缺白面，其他食物足够日常生活；城里人到处买着吃的干地瓜叶，在老家只喂给猪吃。怪不得先前我求堂嫂弄些地瓜叶带走时，堂嫂嗔怪道："小兄呀，我要是给你地瓜叶吃就让全村骂死了！"

我们村在那年代为什么没人挨饿，多年后我才搞明白，功臣仍是帮助我们家度过饥荒的刘诰大叔。

新中国成立初期，刘诰大叔兄弟二人一起参加志愿军去了朝鲜；弟弟牺牲，大叔带着伤残复员回乡当了村长。"大跃进"时，大叔回村并未按照上面的指示只种小麦和地瓜，更没有执行密植高产的命令，一切按传统办，只做不说。实在瞒不过去的炼钢、吃食堂等，就摆样子应付，村里人都心知肚明，暗地里支持大叔。公社里看大叔威信很高又是那样的政治面貌，也就睁一眼闭一眼，不理他了。一九六〇年秋，种植"大跃进"后果显现，有种植而无收成，到处缺粮断食。而我们村，收成如常。

改革开放后若干年，一个回乡探亲的侄女回来告诉我说，一位本家尊长说起当年那些事，说是刘诰救了全村人，不能忘了他。

二姐

二姐的曾祖父与我的曾祖父是亲兄弟，因而是五服内的堂姐。首次与二姐相见时，二姐十六岁、我十四岁。

二姐家主事的是五奶奶。我还记得五奶奶从热气腾腾的大锅里拾出一些地瓜芋头放在一只大瓦盆里，盖上一块厚布，摆着手对我说："孩子，赶快拿回家，和你爸妈趁热吃。"

我笨拙地端起那盆往外走，没走几步，就听见五奶奶在身后说："二嫚，帮你弟拿回去，他不会拿那个家什呀！"二姐马上几步跑上来从我手中夺过那沉重的瓦盆，说："弟，给我。"她是在身侧把那盆边抵在胯骨上，双手抓着盆边，身体略向一边倾斜向前走，动作娴熟麻利。

二十世纪六十年代的那场大饥荒中，在青岛吃每人每月二十四斤定量粮的我们全家饥饿难耐，多亏莱阳家乡父老接受母亲回乡暂住，分口粮，还给了块自留地，这才渡过难关。有两年的春节，我们全家是在老家度过的。五奶奶一家，对我家的帮助最大，她不断支使孙女往我家暂住的两间土房送各种各样的农产品和生活用品，一听见院门传来清脆而甜蜜的"二大妈！"，就知道二姐又来送东西了。

我跑过去接二姐手中东西，二姐总说："弟，不用。"一双眼睛望我一下又避开，我也不敢直视二姐。二姐和母亲寒暄几句就走，到门口总是微笑着看我一眼说："弟，我走了。""啊。"我答一声，望着二姐甩动着油黑粗长的独辫走出院门。

二姐的美丽让我吃惊。生长在人口密集的青岛市区的我，竟没见过像姐这样让我心动的姑娘。

三年困难时期后母亲回青岛，经常叨念起五奶奶家的帮助，一说起二嫚，我的心就一跳，心想，二姐在干啥？

上高中时，听老家来的人讲，二姐嫁给了朱江村一个青年，并随这位当兵转业干铁路警察的二姐夫去了莱芜火车站，后来又听说二姐生了三个儿子。二十世纪七十年代末，家乡同村的表哥来青岛看我父亲，我跟年龄大我若干的表哥说起二姐，表哥说："这不奇怪呀，咱村出美人呀！你知道台湾的一个有名的女演员吗？她就是咱林格庄人，我当年就给她家干过活！她是在台湾生的。"表哥说时，我仅仅听说过这个演员的名字，后来见到她的照片，那恬静的美，竟与二姐那么相似！这真是同饮家乡水造就的美女吗？

五十年过去，我一直得不到二姐的消息；真想看看老了的二姐什么样。这么多年，看到美丽女子确极易联想起二姐，但从未觉得她们的美丽超得过二姐。

二姐，你还好吗？

礼拜集与无线电

二十世纪五六十年代，延安路与延安路东端北面山坡上，一直有个热闹非凡的礼拜集，也有称"破烂市"的，类似国外的跳蚤市场，市民们可以把家里的随便什么东西拿来卖，也不用上税。在三年困难时期，物资匮乏，礼拜集成为本市百姓互通有无的重要场所；无论春夏秋冬，每个星期天都是人头攒动，最盛时，可谓漫山遍野，人流如海。

那时青岛无线电爱好者的沙龙就在礼拜集上。经常见面的有二三十个人；每人都摆一个地摊，有电子管、变压器、喇叭等可用在收音机上的零件，多少不一，品牌新旧各异，大部分是美国货和日本货。当时摆东西最多的是一位姓宫的大哥，他技术高，人热情，乐于助人，自然成了这露天沙龙的中心。跟我要好的梁同学、王同学经常在集上向宫大哥请教，久而久之都成了朋友。我们几个是初中学生，手里没几个钱，需要点小配件宫大哥都是送给我们，"用什么就来拿。"他说。

这些爱好者们交流配件和买进卖出的方式基本是一样的。卖出多余的，换回需要的；或者把很便宜买米的坏器件修好，卖掉赚点钱。比如我花几块钱买了一副损坏的大耳机，重缠线圈，给失磁的磁铁充磁，修复后就卖了二十多元；买了一架坏了多年的日本三灯木匣子再生收音机，全拆重新装配，十几元买的，卖了四十多元。

为了提高技术，我订了《无线电》杂志，先从照葫芦画瓢的安装制作开始，再学习无线电原理方面的知识。因文化程度限制，电路原理方面进步极慢，始终也没弄明白震荡、波峰、波谷是怎么回事，却已能熟练地装配五电子管收音机，也有了不少的维修和排除故障经验，许多经验都是从礼拜集上的无线电友那里学来的。

梁同学是我们三个学生中技术最好的，他首先装了带电眼的六管收音机，收听效果一点不比上海产的品牌货差。我买了绕线机还没来得及学着缠复杂的变压器线圈，他借去没几天就做了好几个电源变压器，浸烤了绝缘漆后通体光亮喜人；除去自己用，也拿到礼拜集上卖钱。

王同学把梁同学视为师傅，做什么都问问梁同学，梁同学都耐心地帮助他。有一次王同学淘了一台烧坏的成品手提多管收音机，集上认识的一个李姓学生说他哥哥是电工，很懂无线电，可以帮他修好，王同学相信了，把收音机交给了他，结果很长时间也不见修好拿来，李姓学生一再解释，后来人也不见了。两年后，一个偶然的机会，我在离家不远的一个汽车队院子里碰上一个人在向围着的同事们炫耀一台收音机，凑近一看，很像王同学拿不回来的那台，侧面问了一下，他是那汽车队的电工，姓李，住址与那位李同学一样。我没对王同学讲，因为时间过久，王同学也已考入与我不同校的高中，而且好上了音乐，带眼的就吹，带弦的就会拉，而且乐感极强，后来几乎做了一辈子业余乐团的指挥，圈内很有名气，也许那才是他真正的天分吧！

我最早看见的半导体收音机就是宫大哥装配的，饭盒大小，棕色电木壳；东西不大，在集上哇哇地响，引来众多赶集人围观。那年代的无线电爱好者，初级的装矿石收音机，高级的装电子管收音机，能够玩带电眼的六管收音机和自制电唱机的就是凤毛麟角了。而半导体收音机只是在《无线电》杂志上看到，因为根本买不到晶体三极管，我们也只有望洋兴叹了。

我们三个同学相约一早去赶礼拜集都是不吃早饭的，等在集上卖了钱，再买点最便宜的熟地瓜、煮苞米什么的充饥。有时候几个人半天都没卖出东西，肚子饿得咕咕叫，也有几次忍着饥饿回了家。有时顺利一下子卖了十几块钱，高兴得买了白面火烧就着五香花生米吃，偶尔带个地瓜、火烧回家交给母亲，母亲竟感动得流泪。在那个年代，母亲看到十四五岁的孩子能挣回家吃的东西，难免激动；我也充满自信，觉得自己是个有"技术特长"的男子汉了。

高中二年级时，"文革"开始。但使我感到欣慰的是，在以后漫长的工作和日常生活中，我少年时学到的电学知识和建立的动手能力基础一直在起作用，不断地给我大大小小的成就感，增加了生活的乐趣和幸福感。

两位老师

五十年前我在九中读书时，对两位老师给我们上的第一节课至今印象深刻。

于老师讲的是毛主席诗词，他对"东方欲晓，莫道君行早"上句的解释是"天将要亮，还没有亮的时候"。

当即有同学提问，说："'还没有亮的时候'是不是可以不要？'天将要亮'就足以说明了。"

于老师严肃地说，必须这样解释，这是考试的标准答案，不写算错！

同学哗然，面面相觑。

语文测验果然有此题。多数同学按于老师的标准答案答题，那位提问的同学答的仍是"天将要亮的时候"。而我少不谙事，自恃语文历来高分，心想你既然不怕啰嗦，咱就变本加厉，答道："天将要亮，还没有亮，似亮非亮的时候。"

下节课于老师评卷，说："有的同学不听老师的，有的同学像是在捣乱，少写的和多写的都一分不给。"

李老师讲的是中国革命史，他先介绍自己的姓名，然后说，好多同学不愿意听历史课，那不怨同学，是老师讲得不好。望着听他讲这样的话变得鸦雀无声的同学们，李老师莞尔一笑，推了一下眼镜，说："我讲得也不好，但希望同学们愿意听。"全班同学都笑出了声，既而静了下来，聚精会神听这位李老师会怎样讲历史课。

李老师讲课的声音不大，后排的同学有点听不清，而前排的同学似乎听得入神。后排有同学举手说："李老师，后面听不清，请老师声音大一点！"

李老师又推了一下眼镜，说："对不起，同学们，大家看我这么瘦，体格不好，气力不足，声音真的大不了，大家试一试，静下心来听，应该是清楚的。"他说着往后排看了一眼，又说："同学们，我发现你们这间教室好像太长了一点，实在不行大家可以把桌子往前拖一拖。"

全班同学一阵哄笑。谁都知道，九中这座六二楼的每一间教室都是一般大的，李老师真够幽默。不过，像是军队得到了命令，教室里出现了从未有过的寂静，五十多双眼睛直勾勾地盯住了李老师。

接下来，李老师用音量不大却吐字清晰、抑扬顿挫、极富有感情的声音侃侃而谈；同学们则渐渐像发现了新大陆一般地睁大眼睛，竖起耳朵。似乎此时大家猛然间明白了原来历史课可以这样讲，历史课竟然可以这样有声有色；似乎大家都在想，以前学了那么多本历史，除了应付考试死记硬背，没有留下多少印象，看来从小学到高中不停地学历史是有些道理的。我发现班上那些聪明到可以一心二用，一上历史课就低头钻研数理化的高才生竟然也被李老师吸引住了。

同学们盼望上李老师的历史课，可惜的是，李老师只给我们上了几节课就换了别的老师，好像是因为李老师兼任学校工会主席，忙不过来。

我在九中上学六年，给我们教课的有那么多老师，不知为什么唯独这二位老师的第一节课能使我多年不忘。

奇文难忘

"有一天，我到大庙山上玩，走着走着，忽然看见一间小破房——那就是我的家。我爸爸是个撑鞋的，妈妈在家咸着……"班主任袁老师念了我同位顾同学的作文《我的家》的一段，忍着笑朝顾同学晃着那作文本说："你也太有意思了，家是忽然看见的；爸爸撑鞋，怎么撑？妈妈在家咸着，妈妈成了咸菜了？"

课堂上一片哄笑，有几个调皮的男同学还鼓起掌来，被袁老师止住。

我瞅着深低着头的顾同学，两条辫子垂在她羞红的双颊边。

"你倒是把想学的词都用上，是好事，但要用得是地方。错别字可要注意了，不能再出这样的笑话了。"

这是我上小学二年级时的一幕。顾同学的这段文字我始终能一字不差地记得，成了缺乏幽默感的我参加趣谈的保留节目。

小学毕业后再次见到顾同学时，我已是两个孩子的父亲。而那次偶见，使我感到当年那段文字并不简单，似乎早在诠释顾同学的品性。

为给单位办事，那天天不亮，我就冒着寒风赶去贮水山公园门口乘直达20公里外楼山后的大站车。因为去得早，我终于挤上了首发的那辆两节车厢的"大通道"。车上都是在楼山后大国营厂上班的职工，近两百人挤在一起，许多在低声聊天。天不亮，马路空荡，车中途只停一站，跑得既稳又快。上四方北岭南坡时，驾驶员提前加速，做了很漂亮的冲坡，低速挡用得很少就到了坡顶，令已有十几年驾龄的我心生佩服。

旁边一中年男子问身边的同事："你知道谁开的车吗？"

"是个女的，都叫她大姑，在公交界很有名，'大通道'她开得最好！"那同事毫不犹豫地回答道。

"你们知道她的真名吗？"另一个同事插了进来，接着说出了顾同学的全名，我心里一震。那人显然是间接熟悉些顾同学的情况，讲了顾同学从售票员改开车时大胆泼辣、不输男性的传闻。

我脑子里此时浮过顾同学当年的模样和那段文字，而且产生了挤到"大通道"驾驶室看一眼顾同学的冲动。

在不少乘客的白眼下，我从车后挤到了驾驶室旁。在离那戴着白线手套的女驾驶员一步之遥的地方，透过她头顶的后视镜，我看见的是一个陌生的娇丽面孔，但当她迅速地转了一下头与售票员交流时，我看清了她那有点像西洋人似的褐色眼珠和右腮上不大不小的美人痣。那是她。

车要爬板桥坊的大坡了，顾同学就在我眼前果断熟练地驾驶着这辆大家伙。加速、换挡动作干净利索，特别是近坡顶减挡轰油离合器油门联动，这让许多男司机都难掌握好的操作，在她身上就像完成了几个轻盈优美的舞蹈动作。

我没有机会跟她说句话，车一到站，乘客向泄水一般离去。我回望了一眼正在驾驶室里收拾什么的顾同学，想着当年她写的《我的家》。感觉如果不计较两处用词不当和两个错别字，那文章的结构和叙述方法还是很棒的，简练而朴实，毫无赘语，就像她现在开车，干脆利索。

亲一情一篇

母亲与我

母亲说，生我时未请人接生，是她自己用烧过的剪刀剪断了脐带，用红药水涂了伤口，把我的肚脐用纱布缠起来就完事了。"你这不也活得挺好？"

其实，母亲是不愿意给当年每月只有价值几袋面粉薄薪的父亲增加负担，倚仗早年在教会学校学的护理知识，大胆践行而已。

一九六〇年，为解决家人饥饿之苦，母亲一个人将户口迁回从未去过的父亲原籍家乡，分得一块自留地，在族人的帮助下，蹬着一双小脚种起了粮食。这对一个生于清末，读书至教会学校高中，从未做过农活的半百女人有多难，可想而知。也就是母亲那几年的风餐露宿，让我们在青岛增加了口粮来源，而母亲患上了严重的哮喘病。

二十世纪六十年代末我谈恋爱时，母亲有一天把写了好几页的一封信在我上班时悄悄地放在我每天晚上必翻的书橱里，我发现时很吃惊。母亲患有肺气肿和青光眼，做点事很费力气，写在几张纸上的铅笔字粗大并有些歪斜，早已没有了她早年当教师时的笔迹，而且纸边还沾着煤黑色的手印。我即刻就知晓体虚无力的母亲是在不断添煤调火的炊炉边写成的。信的大意是："我儿，你的这个女同学太漂亮了，家里俩姐又都是军人，怎么可能与她成？早点拿主意吧，免得以后受不了！妈真担心你，当面说难开口，也怕你发脾气，所以写几个字给你。切切。"第二天，我将与女友交往的全过程向母亲作了汇报，让她放心。我摸着母亲露出青筋、肤面粗糙的手说："您儿子也很漂亮，而且很能干，很自立，不会为恋爱出问题的，等着抱孙子就是。"母亲四十二岁才生的我，希望早抱孙子的心情可想而知。母亲用那早已视力模糊双眼凝望着我，慢慢地露出了笑容。以后我和母亲再也没有提起这封信，但我一直承受着它赋予我的激励。后来跟妻谈起此往事，妻也感慨万千。

母亲被哮喘病折磨了多年，后来发展成肺气肿、肺心症。去世前几个月，母亲在病榻上对我说:"你姐姐下乡多年,回来工作又不好,成家又晚,以后你要多多帮帮她。"我连连点头称是,母亲微笑以报。

从母亲身上,我充分体验到了伟大的爱和牺牲精神。

我怀念母亲。

父亲的教育救国

父亲二十世纪二十年代末从家乡最早的四年制新制中学毕业,仅十七岁,就开始了从事一生的教学生活。那时私塾尚存,增加数学、物理和英语的西式教育初兴,许多乡绅和办学人士推兴新学。因为农村有文化的人太少,上过全县唯一一所开办不过几年的洋中学的人更是凤毛麟角,父亲及一些年龄各异的校友便受邀做起了"洋学"先生。

父亲个子不高,却身直体壮、嗓音洪亮、语言诙谐,讲课基本不看笔记,在家乡村塾两三年便教出了些名声,得到外县的乡村学校的邀请。先是栖霞,后是牟平、福山,忙时竟身兼数校课程。因奔波不及,在热心友人资助下,父亲买了一辆拼装的脚踏车,游教在各县。

二十世纪六七十年代,青岛各单位常在春季组织职工乘车长途跋涉去栖霞英灵山和牟二黑子庄园(牟氏庄园)进行政治教育。父亲听我说起时谈道,当年在牟家教过学,那些少爷、小姐有的不肯学,很调皮捣蛋,还打过他们的手板。牟家的伙计、佣人、丫头很多,晚上能听到丫头被教训责打的哭喊求饶声。牟家在清末买了四品顶戴,县里管不了他,家族里的纨绔子弟专横跋扈自然成了习惯。

也有开明乡绅出钱办学,让周边农家子弟受初级文化教育的,父亲也就不计薪酬，给多少算多少，够吃饭就行。教了八年学后，父亲有了自己办学的想法，但此时家乡已有大学生出现，以原有学历出面办学难得认可；父亲便把几年的积蓄分作两部分，一部分给村里沿大水沟居住的本族宅基旁修了一堵数十丈的石质挡土高墙，报答父老乡亲；剩下的带到北京去上了三年华北大学。虽然就读的是师范专修科，不收学费还管饭，但住宿、休息日吃饭需自己解决。父亲的积蓄很快用光，多亏相约同去求学的同乡和后来结识的胶东籍同学接济，完成了学业，他们几位要好的同学后来成为莫逆之交。

北京求学使父亲的眼界大开，回乡应聘当教员不长时间，便蹬上他那辆杂牌脚踏车，带着铺盖卷到了烟台，与大学同学张礼堂和生意人张连文先生合作，利用莱阳同乡会的会址创办了私立弘文小学，自任校长，同时在烟台市立二中兼任国文教员。一九四〇年冬，因收留参加共产党的几位莱阳中学同学在校住宿，父亲被也是同学的共产党叛徒王德新以"本人是共产党，窝藏共产党"的罪名告密遭逮捕，在烟台日本宪兵队遭刑讯逼供二十余次，关押近一年。因父亲矢口否认，终无口供，被发往吉林省蛟河县奶子山煤矿当劳工。一九四一年秋，他在临矿一位烟台籍矿主张掌柜帮助下，钻在运煤车的煤块底下，从日本士兵严密监管的矿区逃脱，辗转回到原籍藏匿。太平洋战争爆发后，驻烟日军更迭，父亲探知再无人追究，继续出任校长至日本投降。八路军进驻烟台（一次解放），两年后又奉命撤出，许多社会人士思想动荡。期间被认为有共产党关系背景的父亲将学校交由朋友代管（后并入公办毓璜顶小学），只身奔往青岛谋生；在老同学推荐下，受聘位于黄台路的中正中学（后为山东大学、青岛医学院址）任国文教员，并在国华中学、莱阳中学兼课。工作安定后，父亲托人用脚踏车将母亲和两岁的姐姐从烟台带至青岛。一九四八年春，母亲生下了我。青岛解放后，父亲先后在干部速成中学、青岛十中、李村师范、青岛七中、青岛十七中、青岛二十中、青岛三十中、青岛十六中、青岛二十八中教授语文和地理，退休后又先后受聘到轻工技校、工艺美术学校、青岛十三中教课，一直教到七十五六岁。父亲经常会遇到与自己的学生同校教书的情况，他会很自豪地跟我们讲。除了抗战和"文革"期间被迫离岗外，他终生都在教书。他太钟情于教书育人的职业。

父亲晚年极其怀念自己创办弘文小学的年代。二十世纪八十年代初，他由已退休的姐姐陪同去烟台追寻学校的踪迹，并亲手描绘了学校遗址的草图，标注了教室、办公室、操场、厕所的位置，向我介绍时，两眼熠熠发光，不像是一个八十岁的老人。

矢野、叛徒和刘氏父子

在烟台日本宪兵队经历多次过堂刑讯后，遍体鳞伤的父亲已是奄奄一息。同监房的狱友看着父亲肩背、臀腿大片溃烂流脓的烙伤，说他活不了几天了。

父亲没想到，一个姓矢野的日本宪兵伸出了援手。

狱友用盐水给父亲洗伤口无济于事，情急之下，隔着铁栅栏呼喊一名年轻的值班宪兵救人。那宪兵犹豫片刻，打开牢门进来，蹲在父亲身边察看了一下，用生硬的汉语问："你的，刘堂长？"看着父亲浑身的伤口，又问道："你的，朋友的有？买药治伤钱的有？我的，去买药的！"

父亲疑惑地轻声答道："找学校同事吧。"矢野下意识地看了一眼同监的刘氏父子，走了。

过了一天，矢野来了，对父亲说："你的，同事的不好，钱的没有；我的津贴的有！"

几年以后，同事们告诉父亲，那时来了一个身着军装的日本人，问谁是刘堂长的朋友，说是要钱给刘堂长买药治伤。大家很紧张，哪敢承认是共产党嫌疑犯的朋友，都说没有钱。那日本人很生气，大叫了一声："你们的，朋友的不够！"噔噔地走了。

一天晚上，矢野匆匆走近监房，把一包东西隔着铁栅栏扔进来，压住声音对同监人说："我的，不值班；药的，三天一换，快快的！"

矢野一走，刘氏父子打开一看，是一大摞事先叠成方形抹好药膏的纱布。

有了这些药膏，父亲的伤慢慢好了起来。

矢野值班的时候，经常悄悄拿了笔墨纸张来跟父亲学中国书法，父亲渐渐地熟悉了矢野。

矢野毕业于美术专科学校，两次被征兵，没有机会从事自己热爱的绘画艺术工作，对日本侵华战争破坏自己的生活极其不满。开始父亲问他的名字时，他用中国话自嘲道："我叫王八蛋！"

向日本宪兵队举报父亲"本人是共产党，窝藏共产党"的叛徒王德新因为"乱告"，抓了七八十个人没有一个承认是共产党、八路军，后来也被关进了隔壁监房。矢野知道后对父亲说："看我去教训他。"矢野在王德新的监房里，一面用军用皮鞋没头没脑地狠踢王德新，一面中日文混杂地骂他不是东西，还喊着："刘堂长，你的听见，我的出气。"直踢得王德新大喊父亲的名字："我快没命了，是我害了你，看在家里老小的面上，叫他别再打我了！"

父亲便要求矢野不要再打他。

日本人没从父亲口中得到有用的东西，也不能确定父亲是否是共产党、八路军，但也不放人，一年后，将父亲转到烟台伪警察局关押。不久，便将包括父亲在内的几百人押往吉林省蛟河县奶子山煤矿做苦工。

在烟台港上船的那天，一个被狱友们称为"大命线"的伪警察头目走近父亲，低声对父亲说："还有日本人替你说话，不简单啊！"

父亲扫视四周，竟发现矢野站在很远处不动声色地望着自己。父亲明白了，矢野专程跑来送自己，不禁眼眶一热。

"大金线"说："往后你就自己当心了，小鬼子没有几个跟你讲道理的！"

这是父亲见矢野的最后一面。

一九八六年冬天，我随贸易团组去日本。父亲用楷书写了一式二封亲笔信，嘱咐我寻找一下矢野，表达一下当年的扶救之恩。岂知到日本一打听，姓矢野的人数量巨大，只凭姓氏难以查找。日本朋友讲，必须提供全面历史资料，由政府有关部门或社会组织才有可能找得到此人的下落。

当时，我不敢请日本朋友做更深入的探询。回来告诉父亲，已委托日本客户继续协助查找。二十世纪九十年代初，八十五岁的父亲辞世，寻找矢野成为父亲的遗愿。我把父亲给矢野的亲笔信仔细地保存。还有机会打听到矢野或其后人的下落吗？怎样代父亲向矢野表示救助之恩呢？

父亲告诉我，当年与他关在一起的刘氏父子始终坚持说是从东北回山东老家给儿子娶媳妇的，在烟台一下船就被抓了，不知道谁是共产党、八路军，更不承认自己是共产党、八路军。日本人审了几次，爷儿俩口供一致，没审出什么，就关在那儿不问了。父亲每次被刑讯扔回牢房，父子俩都会过来看看。儿子小刘说："小鬼子太狠了，这人去一次死一次。"他爹老刘会说："日本人是不把中国人当人的。"父亲曾试探地问过爷儿俩的身份，他们均否认与共产党有关系。父亲发现爷儿俩悄声讲话时的眼神有点像上下级，直到父亲被转押伪警察局提走，刘家爷儿俩仍留在那个监房。

次年，父亲在一位烟台籍张姓煤老板的帮助下，藏在运煤汽车的煤块下，逃离了每天都在死人的煤矿，辗转到了大连，托人办了张"良民证"，准备乘船到烟台回老家。

父亲和去大连接应返乡的叔兄逛集市，在一个菜摊前，父亲一抬头，发现卖菜的竟是在烟台同室坐监的老刘。父亲惊讶地问："刘大哥，怎么也在这里？你早出来了吗？"

卖菜人愣了一下，看了看父亲，说："你认错人了，我不认识你！"

父亲情急地压低声音靠近卖菜人说："你不记得咱在烟台蹲一间屋了吗？"

卖菜人摆着手说："你认错人了，快走吧，别耽误我买卖。"

父亲看到有人买菜，无奈一面疑惑地盯着卖菜人，一面与叔兄离开菜摊。

走出不远，父亲想：明明是刘大哥呀，我怎么能认错呢？父亲对叔兄说："不对！回去找他，那模样，那口音我怎么能记错呢？人家也是对咱有救命之恩的，好歹要表示一下感谢呀！"

回到那买菜人的地方，菜摊和卖菜人都不见了。问旁边摆摊人，说是人家有事早回去了；问住哪儿，没人知道。

好久，父亲想明白了：那刘大哥一定是共产党，要保密呀！当初在日本宪兵队死都不承认身份，在这儿他能承认是一起蹲过日本宪兵队监狱的难友吗？

父亲的脚踏车

父亲那辆骑了五十多年的自行车，他称之为脚踏车。据父亲讲，这辆脚踏车是青岛同泰车行一九二九年装配的，德国鹰牌大飞轮，日本车把，荷兰座子，国产车架。父亲在烟台、牟平、栖霞各地教学和往来于家乡莱阳及来青岛都是骑的这辆脚踏车。

一九六〇年生活困难时，年过半百、空着肚子的父亲骑着这辆老掉链子的脚踏车摇摇晃晃地奔回家乡求援，驮回地瓜干给我们充饥。母亲犯肺气肿时，父亲用这车子推母亲去医院。每月买煤叫，都是全家拥簇着驮住这辆破车子后货架上的煤包，由父亲掌把，从几里路外把煤推回家。

这车子破得不像样，但父亲非常爱护它，把它视为不可分离的伙伴。特别是退休以后，父亲到哪儿都要骑着它。有时候父亲似乎怕累坏了这辆骑起来吱吱响的老伙计，推着走的路比骑着走的路还多。

我工作以后，托人买了一辆新"大金鹿"骑着上班，父亲骑了一圈儿说："不得劲，不溜。"从此很少看我的"大金鹿"一眼。一个周末，一位家居郊区的同事找我借车子往家送东西，恰巧我的"大金鹿"借出去了。同事看见父亲正在仔细擦他的旧车子，提出借他的一用。父亲慢吞吞地说："恐怕你骑不了。"但还是借给了他。同事把一编织袋东西绑在后座上，一个猪头挂在车把上，骑走了。

不到十分钟，那同事推着车子回来了。进门就说："大爷，您老人家这车子我骑不了。"父亲问："怎么了？"同事说："骑到路头我往左拐，车把转过来了，车轮不跟着转，还是直行，差点撞到墙上。"父亲说："你车把上挂个大猪头，手上哪有个数，骑这车子你得顺着它的劲，不能你想怎么拐就怎么拐，他跟人一样，得两将就。"同事茫然不知所措，我也十分尴尬。

父亲七十岁时，骑车子身体不太灵活了，推车子却能行走如飞，驮上七八十斤东西也毫无问题。他有一个大学同学，曾是一所美术专科学校的校长，"文革"遭遣返又落实政策，刚回来时既无户口又无住房，暂住学校传达室。父亲让我送去粮票，他又亲自推车送去烧火木柴。以后父亲每隔一段时间就推车给老同学送些生活必需品。我要替他送，他总说："你忙你的，我自己去，老人一起拉个呱。"

一九八〇年，单位分给我一套三居室的房子，但要交出我家老少三代居住的老房子。新房子在五楼，父亲不能自己搬上搬下，又不愿意牵连儿孙，渐渐地改为乘公共汽车外出，但仍旧常常擦拭他的车子，并常絮叨道："这楼房太不为老年人考虑了，楼梯连个扶手都没有。"

一九八八年，父亲已八十一岁高龄。一天中午我回家给父亲做饭，忽然发现父亲的车子放在楼下，急忙询问缘由。父亲说："有新政策了，我要跑跑单位，把害了我一辈子的历史问题搞清楚，也对你们有个交代。"

父亲是在一九七一年被强迫退休遣送原籍的，只是因为派出所管片的老民警认为手续不当，未与配合，户口得以保留本市。学校遣送父亲回乡的军代表和一位学校木匠与老家村干部为给父亲盖房的资金未谈拢，回来后就变成不管不问了，但父亲的退休金要到莱阳县民政局去领，父亲一次没领。经近两年交涉，终于得到一位入城干部出身的新任学校书记的同情，派人将父亲的退休关系办了回来。"四人帮"倒台后，父亲恰恰又划进了事业单位离退休人员社会化管理试点范围。原单位说人已归民政局，民政说他们只管发工资报药费。于是，父亲讨回尊严的要求便成为"两不管"了。无论我们如何劝告，父亲仍头顶白发，风雨无阻，骑着他的破车子到处奔波，向各级领导呈交诉状，慷慨陈情，五冬六夏，百折不回。

父亲年轻时练过多年武术，身体很棒。当年被日本宪兵以"共产党嫌疑"逮捕，刑讯过堂二十多次，又发往东北煤矿做劳工，也没有搞垮他。不管遇到多大挫折，他该吃就吃，该喝就喝，而且食量很大，八十岁的人吃得比我还多。当他又骑起车子到处跑时，我着急而无奈，我深深知道父亲心灵深处维护尊严的巨大力量。

有一天，我在门口碰见父亲推着车子很慢地走，衣服上沾满泥土，显然是跌倒过。我赶快跑过去接过车子。父亲一声不吭，目光黯然，失去了往日的神采，回家后几天不讲话。渐渐地，父亲患上了老年痴呆症。

一年后，父亲几乎谁都不认识了，却认识他的脚踏车，时常摸它几把，并自言自语地夸那车子多好多好，叨念些车子的往事。

一九九二年春节后，父亲以八十五岁高龄，带着终生的遗憾辞世了。他的脚踏车仍旧安静地伫候着，似乎在等待父亲出行。

我多年没有处理这辆破旧得不像样子的脚踏车，仍让它伫立在父亲搁置它的地方，仿佛父亲就站在它身边。

石墙

二〇一三年秋天，贮水山南麓我家老宅北面第一次垒上了三十米长的正规院墙，是街道居委会为美化街道环境安排施工的。墙基和一半的院墙是大小不等的大石头垒成的。其实施工队没运来一块石头，他们根据我的提议，利用父亲当年捡来的大石头垒的干插石石墙的石料，足够用，既坚固又为街道省了钱，那饱经风霜的大石块也给我和周围邻居留下了些许念想。

"文革"时，父亲一有空就跑到后山上捡打干道（防空洞）丢弃的石头，先堆放在后院，再挑大小合适的，在早已废弃拆掉的铁蒺藜围挡位置一块一块地垒起石墙，经常汗流浃背地回家吃晚饭，身上的旧中山服总有没打扫净的灰土。我家住的那日本式楼房依山而建，通山顶的北面无围墙，二十世纪六十年代初搬来时只有几根杉木杆钉扯着几根锈蚀不堪的铁蒺藜充当院界隔断，后来连木杆也没了。邻居们经常为住宅无障碍直通后山表示忧虑。劳动家庭出身的父亲无声无息地开始垒石墙，先是五六米的一段，后垒至十几米。历时几年，近两米高、半米厚的干插石成功一大段，坚固整齐，风雨不怕，而且长上了绿叶飘游的爬墙虎，煞是可观。邻居们称赞父亲说："刘老师垒的墙瓦匠恐怕也干不了！"

后来，父亲的退休手续被办到了莱阳县，退休金在莱阳领。但学校到黄台路派出所要将他户口迁到原籍时，遭到拒绝，说是迁户口须他本人来办。学校办不了竟撒手不管了，父亲赌气，也不去莱阳领退休金；不用去学校了，父亲更把所有的精力转移到垒石墙上来了。

此后五冬六夏的清晨，总能听到父亲把大石块推放到石墙上咔咔的碰击声，偶尔听到路人邻居与气喘吁吁的父亲寒暄。父亲在石墙劳作时是愉快的，浑身充满了力量。

垒好的石墙离邻院墙角还有十几米缺口，但打防空干道的乱石已被满山打石子卖的人用光，父亲便利用骑自行车出门办事之机，顺路捡各干道口附近散弃的大石头，每次一两块，放在他那骑了一辈子的杂牌自行车钢条制作的后座上，噔噔地推上了山。一次下班，我正碰上父亲推着一块大石头回家，那硕大的花岗岩足有百斤，不知父亲是怎样把它搬上后座的。我跑过去帮助父亲，父亲说："你帮我推就行，这车把你把不住！"到山上父亲告诉我，是一个青年帮他把石头搬上车的。父亲还诙谐地笑了笑说："那小青年还问我，大爷你要这没棱没角的大石头干什么？"我告诉他："没有没用的东西，我拿回去有大用！"

缺口的十几米，一块块、一层层地增加，旷日持久，进度缓慢，但从未停止。改革开放前后，历时十年，缺口那段终于被父亲垒好。一眼看去，三十米长的全部由花岗岩垒成的石墙像是古人留下的城防。

父亲留下石墙走了。我曾在满盖着爬墙虎的老石墙旁摄影留念，也在老石墙石料做基础的新石墙下与我的孙儿合影，也对孙儿讲述了他老爷爷的故事。

岳父与我

知道我就业到了他曾经工作过的人民造纸厂，岳父操着宁波口音略显兴奋地说："造纸厂可是大机器生产，那抄纸机几十吨重，厂里有一千多人哩！"知道我不太满意，他鼓励我好好干，说就个业不容易，许多家属工干了多年也没有就业转正的机会。

那时我正与妻子谈恋爱。每次到她家去吃饭，岳父都会用一只碰掉一块白瓷的搪瓷茶缸到仅隔着两个门的小商店打一斤散红酒招待我这未来的女婿。我始终记得那印有红字、打了补丁的白搪瓷茶缸的模样，也记得那酒是四角四分钱一斤。

岳父的一生一样坎坷。儿时生过天花，脸留麻瘢；中年遭遇车祸，命留腿瘸；岳母无工作，养活七个儿女之艰难可想而知。然而在我面前的岳父总是那么乐观健谈，跟我有说不完的话。后来我知道，岳父是靠他青年时在上海学的一手好会计活在社会站住脚，不但养活了妻子和儿女，还与两位兄长一起供养父母、供三个弟弟大学毕业，我不禁为之感慨。

岳父知道我在单位学开大货车时告诉我，他年轻时也学过开车，因为把掌柜的美国小轿车撞在登州路的山石上，不敢再开，就放下了。我觉得他在用另一种方式嘱咐我注意驾驶安全。

知道我坚持自学汽车修理并被台东夜校请去讲汽车修理课时，岳父说，多学点东西总有用。他说，他当年给一个建筑商打工，有机会就跟设计师学习，后来竟小有成就，在信号山路、齐东路各设计了一栋民居小楼，掌柜的宁波老乡很是高兴，更加信任他。

岳父很关心但从不干预子女的婚恋，儿女中只一人对象是他牵线的，其他均为自由恋爱成婚，但他却极热心地为周边的亲友同事找对象，而且成功率很高，光是之后我认识的人他介绍成的就有四五对。青岛解放前后，岳父在市场二路经营一间劳保用品店，后来干不下去，卖掉店里所有的东西给两个伙计发了遣散费，关门到造纸厂当会计去了，而且很快给其中一个遣散的伙计在造纸厂找了个媳妇，这媳妇后来成了我的同事。

后来，即墨路小商品市场在家门口兴起，岳父退休在家无聊，做生意的想法重新萌发出来。他用家里一架老掉牙的胜家牌缝纫机扎了些鞋垫委托门口的摊主代卖，竟然很畅销，于是岳父兴奋起来，几乎每天都在用那并不利落的腿脚用力地踩动着那铿铿作响的老缝纫机，一双双鞋垫源源不断地造出来。我很佩服岳父的经济头脑。

那年岳父被查出胃癌，手术后身体虚弱了许多，精神也大不如前。我们搬到西镇后，岳父来过一次，看见我们家瓷茶壶盖上的把头磕掉了，说拿走给换上个。几天后，岳父来电话对我说："壶修好了，我到你们楼下，不上去了，你下来拿一下吧。"不等我说完，岳父那面公用电话就断了。我匆匆下楼去等他，岳父很快过来，手里捧着那只茶壶，我赶忙接过来，他是用一个药瓶的内衬盖充当把头，用一只小机器螺丝联结，再用一根细尼龙绳把壶盖与瓷茶壶的耳型把手拴在一起，很下些功夫。我说："谢谢爸，上来歇歇吧。"岳父摆手摇头道："不，不。"岳父一辈子住一楼，加上残疾和病痛，上我们住的五楼真是太难为他了。

有一天，妻子拿回一只她娘家一直使用的美国不锈钢调羹，说是岳父让每家留一把做纪念，我心一动。岳父值点钱的家当早年都卖光养家了，这是岳父保存下来的最喜爱的，在别家难以看到的餐具；一样十几把，招待客人很排场好用；那把端的椭圆形孔洞可用来开啤酒瓶，几次在岳父家陪客时都看到来客欣赏、称赞这光洁铮亮的羹勺。我隐约感觉岳父在做些什么准备。

那年秋天，岳父旧病复发，住进了401医院。轮到我去陪床的那天，岳父平静地说："我什么也不吃，没有用了，你只用棉纱沾水润一下我的嘴唇就行了。"两天后，勤劳一生的岳父走了。我望着静静仰卧着的岳父，他在一群儿女子孙们面前显示的遗容是那样安然而轻松。

岳母的故事

岳父的四弟是大连工学院的教授，他熟悉自己三嫂，也就是我岳母的许多情况。那年他来青岛看岳母，受邀到我家做客时，很详细地讲了岳母娘家的一些事。

岳母应该算是大家闺秀，父亲是上海二十世纪三十年代有名气的绸布零售商，盛兴的时候，有八家门店、上百的伙计，家里养着美国产的小汽车，岳母姐弟四人都在名校受教育。

不料日寇扔在闸北的一颗炸弹毁了岳母家的安逸。主柜房和仓库毁于一旦，账册、证券荡然无存，岳母的父亲一急，病倒不起。

为还清债务，几经筹措，岳母父亲委托自己的表弟携全部存货和钱款南下新加坡，以期通过表弟联络的进出口交易尽早扭转残局。

不料跟随岳母父亲多年的这位表弟竟一去不复返，彻底失联。

岳母家因而彻底破产，欠下大量债务，卖屋嫁女已是唯一选择。

岳母还在女子中学上着课，媒人就带着岳父悄悄在教室窗外认亲，岳父看清了文静美丽的岳母的模样，当场表示满意。

岳母和她的一个姐姐很快出嫁，姐姐嫁的是比她大十几岁的男人。另一个姐姐嫁回了宁波镇海原籍，弟弟则请人作保到一家买卖学徒。

岳母一结婚就随岳父离开自小生活的上海，到青岛谋生。岳父先是在做建筑商的宁波老乡那里做会计，与岳母住在老乡造好还没卖出去的房子里，兼看管新房，也因此经常搬家，腾出已卖的房子，搬进竣工的新房。

抗战第三年，他们有了大女儿，第二年有了大儿子，岳母便开始了无尽头的相夫教子生活。岳母共生了二男五女七个孩子，只靠岳父一人收入维持生活，其艰难可想而知。然岳母精打细算，度过无数难关。三年困难时期时，岳母背着家人将珍藏多年的金银翠玉首饰陪嫁和绒裘绸缎衣物一件件卖掉，换了食物。及至有儿女四人学成就业入伍，岳母才缓过气来。

岳母一生保持着南方文化女性的风度，态度和蔼，待人礼貌有加且不卑不亢。与妻恋爱期间及婚后多年，我只要帮岳母买来家里紧缺的大米、花生米和其他副食品，岳母总是说谢谢并坚持付钱给我。

　　岳母会用一只火并不很旺的蜂窝煤炉炒一手上海味十足的宵菜，她的两个儿子娶媳妇的酒席是她下的厨。最使我终生难忘的是，我与妻结婚时，恰遇母亲犯气管炎病，是岳母自告奋勇跑到我家下厨炒了四桌菜，而且是用的邻居家的八人大锅，邻居大婶拉火，岳母炒。为了适应从未用过的大铁锅，岳母做了好几次试炒才正式下手。来宾不断称赞婚宴酒席的品质口味，却并不知晓是新娘的妈妈炒的菜，我和妻也不敢说，只是心中充满感激之情。岳母在女儿婚庆日到女婿家主厨炒菜，我从未听说还有别家。

　　岳母发现我在南方菜中最喜欢吃竹笋炖肉和汤圆，便在我和妻儿回去时，常事先准备好。这两种东西做起来都挺麻烦的。板笋须泡发很长时间，然后是切了再泡，上锅炖还得一小时以上。后来找的两个儿子也喜欢吃竹笋炖肉，岳母会炖好一盆，让小姨子送来。

　　岳母身体好时，即墨路上的岳父母家永远是儿女们的避风港和周末大食堂。

　　两个儿子、两个女儿结婚时无房住，都是在岳母主持下，腾出一间房给他们渡难关。每个周末，岳母家都是老少三代热闹非凡，蜂窝煤炉上的锅铲声铿锵不断。

　　八十岁左右时，岳母病倒了，精神大不如前，被儿女们轮番照料多年后，住进了养老院。儿女们商定，每天一人去看母亲。妻去外地采风摄影时，我便顶替看望基本已失智的岳母。初期，我问岳母认识我吗，她偶尔会嘶哑地叫出我的名字，后来只会对我笑，但每次都会用手势催我走，那动作和她在清醒时怕多占用我们的时间催促我们一模一样。岳母礼貌让人了一辈子，她的待人音容手势始终没变。

　　岳母九十四岁那年，在一群子孙的围簇中平静地走了，她那恬静的面孔上，似乎留有尚未收起的笑容。

鹰轮牌缝纫机

我眼前的这架缝纫机算起来已经六十七岁了，一九五六年买的，是母亲经父亲同意，卖掉了父亲在烟台办小学时留下的一台风琴，筹钱九十二元买的一台价格最低的鹰轮牌绣花用缝纫机。楼上楼下的邻居都来看，母亲很高兴。原来母亲为补贴家用，一面在胶东路的一家缝纫学校学裁剪，一面给邻舍百家做起了孩子衣服。这台主要用来绣花的缝纫机力量小，扎厚的角边时，母亲就很小心地用手转动飞轮一针针地扎下去。

那个年代，一般人家买不起衣服，都是自己或请人缝制。我们住的那条街上没有几家有缝纫机，母亲又实在，不计酬劳，有求必应，忙得整天不抬头。我和姐姐很小的时候，母亲就叫我们学踩缝纫机。我当时出于好奇，经常踩，竟也很快学会了扎鞋垫。

后来母亲应聘去吉林路小学当代课老师，没有时间干加工活了，但邻居们日常的缝补和孩子们过年做新衣服还是不断来找母亲。母亲总是热心地帮忙，我和姐姐也经常帮助剪线头和缝纽扣。后来我也能缝纫机缝补丁、握裤脚、缝被单，还改制过自己的衣服。

我结婚后，托一位很有门路的当采购员的朋友买了一台蜜蜂牌缝纫机，这在当时是国内质量最好的缝纫机，也能扎呢绒类的厚衣料了。那台青岛生产的鹰轮缝纫机姐姐拿去用了好多年，因为后来有了新的，又还给了我，说我家的地方大，留着做个纪念吧。姐姐说："一用这台缝纫机，就想起当年的母亲。"于是，在脚踩缝纫机退出家庭多年后的今天，我竟保存着两台。许多熟人都感到惊奇，特别是看到我一个大男人经常用缝纫机扎个裤脚、围裙、床单什么的，会感叹地说："是方便呀！真不该淘汰我家那台缝纫机，没大用，就那么几个钱处理了，老婆说是占地方！"

我的两台缝纫机现在仍在用，因为维护仔细，除了运转声音稍大，使用一直正常。特别是那台六十多岁的鹰轮牌缝纫机，扎起东西来溜得很，似乎在伸张自已存在的必要性。妻子用从母亲那儿和那台鹰轮缝纫机上学到的制衣技术，先是给两个孩子缝制衣物，后在改革开放初期利用业余时间揽缝衣加工活，很有效地解决了老少三辈家庭生活的拮据。

鹰轮缝纫机放在我收藏用的房间的玻璃门前，蜜蜂牌缝纫机放在我卧室的窗户边，都是亮堂地方，要用哪一台都很方便，更不觉得它们多占地方。

家里的缝纫机记录着我们自小的生活历程。当年母亲喜爱缝纫机，现在我们老两口仍需要它，但我们的儿孙已不会用缝纫机，衣服都是买的。我有时会想，他们能理解我们的缝纫机情结吗？

爷孙情深

父亲八十二岁时，开始糊涂，有几次出门找不到回家的路，被好心人送了回来。开始时，到了楼下，他就认得了，笑着向人家道谢。渐渐地，父亲不但不认路，连自己家人也不大认了。

我与小儿子一起送父亲到山大医院看病，扶他上楼梯，他扭过头笑着对我说："你这个同志真好，帮忙！"我对他说："爸，我是你儿子啊！"父亲现出疑惑的样子，转脸问另一侧的孙子："朋朋，他是谁？"父亲除了自己的小孙子谁都不认识了。

已退休的姐姐白天到我家照顾父亲，早晚我们关照。我的小儿子朋朋主动承担了不少照顾爷爷的事情。本来我没敢指望一个上初中的男孩子能干多少家务事，可他却主动承担了不少。在爷爷尚清醒的时候，他每晚帮爷爷洗脸、洗脚，帮爷爷换衣服、削水果，陪爷爷说话。周日，住校的大儿子回来，朋朋会招呼哥哥一起给爷爷洗晒被单、被褥。一次我回家看到父亲屋关着门，打开一看，兄弟俩正在给爷爷洗澡。地上家里最大的洗衣盆冒着热气，父亲赤裸着坐在盆里，笑着任凭两个孙子搓洗着身子，见我进来，竟露出羞怯。我关上门，心生感动，当儿子的我也没几次这样给年迈的父亲洗澡，两个孩子的行为使我感慨而惭愧。

父亲的意识模糊日趋严重，大小便逐渐不能自控，为父亲洗身、换衣、洗晒被褥负担加大。小儿子一回家，先去爷爷屋，帮姑姑干些事。姑姑走了，他就在爷爷屋一面写作业，一面照看着爷爷。我与妻子当时工作都很忙，小儿子用心出力最多，与父亲的交流也最多，所以后期父亲只认得这个孙子。家里其他人走到他跟前，他像看见生人一样地问："朋朋呢？"

父亲教师出身，笃信教育，反对溺爱，从不娇惯孩子，即使对孙辈，也保持相当距离，除去言传身教，几乎没见过父亲哄孙辈玩耍，更极少见他给孙辈买玩具什么的。但两个孙子很爱戴祖父，小儿子尤甚。

小儿子小学二三年级时，父亲替我们去开家长会。班主任问不修边幅的父亲："大爷你识字吗？你能不能记一记，你家这个孩子得了多动症了，不管上课下课都捣乱，快让他爹妈给他治治吧！"

父亲回来说："什么多动症，小孩贪玩罢了、老师还问我识不识字，可笑！"

小儿子本以为家长会后会"挨熊"，听爷爷一说，他接着说："俺老师说班上有二十个多动症，不光我。"父亲少有地摸了一把小儿子的头压低声音说："少皮，跟爷爷学着写写毛笔字吧！"

没有注意小儿子跟父亲学了多久，只是看到小儿子的字变得工整而有力，那深深的圆珠笔压痕，跟父亲用圆珠笔时一样深刻。

多年后，跟小儿子聊起"多动症"的轶事，小儿子感慨地说："爷爷是真懂！"

凡情

那年的五月十二日，妻永远地走了，这天离我俩开始相爱的日子，整整过去了五十年。

我清楚地记得，那时知道她要随班级去农村割麦，我首次跑到她在中山路附近的家门口，叫她出来，心情万分激动地递给她一副线手套，不敢多看她的眼睛，匆匆离开了。这是第一次与她单独相处，仅仅几分钟，却难以忘怀。

那年学雷锋高潮时，在九中初三与我同级不同班的妻已是班团支部书记、全校闻名的市级学雷锋积极分子。她来我所在的这个落后班做学雷锋事迹报告时，我才看清楚她的模样。作为当时并不少见的先进典型，她最吸引我的竟是她朴素衣着掩盖不住的、透着聪慧的美丽白皙面容和略带褐色的眼睛。

我开始注意她，不知不觉地在校园里搜寻她的踪迹。每次看见她那总穿着前襟有两只口袋的暗绿色上衣，脚蹬一双高腰胶鞋的身影，就激动得心跳很快。学校办的很正规的黑板报几次登载她的简短文章，每次看到，眼前就晃出她微笑着的白皙面孔。出于某种心理，我也写了诗歌向黑板报投稿。一天可巧碰上负责板书黑板报的陈老师正在同学们的围观中全神贯注施展着他独特的粉笔书法，凑上去看，竟然正誊写着我那首自由诗，我激动不已，首先想到的是她能否注意到那诗旁落款的作者班级和姓名。

初中毕业，正值宣传侯隽、董加耕下乡插队高潮。学校领导紧跟形势，大力宣传上山下乡，一时满校下乡为荣之声。突出者，有多名高初中生表示放弃升学，直接下乡，其中有她。为表决心，她回家偷拿着户口簿去派出所改名为"励耘"。后来教育局不允许学生放弃升学机会直接下乡，她才在匆忙中参加了升学考试。结果她跟我一样，考上了本校高中，但仍不同班。

我清楚地记得，第一次与妻讲话，是高中一年级在城阳下乡秋收劳动期间。学校通知她和任班主席的另一女同学连夜赶回市里，去参加次日上午市里组织的重要活动。她们那兼任校团委书记的女班主任王老师，带着她俩来到在掌着马灯的场院上，问班上的男同学谁认路，送她们到城阳火车站。谁知一时无人应答，看到此情，在旁聊天的我不知哪里来的勇气，竟自告奋勇地站出来对王老师讲："我送她们去！"

三双眼睛齐望向我这并非同班的男生，一样的诧异目光。其实我并不清楚记得几天前走来的路，只是被接近她的冲动驱使着，但我知道自己的方向感很强，知道越过农村田野的一片黑暗，远处隐约一簇灯光处必是车站。

行进中，她大方地问我的名字和我班的情况，一双在夜色中闪亮的眼睛不时望一下我，显然此前并不知道有我这个男同学。幸运的是，那时我们开始互喊名字，似乎真的认识了。我本想等她俩上了火车再离开，但这两个较其他女同学成熟不少的学生干部坚辞不许，我便告辞离开。

不久，我听说她得罪了什么人，不再受重视，不再担任班干部。我仍然时刻关注着她，在校园里碰到她低着头走路，很想打个招呼，却又缺乏勇气，不知此时的她会有怎样的反应。她原是那样高不可攀，现在虽有些"落难"，却似乎给了我接近她的机会。

不久，我听说她在离她所在宣传队驻地不远的老弄堂里的一家小皮件厂"学工"，便过去找她，她人不在，有热心女工大姐告诉说："她回家了，她家在即墨路，很近，你去她家找吧。"我去了，巧得很，碰见她很熟练地挑着一担水走在人行道上。我一时不知如何与她打招呼，正犹豫着，她放慢脚步拐进了一个老式二层楼下的街门。我走近那门，听见了她和另一有明显江浙口音的女人的说话声，觉得那会是她的母亲。我本想迈进去的脚一下子缩了回来，我还丝毫没有面对她家人的思想准备。

这一次是知道她们班去学农，我便以手套为媒，直接去了她家。她接过手套，脸色微红，问我都在干些什么。我说在搞巡回演出，等有好的演出给她送票来。她笑了，说好久没看演出了。我心里一阵激动，终于有了来她家名正言顺的理由了。此后，只要在海边形如北京人民大会堂的新建礼堂有演出，我总会给她送票，也由此认识了她的父母和兄弟姐妹，我们的单独约会也多了起来。

最惯常的约会是她在晚饭后到中山路上我所在的宣传队驻地大门口铺天盖地的大字报栏前的人群中，一面看大字报一面等我。我看见她背着手的身影，就过去悄悄扯一下她的袖子，她便跟我走出来。在到处是看大字报的人的暮色中，没有人注意我们。多数，我们是夜游海滨，天南海北聊天，两人还保持着距离。一次过马路，我首次抓住她的手，还觉得她抖了一下，很快把手抽了回去。一次外面下起了雨，我带她进了宣传队休息室，反锁上别人也有钥匙的门，小声聊着。忽然听见有人噔噔地走近房门，用钥匙开门，她吓得一下子抓住了我的胳膊。我示意她别吭声，接着听见我的助手小林自言自语地说：“真怪了，这锁自己从里面锁上了，是不是坏了？”他又用钥匙搅了几次那老保险锁，无奈离开了。那年代，男女间身体的接触是极其敏感的，即使谈恋爱，不到婚嫁之时也都保持相当距离，牵牵手也就算很亲近了。这次以后，她的拘谨放开了不少，但言谈中偶尔出现的欲言又止使我感到她并未对我打开心扉。我知道，这需要耐心等待。

深秋的一天，晚饭后见面，她说要跟我说些事，沿着海边，我们边走边谈。

她很认真地向我述说了她的感情经历。原来她与高中班上的一个军队高干子弟来往密切，经常去那同学家聊天、吃饭，但多数是与另一文静漂亮的女同学结伴同去。那家人从曾是老红军的男主人到做饭的阿姨都熟悉了她俩，她以为那男同学喜欢的是自己。但不久前那男同学对她说，他已与那文静女同学明确了恋爱关系，希望她理解。她很难过，但也非常理智地远离了那男同学。我明白，她说这些是对我的感情负责。她侃侃而谈，时而若有所思，像是向过去的告别辞，又像是一路边走边抛心中的一些记忆。我讲得也很多，告诉她自己几年来对她的关注和爱慕，而且是初恋。

从栈桥走到海水浴场、八大关、太平角，又从太平角走回到鲁迅公园、市革委大厦前小花园，也走，也坐，不知不觉，已近黎明。一夜酣畅淋漓的交谈，使我们的关系进了一大步。送她到已现晨曦的家门前，我们有了第一次亲吻。

与相貌出众的姑娘谈恋爱，心理压力是比较大的，何况她的家庭条件比我好得多。她的两个姐姐、姐夫当时都是现役军官，家里是军属，光是政治条件就超过我这个家庭有历史问题的、连团都入不上的人不知多少倍。而且，她告诉我，她的大姐和大姐夫一直在帮她在部队上找对象，我听了心里很不是滋味。但我知道，她是一个进取心很强的人。我们那一代人当时最期待的是能就业工作，而她家的情况，兄妹七人四人已工作，就业指标是很难得到的。我心里很明白，不解决就业，我们的恋爱是难有正果的。我也看得出，她家里人对我们的关系也保持着冷静的态度。

当年十二月，我们宣传队所在的学生组织得到市里特批的二十几个就业指标，解决长期脱离原学校的学生骨干的就业延误问题，而负责此事的大学生老孔把此事交由我经办。

没想到的是，在市里学生组织活跃着的许多同学并不急于就业，似有更大理想，而多数文艺宣传骨干则期待进入文工团，也有同学嫌批给指标的单位不理想。结果是，通用机械厂和金属制品厂报名十几人，而位居城中村的造纸厂和远离市中心的玻璃厂无人报名。老孔知情后，指示从中学另选骨干安排，不要辜负市里的照顾，要抓紧办。他接着叮嘱我，将伙房炊事员于师傅在二十四中的女儿安排上，不要管她哪派组织的。就在此时，我萌生出借此机会安排妻就业的念头。办手续时，我将自己和妻安排在大家不愿意去的造纸厂和玻璃厂，把多数人送进大家向往的通用机械厂。于师傅的女儿和几个学校推荐的同学则安排了市内海边的金属制品厂。当时十九岁的我简单的想法是，一旦某日认为我"以权谋私"，因为是去的最差的单位，同学们也会放我一马。

妻因我而就了业，她家庭对我的认可也随即变得明朗起来。

妻进厂被安排做电焊工学徒，而我一进厂则很意外地被安排到厂汽车组学开大货车。那些年，开汽车是许多青年渴望的职业，社会认可度高得离谱，对我来讲几乎是连想都不敢想的好事。因为有机会学驾摩托车，我在就业登记表上填上有二轮摩托驾照，不过希望被人高看一眼，不想到真有了用场。劳工科长告诉我，局里特意来电话告知："去厂里的那个高中生小刘有驾照，局里也一直没有司机调配给造纸厂，给他办个增考，几个月不就成了吗？"

其实，除交通规则，大货车的驾驶与摩托车几乎是天壤之别。为驾驭那辆破旧不堪的、一九五二年产、载重三吨的"布拉格"，在每天吃降压片的师傅指导下，我费尽力气和脑筋，连开带修，终于在六个月后取得独立驾驶资格。妻为我成为正式驾驶员很高兴，她的家人也似乎对我重视了许多。

就业的第二年，妻经她的大姐介绍，去跟驻军文工团的一个青年演员学打扬琴，每周末去一次。我喜爱文艺，也带过学生文艺宣传队，心知妻并非文艺人才。她扬琴打了两三年仍做不到依谱盲打，像当时许多女青年一样，对文艺喜而不好。妻去跟部队专业人员学琴我虽不赞成，但难以提出异议；我隐约感觉到，她家里还是有人是想帮她找个军人对象。果然在跟那人学琴半年后的一天，妻很坦然地对我讲，那人已向她表白爱意，并为表示诚挚将自己名字的后二字改为"向心"，中间字用妻的姓。我心中不舒，但故作镇定地说："他真够痴情的，你告诉他你有对象了吗？"妻说："没说得那么明白，他说一直等我。"妻是挺有理智的人，我相信她能处理好，直到后来她停止去学琴，我再也没有提起此事，也没打听那人是否真的使用过那饱含情意的名字。

我们工作两年后，我父亲被强制退休至农村原籍，退休关系被转到了原籍县民政局，后因无相应政策在家乡盖房安置，派出所拒绝了校方强迁户口的要求。父亲无法去原籍领退休金，我们的家庭生活一下子乱了。妻对我说："要能登上记，咱俩就结婚吧，成了一家人，钱就宽裕些了。"我很感动地拥抱了妻子，也告诉了父母，随即为登记奔走。在一位当过街道办事处干部的邻居帮助下，我们登了记。当我拿到盖着区革命委员会钢印的传统奖状型登记证和三丈布票、一张铺板票时，激动得失去了方向感，差点找不到办事处的门。

我结婚了，满条街上都知道刘老师的儿子找了一个很漂亮又很贤惠孝顺的好媳妇。第二年，我们的大儿子出生了，年迈的母亲把孙子抱在怀里像在抱一只大金蛋，父亲饱经风霜的脸上也有了笑容，我们老少三辈的家庭生活虽有些清苦，欢乐却浸润其中。

为增加收入，我利用周末业余时间去台东夜校教学。为父亲的政策落实，我发动所有的社会关系，奔波在父亲学校和有关部门间，妻则不动声色地尽其所能，把家庭生活安排得井井有条，患哮喘病的母亲轻松了许多。因为有了能干的妻子，我对未来充满了希望。

我们这些老三届高中生注定要经历更多的磨难。恢复高考时，我们已有两个儿子，母亲经常患病卧床，我和妻子都不可能离家上学，无奈放弃了报考。说起单位推荐高考，妻看着正在玩耍的儿子们说："功课都忘了，考不上让人笑话，算了吧。"我知道这不是她的心里话。好在此后我和妻都被以贡献大难得地上调了40%工资，逐渐淡忘了高考的遗憾。后来的职称评定、转干考试、干部提拔，我们二人无不是互相鼓励中度过，用相濡以沫形容我俩那些年的感情生活再恰切不过。

妻被提拔做解决职工子女就业的劳动服务公司经理时，学生时代已有基础的组织能力得到了充分发挥。她把小公司管理得井井有条，效益颇好，小青年们月月有奖金，很是拥护她。

后来我们搬进了单位分的新房；两个儿子先后学成就业，都做了那年代最受年轻人向往的外贸业务员。新世纪初，我们又有了第一个孙子。我和妻都感叹时代对我们一家人的眷顾。

那年，国企减员增效如火如荼，但生性要强的妻根本没想到自己也会被安排离职退养。妻心有不服，在家里坐立不安，整日难见笑脸，晚上不断与人通电话，也顾不上回避我。我终究做了多年管理工作，对干部的去留看得较妻深些，便伺机安慰她。妻看着我，一言不发，罕见的两行眼泪流出了眼眶。一天，妻问我有家装修公司想聘她管财务，去不去？我说："你是会计师，轻车熟路，为什么不去？"

妻去新单位上了班。不久就听她讲起她催账收款有功被奖励，露出很有成就感的笑容。看她有了新的寄托，我也十分高兴。

新的工作之余，一直喜欢摆姿势照相的妻报名参加了老年大学摄影班，一学就是十年，先后成为青岛市、山东省摄影家协会会员，参展、参赛的作品无数，获奖十余次。一幅奥帆赛场景照片还被选作一风行杂志封面，得了千元稿费。有她作品的影展我场场不漏，有多幅参展作品都是妻邀我配的题名。妻的采风活动国内名胜古迹无处不到，西藏就去了两次，第二次是乘坐刚竣工通行的青藏铁路，令患腰椎病不宜远行的我羡慕不已。国外采风，她年年出发，先是东南亚、新澳欧美加，后是印巴南太夏威夷，三十余地，上万照片，周边亲朋无不感叹。每次远道采风回来，我都事先煮好她喜欢的大米绿豆稀饭再开车去接她，就着咸菜喝稀饭是她在外吃腻了团餐的最大享受；她对我熬的米粥和备的小咸菜赞不绝口。丰富的摄影活动使特要强的妻子重获自信，精神焕发；我也倍感欣慰。

一年春天，妻突然开始失眠心跳，后来服三片安定仍睡不着，我便陪她就医。有医生说她这可能是迟来的更年期综合征，也可能是抑郁。妻说她心跳得难受极了，是不是遗传了母亲的心脏不好？我安慰她说岳母虽不到五十岁就吃心脏病药，可是活到九十多呀，不要多想。为多陪伴她，一天中，我只上午出去办点事或购买生活用品，中午赶回来做饭两人吃，饭后午睡。每日晚饭后，就陪她到燕儿岛公园海边散步，两年多从未间断。

深冬夜晚一次走到海边松树影下，妻说："你抱抱我吧，我们好久没拥抱了。"我走上前，隔着两人厚厚的冬装抱住她；没有言语，没有亲吻，但似乎听得见两颗心的跳动。那个冬天在夜晚散步时，妻多次要我站住抱她一会儿，也总是什么话也不说，紧紧闭着眼睛。我似乎悟到，她在体味我们恋爱时的感觉。我们的热恋就是在一九六七年的冬天，妻总是穿着姐姐的灰色军大衣，带着时兴的自制口罩与我约会在海滨。在浪涛声中，隔着棉衣拥抱和摘掉口罩的亲吻留下的记忆是刻骨铭心的。

五月那天一早，我再次与妻去医院看病拿药回来，妻说："你送我去理理发吧，回家你再帮我染。"妻年轻时头发显黄，年老时却变白不多，也少脱落，没染几次发。几年前我自行染发时，妻碰上要我顺便帮她染过一次鬓角，这次让我帮她全染是第一次。从理发馆回来，我给妻仔仔细细染了发，她还首次让我帮她洗了头。妻照镜子看了看说，染得很好，一点没弄到脸上。

我时刻关注着妻的病，与她每日几乎形影不离，却未料到我帮妻染发的这天晚上她竟与我永别。

我曾要求熟识的居委会主任在妻倍感惆怅时，帮助安排参加集体活动，妻去过几次，拿回一个手工串珠编织苹果的半成品，放在书橱里。未完工的色珠和尼龙线存在旁边一只塑料袋里，一直未动。妻走后整理她的物品时，我突然发现那苹果竟然编好了，摆在原位。同时，我又发现她那十几本摄影获奖证书只剩下了红绸紫缎烫金的皮封，里面盖着各种印章的证书都不翼而飞。妻似乎在告诉我，那些证书都是空虚的，值得完整存留的只有那亲手编织的苹果。

妻曾说过她自己的心很硬，从不服软，有错也不愿认，对谁都一样。我发现她在走前两年断断续续的笔记里，几次写到自己缺乏妻子的温柔和对我的关心，还记恨我的言差语错，但悔之过晚。

在另一段像是写给我的短信底稿的文字中，她在我的名字左上角用墨色有别的笔加上了"亲爱的"三个字，这是她绝无仅有的这样称呼我，她历来认为那样称人是肉麻虚情，不屑一顾。我禁不住流泪了，似乎这几个字是她面对着我羞怯地叫出来的，我不由得在心里呼应着：亲爱的妻，我想念你！

传
承
篇

生活验方

——送给儿子

多做有计划的事，少做临时决定的事，因临时决定易忙中出错，重要的事情更是如此。日常小事不必常挂心上，临时改变主意时，多考虑一下安全即可。

若安排了十件事情，做起来发觉时间太紧，心中着急，应立即调整，放弃几件。先做时间有限制的，再做重要但易做的，最后做重要、复杂的事情。当前放弃的事情，可放到下一轮计划中去执行。这样一调整，减轻了额外的精神负担；办事进度的加快，又可鼓励你完成任务的信心；你甚至有可能完成了那十件事情，又不易出错。

人在世界上都是匆匆的旅游者，随身的必需品一旦丢失，你便疲于重返，少见了世上好多风景。管理钱物和一切生活用品，都应有秩序；要养成一切东西都放置整齐、位置固定的习惯；取用迅速，查找清楚，观感美观，增加自信，百利而无一害，何而不为？且莫忘记，所有不怀好意者都是先选择杂乱无章、管理无序的对象下手，因为那较易蒙混过关。

决不能轻视常丢失小东西这样的小事，你会因此而受到别人的轻视。丢掉重要东西的人多半是经常丢小东西的人；丢三落四的人永远是不受欢迎的人，他不但伤害自己，还会伤害他人；有的丢失会使你悔恨终生，甚至发疯。

对一切事情都不可抱侥幸心理，更不可把偶遇视为经验，永不依赖意外的收获。不要相信搞股票、彩票会使你发财，宁可去捐献。偏信意外收获的人常有意外损失，这常是那种人丧失自信、自尊，最终颓废的原因。

安全的保证是防范，防范的措施首先是警惕；别人身上发生的不幸对你有所警醒，你必然要有防范的手段，意外损失便难以接近你。一个有思想、有上进心、有管理意识的人，面对突发事件，须遇乱不慌，事情越大越冷静；要想到你遇到的并非世上最大的事，别人能处理，你也能。如果是你的错误，须及时总结经验教训；同类的问题，决不能再出。承认自己的缺陷往往是痛苦的、伤害自尊的；但过度维护自尊，心理上自我肯定倾向失度，便易扩张原有的缺陷，屡犯同类的错误，最终丧失自信和事业。

那种必须自己亲身经历才承认的思想是幼稚、愚蠢和危险的，但相当普遍地存在。没有人可能实践一切，没有人不是站在前人的肩膀上。有学问的人无非是把前人的实践作为自己的理论，去指导自己当前有一定范围的实践；如有发挥，前人的贡献也是绝不可磨灭的。学问的由来，就是想学就问；问则多识，多识则多智，多智则事成。

决不能轻视节约，即使你很有钱；钱花不了可以捐助，但不能浪费；节约不是抠门，会享受是最大的节约；只要你运筹帷幄，在一定的开支内，享受得最多，并有利于身心健康，那就是节约。对于搞实业的人，养成节约习惯的最大好处，会使你精于核算、管理有序、发现创造财富的秘诀，这也是被许多著名实业家证明了的事实。

给儿子的便条

宝宝爸爸：

孙儿宝宝报名上小学一年级才半个月，你们就开始为他焦躁，是不是急了点？

注意力不集中太正常不过，对第一次真正受课堂约束的幼童，精力很集中可能吗？教师应懂得启蒙教育的特点，不停地引导孩子逐步走上正常听讲之路；才半个月，急什么？

宝宝是很正常、很聪慧的孩子；上学前自主认识的字少说也有六百个，而且会想问题。如有一次生病几天不退烧，很懒，不舒服，他问："爷爷，我这是怎么了？"很像是大人说的话。他在日常生活中常出现的是做事不专注，干着这个说着、看着那个，这也是幼童行为方面的共性，是需要家长和老师不断引导的。这方面，家长在日常生活中随时关注和示范作用巨大，而我们做得到底怎样？

说孩子可能有多动症和其他身体上的问题并无确切依据。你们兄弟俩在朝城路上小学时课堂纪律不好，都被老师说成是多动症，打电话把我叫到学校两三次；我回来跟干了一辈子教育的你爷爷讲，你爷爷说："什么多动症，小孩贪玩罢了！"后来你们兄弟二人都成了三好学生，再没有什么人提起过多动症。

子不教，父之过；教不学，师之惰。还是应先考虑家长以前做了什么，起了哪些作用；有哪些应做的未做到，以后怎么做更好。教育孩子不是家长想怎样就怎样，教育有自身的规律，光有愿望是没有用的；这就是社会上许多家长都想孩子有出息，不停地让他们学这学那，托人求情，舍家陪读仍然学成无望的原因。

具体意见：第一，停止与学校教育不一致的所有知识类培养活动，全力配合学校教育。第二，减少家长的非工作类社会活动，安排足够时间与孩子相处；以家庭为基地，以家长言传身教为主要方法培养孩子的行为能力，主要包括起居自理、主动沟通、分享成果、做事专注，建立责任心和使命感。第三，建立双亲一致的教育孩子原则，力戒有人袒护有人严，或忽松忽紧。第四，以树立宝宝兄长地位为起点，建立弟弟尊重哥哥、哥哥爱护弟弟的兄弟关系，使宝宝从家庭开始学会与同辈人相处和交往。

对你做家长的价值观期望：须认识到教育成果与家庭贫富基本无关，而与家长的修养、长期的垂范影响密不可分。过于舒适的生活条件和过于复杂的成人生活显露在孩子面前，会使孩子心绪紊乱，童心不净，影响成长。教育儿女是长期而艰巨的任务，谁也不可能一挥而就，这既是传统也是规律。

以上意见供你参考。

父草

二〇一〇年九月十七日

爷爷给豆豆的信

豆豆：

一年前，你要求爷爷把每天撕下来的日历头（这种老式的原称"月份牌"）页纸给你留着，你有用。爷爷答应了你，便每天将撕下的按日期循序夹起来保存着，一张不缺。曾问你有什么用，你说作演草纸用。

爷爷已把前半年的月份牌纸订起来给你了，不知你用了没有。现把下半年的订好给你，兑现爷爷的承诺。

爷爷之所以认真地做这件小事情，是有意让你从小懂得做事做人的道理。

你可能是一时兴起提出要那硕大日历头的每张纸，这叫"要求"；爷爷答应你，这叫"承诺"；爷爷每天将撕下的纸页给你留着，这叫"履行承诺"；因为时间循序可能对你有用，就按日期夹起来，这叫"认真负责"；现在把全年的都交给你了，这叫"兑现承诺"。

要求，承诺，兑现承诺，这是人一生不断发生的人际交往。交往的结果便是"信用"，是否按时、完整、圆满兑现承诺便决定了信用的优劣，被社会认可和尊重的人无一例外都是讲信用的人。信用是做人的根本，做事不注意讲信用的人是没有前途的。

既然承诺是这么严肃的事，应该怎么去做呢？

首先是不要随意承诺，答应了做不到便给人留下不讲信用的印象。有时候别人向你提出要求时，你会不好意思拒绝，怕人不高兴；但比起答应了做不到引起别人反感，要好得多。这里讲的承诺主要是指较费时、费力、费钱，自己不能独立完成或时间跨度较大的事；平日玩耍游戏当中的你应我答还算不上承诺。

再就是不要随意向别人提要求，自己能做的事尽量不要麻烦别人；久而久之，别人就不太会向你提出过分的要求，使你有时间认真去履行原有的承诺。当然，这不该影响你平日顺手帮助同学或他人解决一些小困难，养成助人为乐的习惯。

再讲就多了，看不懂的地方可请爸爸帮助解释一下。

爷爷

二〇一二年元旦

儿子的路

大儿子六周岁上小学，从贮水山路到无棣四路小学，下山又上山共三里多路，还要穿过大货汽车不断出入的大连路汽车二队大门口，很让人不放心。第一天上学，我陪他去，恰巧碰上在该校当老师的一位高中同学，便托付关照。放学他是在老师组织下和相居住近的同学一起回来的。我问儿子："明天你自己上学行吗？"儿子似胸有成竹地说："行，我认路。"

第二天，嘱咐过后，让他自己走了。我悄悄地跟在他后面，眼看着小屁股上晃荡着大书包的儿子噔噔地往前走，穿过黄台路时左右望了一下，走上无棣二路一段又要穿过宽阔的大连路，我跟上几步，看他仍能注意一下来往车辆才不急不慌地往前走。到无棣二路公共厕所处，儿子毫不犹豫地左拐往山上走。跟到学校门口，他好像碰到刚认识的同学，手比划着什么和同学一起走进校门。

我再也没送孩子上学，相信他早已有相当自立能力。上学前，大儿子在外贸幼儿园上了三年长托，每周末接回家，自小集体生活锻炼了他。大儿子上学，小儿子又顶替哥哥腾出的床位进了名额紧张的外贸幼儿园。

小儿子能吃、能喝、能造。有一次周末我去接他，偷偷看他吃晚饭，每人一块熏鱼他早早吃完了，眼瞅着旁边一个看样子不喜欢吃熏鱼的小朋友的盘子。旁边的老师发现了，问了那小朋友一下，推过剩下熏鱼的小盘子对小儿子说："他不吃你吃了吧！"小儿子眼睛一亮，飞快地抓起那熏鱼吃起来。另一次他妈妈去接他，发现他自己穿棉裤，把一条腿穿在罩裤与棉裤之间，跑了一天也不知道冷。

两个儿子都经历了小学时期的捣蛋时期。有一次退休的父亲代我们去朝城路小学开家长会，老师对不修边幅的父亲说："大爷，你识字吗？"二十世纪三十年代大学师范专业毕业、教了一辈子书的父亲回答说："多少识几个。"老师说："大爷你最好记一记，好好跟他爹妈说说，您这两个孙子都太能皮了，上课都不停地说话、做小动作，那个大的还给全班同学起了外号！"

父亲回来说，男孩子不怕皮，就怕不念书；教书是干什么的？他们懂教育吗？

我们相信老父亲，不理什么多动症，不打不骂，坚持谈心启发式的教育。此后我无一遗漏地参加了两个儿子所有的家长会，认真听取老师意见并逐条认真记录，回家后便与儿子促膝交谈，而且总是让儿子先总结自己表现情况。有问题时，让他们自己写检查，我负责保存。

　　两个儿子都只写了一次检查，一两行字，好像再也无须写。其中老大写的那份检查在我几十年后整理文案时找到，一张横格笔记本纸上歪歪扭扭地写着："我今天和表哥带弟弟去栈桥玩，掉海里去了，再不去了。"近小学毕业时，两个儿子成绩都有很大提高，初中毕业时都是成绩突出的优秀生了。

　　相信教育，没有几个人反对；但赞同什么样的教育方式，人们的认识却大相径庭。我和妻子共同理念是，家长以身作则，孩子自由发展。

　　大儿子中考，是上高中还是上中专，我在一张大纸上写出两列文字，分别逐项列明经调查咨询的有数据的各方利弊风险，如优秀中专和一般大学毕业后就业满意度的对比等，交给大儿子自己选择，自己只做客观说明，不偏不倚。

　　大儿子最终选择了一家最难考的中专。当年中考该中专与高中统一试题，大儿子以高出青岛二中录取线二十四分的成绩考取其校进出口业务专业；小儿子步其后尘，三年后亦考取该校同专业。

　　大儿子在中专后期自修完成了山大英语自学大专考试，自学本科只有一门在毕业后不久完成，记得是到济南考的听力和口语，儿子回来说，面试对话很简单，没几句就通过了。大儿子就业不久，在省外贸系统举行的一次英语演讲比赛中获得一等奖，超过了数位参赛的外语专业本硕毕业生。

　　小儿子毕业前也通过了英语大专自学考试，说是以后再考本科。待我无意间谈及此事时，小儿子谑笑着说："放心吧老爹，我已在修工商管理硕士了，你儿子落后不了！"

　　两个儿子都是十九岁中专毕业统一分配工作，做了省外贸公司业务员；又都在单位"公"改"私"时选择了自行创业，这在国企改制大潮中司空见惯。

　　自感与周边人不同的是，儿子们自就业就没再花家里一分钱，一切自理；离开国企创业也未使父母操心牵挂；到婚娶年龄，又毫不迟疑把儿媳妇领到了我们面前。两个儿子真正是自由恋爱，我从不过问他们有否对象，大儿媳妇是定亲仪式那天我首次见到，妻子说大儿子征求过她的意见，她回答说："爱你所爱，从你所愿。"

有了孙子、孙女，他们雇保姆照看，怕累着父母；要求我们做的是，指导他们教育孩子，他们相信我们这个有教育背景家庭的传统，一定对后代有益。当然，孙子们的人生路主要靠两个儿子夫妇去指导了。

看到一大家人其乐融融样子，我突然感悟到，儿孙们走的路是从他们的爷爷、老爷爷那儿就铺开了。

学习做父母

记得当年每次到一个同事家，都会听到他妻子数连痛骂自己的公公、婆婆；同事在旁笑而不语，他们上小学的儿子在旁自顾玩耍。那孩子上中学时，朋友妻子仍然每晚把一碗热牛奶送到孩子的嘴边，并会说道："好孩子，妈伺候你，什么都不用你做，你一定要好好学习。"然而，孩子不但学习很差，而且讲吃讲穿、追求奇异发型，中考时勉强进入职高。朋友妻子说，摊上这样的孩子，真是命不好。

一个当过兵的朋友，五十多岁和妻子离了婚，是给女儿办完了婚礼后悄悄地办的。女儿知道后大怒，说："你们既然多年痛苦，为什么不早离婚？没有感情的婚姻是不道德的婚姻！"朋友说到女儿，眼泪涌出来："我们早离婚，女儿就可能毁掉啊！"好在那大学毕业考入文化部门工作的女儿不久就理解了父母，奔走在分居的父母之间，维系着亲情。

在我成家生子后，办过学校、做过一辈子教师的父亲告诫我：家庭是孩子的第一所，也是最长久的学校；父母是孩子第一任，也是最重要的导师；家长在日常生活中的一举一动都在潜移默化地影响着孩子，单靠学校教育是远远不够的；家庭和学校是孩子成长的一双翅膀，缺一不可。父辈的忠告使我懂得了"子不教，父之过"的道理，随时注意规范自己的行为，努力做好孩子道德品质培养的楷模；与妻相约，不管遇到什么事也不能在孩子面前吵架。

两个儿子活泼可爱，却也调皮无比；上学至三四年级时因课堂纪律经常被老师电话招家长。是训，是打，我曾一时束手无策。情急中忆起听过的"与孩子做朋友"的方法，遇到老师反映情况，便一本正经地与孩子面对面谈话，让孩子自己讲该怎么办。一次，大儿子偷偷跟几个孩子去栈桥玩，一下子掉进海里，被游人捞了上来。我气得要打他，可转念一想，"朋友"能打吗？还是促膝谈心吧。于是，我跟他严肃地谈话，孩子还写了只一行字的"检查"；又一次犯错时，还把那份检查拿出来让他看过。孩子的自觉性在这种平等的、尊重的交流中提高很大，他长大了不少。

作为被"文革"耽搁学业的老三届，我和妻子中年才有机会进修大专，其时大儿子已上中专；晚上经常是一家人同时伏案读书。我切身体会到父母的求知精神、家庭的学习氛围对孩子的影响之大。每当我有功课"请教"两个儿子时，他们都像小老师一样认真讲解；他们的学习积极性也越来越高，睡前兄弟俩在上下床上讨论功课和所见所闻的声音不绝于耳。

大儿子中考时，是选择考高中以后上大学，还是报考当年名振山东的省外贸学校，我们夫妇发生了严重争议。艰难统一的意见是：客观分析出路的利弊，分条目列在纸上，由儿子自行考虑选择。结果是，大儿子以高出青岛二中录取线二十四分的成绩考入省外贸学校，入校成绩名列前茅。

小儿子受哥哥的影响，自六年级起像变了一个人，学习异常努力。自己列了一份每周更新的学习时间安排表，贴在床头，每天起床先看一眼。本来他分担的扫地、热饭、刷碗、倒垃圾等家务事做得慢，学习发力后，家务事也做得迅速利索起来。我诧异地问他，他郑重其事地说："爸爸，我要考二中。"每天晚上，他都要学习到十点；怕影响我们睡眠，他就把房间门关上到狭窄的走廊上来回走动着背书。

是否可以说，严以律己，以身作则，尊重儿女的人格和选择，是当代父母的必修课，更是培养子女成才的必由之路。

家长会的回忆

有道是，子不教，父之过。我在做教师的父母的教诲下长大，作为父亲自己又有了两个儿子，教育两个男孩子笃定是我义不容辞的责任。我参加了两个孩子小学三年级到初中毕业几乎所有的家长会，因出差漏掉的仅一两次。大儿子小学四五年级学习成绩很好但也很调皮，一次在家长会上被老师点名批评，说是上课不断与邻位讲话，但老师叫起来回答问题都能答上来，却影响了同学听讲，很自私；而且还给全班同学起了外号，乱叫一通，影响很不好。我回家后跟妻子讲好由我与大儿子谈话。我严肃而平静地把老师在家长会上讲的事情一五一十地向老大讲清楚，然后问他打算怎么办，老大低着头说："爸，我一定改。"我说："你要向班主任当面表示你改正错误的决心。"他答应道："好"。我与儿子的这种谈话总是很简短，我认为他自己是知道对错的，只是自控能力不足而已，多说无益，信任和鼓励才是正路。后来的家长会上，班主任告诉我，大儿子表现变化很大，开始知道约束自己，帮助同学学习，很少打闹了。我自己出生于教师家庭，笃信正面教育，从不依赖粗暴手段，曾一时冲动打过老大两次，一次仅一巴掌，每次都使我后悔了好久，至今犹记。

小儿子小学时有一要好的同学叫小鹏，两人天天一起上下学。一次家长会上，我见到了小鹏身着军服的妈妈，一位美丽的女性。那次家长会学校要求每个学生坐在家长旁边。小儿子对我说："小鹏特害怕他妈妈，你看他那样子。"

我扭头看了一眼，小鹏一动不动地待在妈妈身边，脸上汗渍渍的。从老师那里知道，小鹏的爸爸是海军飞行员，在执行任务中牺牲了。小鹏的姐姐十二岁时既是班干部又是学习成绩最好的学生；但她妈妈要求必须考第一，考第二都不行，说是要给烈士爸爸争气。一次姐姐因为未考第一，妈妈又打了他姐姐；因为不堪压力，即将小学毕业的姐姐投海自尽。我听后惊诧不已，望着小鹏妈妈俊俏的面孔和她旁边惊恐小鹿般的男孩，心中真是五味杂陈。

家长会后没几天，班主任把电话打到我单位，说小儿子闯祸了，让我去一趟。我赶到学校时，小儿子已在班主任的办公桌前站着。班主任说："人家小鹏家长来找了，你儿子带头把小鹏用书包带绑在电线杆上，把人家白衬衣都撕破了，你看看怎么办吧。"小儿子胆怯地看了我一眼说："俺是闹着玩。"班主任说："哪有这样闹着玩的？不知道他家什么情况吗？说重了点，这是迫害烈士子弟！"

班主任的话使我心一跳，脑中闪过这"文革"中的罪名。班主任可能觉得说得有点过火，改口说："你把孩子领回去，看看怎么向人家道道歉吧。"

小儿子很害怕，回家后一直泪汪汪的，不知所措。我知道小儿子与小鹏很要好，只是玩得过了头，撕了人家衣服不知怎么办。两个儿子自上学起我们都要求他们自己刷鞋、洗袜子、洗手帕、缝扣子，稍会点针线活。我便给他出主意，让他拿上针线到小鹏家里去道歉，给人家把衣服缝一缝，不管缝得好赖，小鹏妈妈都会原谅你的。

小儿子去了，吃晚饭时才回来。我问那衣服撕了多大、能缝吗。小儿子说："他妈妈不让我缝，就叫我在小鹏房间里玩，还拿东西给我们吃。"说着，从口袋里掏出带去的针线。我对小儿子说："我们每个人都应该学会做错事时向人道歉，人家多数是会原谅你的，有的还会成为更好的朋友。"

小儿子与小鹏小学同班，初中同校，一直来往密切；初中毕业时，小鹏那军人妈妈还和他一起来我家探求交流两个孩子的升学方向志愿。后来小鹏上了本校高中，毕业后考上了本地大学。

家长会是为教育孩子而开的，但也往往教育了家长。

小儿子上一中

小儿子从小学六年级起学习的拼命劲令我惊讶。家里三米长的小走廊成了他背诵课文的领地，几乎每天晚上他都会关好通往各室的门，在那狭小的空间里来回踱步，无休止地背诵着英语、语文或政治课文。特别是政治，一个长句他背诵的遍数之多，使偶尔通过走廊的我都听得快背过了，他还在一遍遍地背。

小学毕业时，我被小儿子的班主任李老师叫到学校，说你儿子非要报考二中，他确实进步很大，在班上前几名，但考二中，可能性不大，还是考一中有把握；孩子小，不知道厉害，每年考二中的那都是些什么孩子呀！都是些小精灵！

李老师让学生把小儿子也喊来了。我尽量耐心地问他，他先看看李老师，再望着我，还没开口说话，眼睛先红了，泪水流了出来，接着满脸委屈地哭诉："不考二中我还用下那么大的功夫吗？"

孩子动情的话使我脑子里一下子响起他在小走廊里的背书声。守着极其关注孩子前途的李老师，我一时不知如何与孩子交流，便与李老师告辞，说回家商量一下再定。

我相信李老师的话，考二中的风险确实很大，但小儿子十分强烈的愿望和他一年来的拼搏又使我和他妈妈不忍提出反对意见。在一中即将初中毕业的大儿子说："弟弟非要考二中就让他考吧，不让他考他会很难受的，他早跟我说过他要努力考二中，考不上他也认。"

我和妻反复商讨，最终决定尊重孩子的选择，不为升学也为培养孩子的奋斗精神。

初考发榜，小儿子以数分之差落榜，分配至另一初中就读。小儿子失落无神许久，我虽不断鼓励，仍难见孩子笑脸。一日，小儿子对我说，他一去那学校就被选做班长，班主任还在班上念他升学考试的作文，说"大家看看人家考二中的同学作文是怎么写的"，他听了心里很难受。

后几经周折，小儿子转到了大儿子曾经的班主任王老师的班上。

小儿子脸上有了笑容，学习也更加努力了。期中考试他考了全班第四名。年级家长会时，教导主任肖老师点名表扬了小儿子，说他从入校成绩全班三十几名一跃为第四名，刻苦努力精神值得同学们学习。小儿子对我说："其实人家刚入校还不怎么卖力，我是转进去的，怕被人瞧不起，格外使了些劲。"

小儿子进步快，王老师也非常高兴。初中三年，小儿子一刻也没有放松，小走廊依旧天天背书声至晚十点。而且他还练起长跑，校运动会一千五百米拿了第一名。毕业考试，小儿子成绩已是五百多名毕业生的前十五名，其中男生仅五六名。在升高中还是考中专的选择上，我和我妻子还是尊重孩子自己的意见，最后他追随哥哥，考进了省外贸学校。在外语氛围浓厚的新环境里，小儿子进取精神更加强烈，为练英语用烂了三四个录放机，每晚寝室熄灯后在走廊昏暗的灯光下，踩着方凳，倚着墙取光阅读。他还坚持学习和锻炼身体兼顾，中专第二年，他随学校代表队赴京参加了全国经贸院校首届游泳运动会，在大学、中专不分年龄组的情况下，与大他五六岁的运动员同池比拼，竟也取得了爬泳第三名、蛙泳第四名、混合泳第六名的成绩。他回来对我说，混合泳最后的爬泳，他真一点劲也没有了，几乎是漂回终点的，竟然也挂了名。三年级时，学校组队参加了全省中等专业学校英语演讲比赛，小儿子获得一等奖，拿回一只特制的陶釉奔马。

小儿子的努力进取，是从他准备考进本市最好的二中开始的。而拼搏精神的形成，恐怕始自考二中受挫，珍惜转入一中的机会。看来挫折既可使人颓废，也可激励人们奋进，全在于你自己的选择。

五星红旗和祖孙三代

　　大儿子给我看长孙豆豆的大学录取通知书，英文的，是美国波士顿学院发出的。当我在视频里问在美国高中宿舍里的豆豆大学以后的打算时，他说当然是回国发展。我说："你再让我看看你那面国旗。"他转过手机，我马上看见了那面紧贴在他睡床旁墙面上的鲜红而硕大的五星红旗。孙子快十九岁了，成年了。最使我欣慰的是，他爱国，而爱国一定是一种传承。

　　大儿子十九岁时，一心考托福出国留学。托福考了 650 分，在青岛考区名列前茅，收到了美国数所大学的录取通知，有的承诺奖学金一万美元。儿子一冲动，想不参加外贸学校的毕业考试，放弃统一分配工作，放弃只剩一门的英语本科自学考试，赴美留学。这使我这个干外贸几十年，有些涉外经验的父亲着了急。我不赞成儿子孤注一掷做法，又一时说服不了儿子。几经考虑，我通过一位同学找到一位本人早年留学归国、现儿女在美国留学的女科学家请教。

　　既搞科研、带学生又具有丰富社会活动经验的老科学家的当面教诲和鼓励，使儿子冷静了下来。儿子存起了厚厚的一沓录取通知信，回归原有的规划。先以出色的毕业成绩优先选择了心仪的央企外贸公司，后又顺利地通过了山东大学的英语本科自学考试；在入职不久参加全省外贸进出口业务员外语演讲及即席外语对话比赛，获得一等奖，成绩甚至超过参赛的数位专攻语言的北外、上外的本硕毕业生。

　　作为以美国业务为主的出口业务员，他出入美国已成常事。有一次儿子对我说："在美国碰到几位打工的中国自费留学生，他们说：'看到你们跟大鼻子平起平坐的样子，真羡慕。'"

儿子工作积极，成绩突出；两次获得全国系统金牌奖，两块薄薄但纯金奖牌成为我们全家的骄傲。后来入党、提干、挂职锻炼、结婚生子、组建新企业，儿子一路踌躇满志。如今儿子已到中年，儿子的儿子已是成人。

我觉得，我算是朴素的爱国者，儿子是有些能耐的爱国者，孙子则应该成为学贯中外、更现代化的爱国者。

给一青年朋友的信

高风：

作为忘年交的朋友，再三考虑，我决定写点东西与你交流，想能不多占用你的时间。

我一直坚持认为，现在年轻人存在的许多问题，我们这一代有不可推卸的责任。几十年放松了素质教育，反过来责备年轻人是不公正的。北京大学张姓教授在达沃斯论坛上讲，我们说了几十年假话，造成了严重的后果，是有道理的。对年轻人说真话尤为重要，误导青年是对社会的犯罪。

我想对你说的话就是关于你的。这些话对于一个做了十年律师的大学本科毕业生来说，可能难以接受。

最近因诉讼的接触，我感觉你的生活状态似有问题，这是通过一些较密集发生的细节造成印象的，分述如下：

一、九月二十一日，你主动与我联系，约定上午来谈起诉事，我一直在等你，不安排做其他事情，你却迟迟未到，临近中午又说来不了。你的时间紧，别人的等待时间你考虑没有？守信守时的观念还没树立起来吗？

二、当日下午见面，你说电脑资料丢了。为什么丢？重要的东西为什么不做备份？如果不丢，不就省去了再去落实的时间了吗？做实事的时间不就多一点了吗？

三、九月二十一日到公司来，打印用的优盘不灵，你说坏过、修过，不能备一只可靠的优盘吗？

四、我们见面中你总有较长的接电话时间，讨论案情，难道不可以暂时婉言谢绝，办完眼前的事再联系吗？一心二用，尊重眼前的谈话对象吗？不会显得你的工作秩序混乱吗？

五、二十一日下午取诉讼费，你问我有没有纸写收条，接着撕一张小笔记本纸问我行不行；我能说什么。写出来金额数既不规范又有涂改，我实在忍不住了，才要求你到我处找纸重写，并对你提出了批评意见。当时我脑子里就浮现出五六年前你办案时提一黑色大公文包，从包里拿出备用的 A4 白纸，用一支钢笔在上面流利而规整地写字的场景。印象中，那包里办案的所有文件和用具都齐备，令人肃然起敬。

你现在提着看似方便灵巧的小皮包，开着自己的车，散乱的案卷散放在后车座上，但连一张备用的白纸都找不着。你随意放在车座上的案卷不怕失盗吗？不能放在较隐蔽的地方吗？

六、现在才发现，诉状两个被告中，有一个已过两年的诉讼时效，而你手中两年前即有关于对方的时效证据文件备份，为什么在你手中过了期？

七、我提议你及时求助所里帮助，是已感觉到你在工作中独往独来较多，缺乏互助的同事；前一天我给你请吴所长出面的建议你也没有回应。

八、对你的感觉：

1、生活秩序有些乱，日常工作计划不周，办事拖拉，犹豫不决；

2、与已成家立业的男人的基本成熟有一定差距；

3、缺乏对事业的不断追求，生活自信不足；

4、再学习不够，与人交流少，知心朋友少。

以上是我对你的意见。我认为，有些生活细节是很说明问题的，这也是"细节决定成败"也能成为一种管理理论的原因吧。

我想，不必建议你如何去改变，以你的聪慧和教养自有认识和调整办法。我只是把我的真实看法告诉你，希望对你有点用处，尽一老友情谊。

老友拙笔

二○一一年九月二十三日

人缘

因为又有了小儿子，照顾不过来，大儿子宁宁不到三周岁就被我们送进了长托的外贸幼儿园，一周接回家一次。宁宁从上长托的第一天就能和小朋友玩在一起，未见他哭过，也未听说他与小朋友打架；每次周六下午去接他，总能看到他在几个小朋友中间手舞足蹈地讲着什么，似乎很有人缘。

他上小学先是划片分到当时改革为五年制的无棣四路小学，后又转到丹东路小学，三年级又因为我单位分房搬家转学到朝城路小学。他在哪儿上学都能很快联络一些同学一起玩，碰见他放学回家，总是一堆孩子在一起边走边吵吵。

一次我因急着出发，把单位的一辆上海轿车开回家拿东西，从家里出来，看见宁宁和四五个男孩围着圈坐在车的引擎盖上，我一急，上去就给了宁宁一巴掌，打得很狠；他捂着被打得留下红指印的脸不敢哭，我也很心疼。宁宁成长中仅被我打过两次，每次一巴掌。

考初中时，他与几个要好的同学约好考家门口的青岛一中，经常遇见他与同学在我们家一起复习功课或聊天玩耍，同学们好像很愿意与他在一起。他在一中上初中期间，一些熟悉面孔的同学经常在我面前出现，我开始感到这孩子不但学习不用大人操心，而且与人相处的能力较强。

升学至省外贸学校学进出口业务是他自己的选择。他先是征求我和妻的对升高中还是上中专的意见，知道父母支持他自主选择时当即表示感谢爸妈的信任。其实我们当时已明白这孩子的主观能动性已相当可观，我们与这孩子的相处已介于亲属和朋友之间。

中专四年，他结交了若干志同道合、积极努力的同学好友，一起研讨专业，锤炼地道英语，拜访请教资深教师，兼修自学考试课程，好友圈中学习氛围浓烈，友谊深厚，毕业后多年这些同学仍不忘交情，时有往来。

自幼至今，从未听说他与谁闹过别扭，也从未从他嘴中听到对某人不满的语言，他继承的宽以待人的家训远优于做父亲的我；他爷爷肯吃亏和谦让的秉性似乎隔着我传给了他。

工作八年后已是副科长的大儿子遇到公司改制，竞争上岗；他不愿与一位新领导看重的同事同台拼杀，选择退出，下海创业。

创业之难，最大莫过于创业团队的团结。纵观商场，兄弟姐妹、亲戚朋友同学战友合作失败，反目为仇的不在少数，令人胆寒。做父亲的我也难免担忧。

没想到的是，他们三个合作伙伴自组建公司以来始终互相忠诚如一，出口业务从不足百万美元发展至数千万美元，还在鲁西南建立了两家扶贫加工厂。

他们公司创建十周年时，我参加过庆典，收到一个发给所有员工的印着纪念语的保温杯。看着上面的"十周年"字样，我不禁为他们的长期团结合作庆幸。与他们谈起时，两个合作伙伴都对大儿子的人品称赞有加，说是他负总责，凡事顶在前面，从不惜力，又很尊重他们的意见，管理上的许多事他都是亲力亲为，细致入微，一直很受员工敬重。

去年末，我收到儿子送来的一只加工精细的保温杯，上面印的已是"二十年庆典"。仰首闭目沉思，悟到大儿子已近知天命年，又想到他那日渐稀疏的细发和几日前公司创业伙伴在庆典会上的感言，体会到他们二十年的精诚团结与大儿子的厚道为人，相处即友的素德是分不开的。

与人相处的能力是否与生俱来，不得而知；但从大儿子的成长经历看，这种能力非常重要。

友一谊一篇

我与梁永利

一九六一年秋天，上初一的我十三岁。因为喜欢捣弄收音机，与有同爱好的同班同学梁永利很快熟如兄弟一般。梁同学动手能力极强，早已能安装三只电子管的再生讯号收音机，而我尚在单管收音机安装上反复折腾，因此随时向他请教学习便成了我的必修课。

我最期待的活动是星期日与梁永利相约同去礼拜集淘无线电零件。我们先是买，后来发现摆摊的大人们几乎都是无线电爱好者，而且十几个地摊总是凑在一起，大家互相客气热情，对我们几个小孩爱好者也十分友好；我俩也就大着胆子摆上了地摊，与大家互通有无，也修好一些小器件卖了赚点钱。

那时是饿着肚子玩无线电，去赶集那天早上不吃饭，等卖了点东西就赶快去买个蒸地瓜、苞米饼子的垫饥，经常因为钱不够，两人分吃少得可怜的食物或干脆饿着。但我们并未感到很苦，那种单纯而强烈的兴趣爱好似乎力大无穷。遇到卖东西顺利，除了买自己吃的，再买点捎回家。梁永利一母所生兄弟姐妹十人，吃饭艰难更是可想而知。我偶尔带着自己赚来的钱买的食物回家，母亲会眼睛晶莹地默默接过，后来明白，做过教师的母亲既为年幼儿子的作为感动，又不知该鼓励还是制止一个初中生的"经商"行为。

梁永利的家后来从无棣四路搬到博兴路，住在一间类似生产车间的房子里。屋梁粗大高悬，屋顶黑乎乎一片，水泥地面残损不堪，坑洼连连。家里用宽大的布帘隔成几个区域，全家人，包括结了婚的大哥都住在里面。梁永利的摆满收音机器件和工具的"工作台"设在西北角唯一的窗前。我与梁永利经常在这个工作台旁探讨着、摆弄着，更多的是我注视着他是如何灵巧地将电烙铁伸进收音机铁制底盘，把电阻器、电容器牢牢地焊住。

我记忆中，梁永利的"最高成就"，是一台带电眼的六电子管超外差式收音机。调准一家电台时，电眼管蓝色光幕骤然变化，美丽极了。他叫我去看这台刚装好的收音机时，他的小弟弟和他的侄儿同在这个大车间里诞生了，能轻易通过隔着的布帘听得见两个婴儿的啼声。我当时想，那收音机就是梁永利的孩子，也是有生命的，他热爱它胜过一切。

初中三年级时，母亲跟我做了一次认真严肃的谈话，要求我放弃夜以继日焊装收音机的爱好，集中精力准备考高中，将来上大学。

我苦恼了好久，也把母亲的要求告诉了梁永利。记得他说："我家兄弟姊妹太多了，不可能上大学。我得考管吃饭的中专技校，能与电有关就很满意了。你家人少，爸妈当老师，有条件，他们说得对，还是上大学好。"

后来，我真的把所有的无线电器件连工具都处理掉了，只留下一台装好的电子管收音机作纪念，洗心革面转向功课，也顺利地考上了高中，解除了母亲担忧。

其实后来遇动乱，我并没有机会上大学，但弱电方面的知识兴趣和动手能力却帮了我一辈子的忙。从当工人到当技术员和后来做管理工作，从未被这方面的问题难倒过，真是受益匪浅。

退休后，我有机会拾起幼时的爱好，当起了音响"发烧友"。新知识的欠缺和怀旧的激情使我到处打听多年不见的梁永利的电话号码。历时数月，我终于见到了从电器工程师岗位上退下来的这位老同学。见面时他给我带来许多常用的电阻、电容和三极管，我握着他的双手说："永利，我们又有事可做了！"

忘年交蔺国忆

近年很想见见老蔺，也知道他原来住在江西路的单位宿舍，可始终没去看他，可能是已二十多年未见面，不知如何面对是好的原因吧。

一九六七年冬，我所在的学生组织文体部受命组织拥军慰问团赴青岛驻军驻地进行文艺演出、武术表演和篮球表演赛、友谊赛，我是牵头联络员。老蔺带领交通公司女子篮球队也参加了。

碰头会那天，一个四十岁左右的高个子男子手里抓着一个纸包，嘴里嚼着东西走进了办公室，说："我是交通公司的蔺国忆，来开会，不好意思，忙得没吃饭，路上买的。"他把那敞口的纸包递给我看，是一大块酱猪头肉和半个火烧。

省汽车运输公司的男篮、公共交通公司女篮、四方区民兵武术队、红卫兵文艺宣传队的领队按照我提供的日程表很快统一了意见。老蔺最痛快，总是操着胶东口音说："好，好。"会后他告诉我，他是蓬莱人，家庭出身是破落地主，解放初从公安军转业到交通公司。老蔺的爽快和健谈感染了我，我也就不客气地直呼他老蔺，而不是像当时时兴地称他"蔺师傅"。老蔺带领的女篮球打得很好，老蔺告诉我，他的女篮在市里比赛成绩不是第一就是第二。为了证明他女队的水平，他还提议省运的男队与交通公司的女队搞一场表演赛，引起部队官兵的一片叫好。

我与老蔺很快成了忘年交，我们在太平路新建礼堂组织文艺演出的门票我都给老蔺留着。

春节的一次演出，我打电话到老蔺工作的交通公司职校，被告知，蔺国忆不在那儿了。我问："到哪儿了？"答："不知道！"

那年代，像老蔺这样家庭出身的人挨整不是什么稀罕事；我只是想知道他到底出了什么事。

一九六八年初，我就业到了造纸厂，能乘单位报销大半的月票上下班，一时间充满了兴奋和自豪。

不知为什么，上下班时间1路环行车的乘客越来越多，经常挤不上车，我便在下班时，学着别人坐"倒车"，反转大圈，能到家就行。

那天，在海泊桥挤上一辆奔四方方向的倒车。我瞅见驾驶员座椅上一熟悉的身影，从人缝挤过去一看，竟然是老蔺在开车！

打招呼后，老蔺让我坐到他旁边的引擎盖上，躲过挤成一团的人堆。

我满腹狐疑地问老蔺怎么开起车来了，是不是干部替班。老蔺淡然一笑答道："叫干什么就干什么，顶班跑圈挺好的，省心！"

倒车坐了一个多小时，站站上下车都挤得停半天。简单的言语中，我也听出老蔺是被从干部岗位撤下来了。我从大连路站下车时，老蔺歪头对我说："到我那儿去玩，登州路交通公司宿舍！"

因为老蔺的热情豪爽，我很愿意找他聊天。他的家不大，却养了一棵巨大的橡胶树。树枝从矮水缸样的瓷花盆顶到天花板，又弯曲着一直伸向南窗的上方，总长有六七米；整个房间天花板下几乎全是橡胶树硕大厚实的绿叶，人像是待在热带雨林里。我从未见过谁在家里养这么大的植物，老蔺说："这东西不招虫子，四季常绿，养了多年了。"

老蔺家的墙上挂着他穿军装的照片，非常有精神的样子。老蔺说："那是一九五〇年照的。因为出身不好，入党、提拔都很难；但咱为人没的说，叫干什么都要干好，比咱受屈的多得是。"聊天中，我明白老蔺当了单位两派斗争的牺牲品，下放基层劳动。

老蔺大我十八岁，很有老大哥的风范，经常会留我这个小老弟吃饭，还喝一点酒。他很会做菜，特别是汤。有次他端着一盆做好的汤很自豪地说："我做的汤你加水也不变味，照样鲜！"

老蔺的妻子被老蔺称作小陈。陈大姐是交通公司第一代售票员，脾气极好，总是笑眯眯的，唯老蔺是从；一男二女三个孩子都很天真老实，我多次去玩都听不到一点孩子的闹声，看来被教育得很懂规矩。

老蔺对我帮助很大，我学习汽车驾驶和维修的第一本书是老蔺送的交通公司自印的教材；我妻子从沧口调市内，同意接收的两个单位都是老蔺找朋友办的；我工作的造纸厂春节送民工回家找不到车，我试探着请老蔺帮忙，不到一小时，老蔺安排的一辆公交大客车就开到了厂里，这在当时是罕见的事情，看到我的顶头上司供销科长惊讶的表情，我当时的感受美极了。

我一直在找答谢老蔺的机会。有一次厂里给每人分一块报废的造纸毛毯，我用一块大的与别的职工换了一块虽小但质地细腻柔软的进口货送给老蔺，还到天津路化工店买了染料，到老蔺家帮大嫂用大锅把毛毯煮成了黑色。大嫂把染好的大衣呢般的毛毯给儿子做了一件大衣。

改革开放后的几年，自己忙忙碌碌，没联系老蔺。一天，我在自家订的报纸上突然发现了老蔺的消息。是一篇通讯稿，说是蔺国忆奉命组建本市第一家出租汽车公司，与日商洽谈进口丰田轿车。日商热情邀请老蔺出访日本，老蔺问清组团访问日方开支需近两百万日元时，对日商说："我们就不去了，既然车价是每辆一百五十万日元，你再多给我一辆车就是了。"日商无言以对，只得当场同意。在公费出国求之不得的时期，老蔺的决定大受称赞，媒体于是跟进。我为老蔺"重出江湖"感慨不已。

大约是一九八五年，我认识了同事的一个姓狄的朋友，他在一家靴鞋厂当司机，曾通过同事托他买过皮鞋。熟悉后他知道我认识老蔺，便托我介绍到出租公司去工作，想增加些收入改善家庭生活。我看小狄老实巴交的样子，欣然答应，带他到江西路我还从未去过的老蔺新家见了老蔺，老蔺简单问了情况，说："公司正招人，你到公司劳工报名吧。"

小狄很快在出租公司上了班，打电话告诉我，开出租进钱真痛快，并送我一个土暖气炉表示感谢。

几个月后的一天，小狄突然到公司来找我，说是公司进了皇冠轿车，司机们争得打破头，麻烦我跟老蔺说说，给他一部开。

我联系了老蔺，老蔺说："小狄干得还行，我调调看吧。"几天后小狄在电话里很兴奋地告诉我，他开上新皇冠了，净接外宾活，收外汇券和外币，开心极了。我说："你好好干吧，别给老蔺丢脸。"小狄说："你放心吧，我忘不了你和蔺总。"

小狄肯定很忙，近一年未与我联系。我心想这小子恐怕挣钱挣疯了，忘了朋友了，可别出什么事。

我真没想到，再知道小狄的消息是在本市的报纸上。那报道占有六分之一的版面，说是出租公司一个姓狄的司机开一部皇冠轿车从流亭飞机场拉一位台胞去烟台福山县，说好三百元外汇券，中途又找种种理由跟初返大陆的台胞索要了两次外币。台胞到福山老家时，恰有一位在政协工作的亲属迎接，知情后当即反映到省台办，追查下来，超收车费退还给台胞，狄姓司机被单位开除。

我半信半疑，也不敢打电话给老蔺。

不久后的一天中午，我正与几位同事在公司门口晒太阳聊天，忽然发现小狄站在不远处朝我讪笑着，见我看到了他，走了过来。我满腹狐疑地问他："有事吗？"他说没什么事，但那目光游移的样子使我明白了一切。我说："我上楼有事，先走了。"他尴尬地答应着："好，好。"

我转身的瞬间，小狄突然大声地对着我说："你能不能跟蔺总说说让我回去！"我转回身时，他竟扭头跑了，没打算听我说什么。我鄙视着他远去的身影，懊悔自己竟帮助过这样的人。

小狄的事，使我一直无颜面对老蔺。每次经过江西路老蔺单位宿舍院大门，我都忍不住在心里问：老蔺，老大哥，你还好吗？

好友刘洪远

老刘 58 岁就走了，是心脏问题；我是几年后碰见他的同事才知道的。伤感之余，我们的交往历历在目。

大约是一九七三年，因为给厂里改造一辆苏联"二战"时期生产的吉普车嘎斯 67 吉普车，我去正在为本市拼装北京吉普的青岛压铸厂求援配件，认识了供销科的老刘。因为性情相投，我们很快成了朋友。

当时几十家企业的轻工系统只有局机关有一辆类似北京吉普的福州吉普和一辆二十世纪四十年代生产的美国轿车，下属单位有乘用小汽车的真是凤毛麟角。我当时已结婚生子，母亲无收入患肺气肿在床，父亲退休工资有限，全家生活入不敷出。我企望调到每月有十八元出车费补贴的外贸公司开车，但在仅有几部破旧汽车、能开能修司机极缺的厂里，这几乎是不可能的事情。供销科耿科长有一天半开玩笑地对我说："你如果真给厂里把新北京吉普车装成了，厂长兴许能放你走。"

老刘答应一定帮我，使我信心大增。老刘是他们厂的主要采购员，这在流传着"一是权，二是钱，三是听诊器，四是方向盘，五是推爬刃子（木匠），六是采购员"的选婿标准年代，是吃香的职业之一，单位最可靠的人才能干上这项工作。老刘是党员、部队转业干部，根红苗正，社交能力又极强，自然是工作骨干，看得出他在厂里讲话很有分量。

我为北京吉普配件经常抽空开着轰轰响的嘎斯 67 去找他，他也会要我帮忙载他去联系业务或取回他厂里急用的机电配件。一次载老刘办事至中午，老刘说到他家吃饭，我婉拒，大我六七岁的老刘脸一沉说："你跟大哥还这么见外？"我只得从命。以后多次在他家吃饭，都是老刘亲自下厨，他很舍得用料，每次拌菜做汤海米都是大把地下。他真像亲哥一样待我，我也不再敢客气。

老刘不到一年就帮助我解决了最难搞的前后桥和变速箱、加力箱和发动机总成。其他配件又跑了小半年，我同时又马不停蹄地跑材料找地方加工了车身和车架，一年半的时间，一部崭新的北京吉普竟在相熟的一家汽车保养场装配成功，这在轻工业局系统几十家企业里几乎是首例。厂领导很高兴，我也因此成了专职小车司机，每天早晚跑个不停，周日也很少休息。我问供销科长自己调动的事，他说："你现在恐怕得听厂长的了。"

那时，跨系统调动是很麻烦的事，要开四联单，调进、调出单位和各自主管局都要盖章，调入单位还有政审手续，有的单位还要求对调补岗。

厂领导和劳工科在我的一再要求下，同意我调出但提出一个我几乎不能完成的条件：调进一熟练司机顶岗。我知道这是领导不愿意放我的撒手锏。

在我一筹莫展之时，老刘说："我也帮你找找看。"我感谢老刘的关心，但一点也不敢指望。

没想到有一天老刘真带着一个人来找我了，是一个身材魁梧、五官端正的小伙子。老刘介绍说，他是温州路机电公司的司机、复员军人，他单位同意调出。

因为有了这个"政治可靠"的青年，单位终于同意放人，我便很快以汽车修理技术专长被调入省外贸公司。进外贸公司的当月，我就多了十八元的出车费收入，这在社会多数职工都是三十几元二级工的时代，我的喜悦之情难以言表，对老刘的真诚帮助更是感激涕零，不知如何报答。

真是风水轮流转，后来老刘自己调动工作遇到困难时，我竟然很意外地有机会给他帮上了忙。一天老刘到公司机关找我，说他正忙着往海关调，跑了好长时间了，现在必须找关长，问我有没有什么关系能联系到能与关长说上话的人，我一时无言以对。我知道省外贸公司与海关的关系密切，人事管理同属省外贸局，许多海关的工作骨干都是从省外贸调配过去的。但在外贸公司资浅人微的我，办这种事想都不敢想。老刘见我为难，笑嘻嘻地说："没事，再想办法。"

几天后的一次午休聊天，我跟储运科经常开五十铃大头车跑海关码头办事的小孙提起老刘的事，谈到见关长之难。小孙突然一本正经地问我："这个人工作能力还挺强？你和他的关系很好吗？"我望着小孙变得认真的神色，回答了他的问题，我心想，小孙还能有个什么关系能找上关长？

小孙沉吟了片刻说："这样吧，你带这个人明天或后天晚上七点到金口一路 XX 号门口等我，我带他去见。"我疑惑地问："你直接带他去见孙关长？"小孙朝我淡淡一笑说："他是俺爸爸。"

我惊诧不已，竟有这样的巧事！

老刘很快就调进了海关，参加了海关培训基地的筹建。

小孙愿意帮助我，信任我，源于一次交通事故。

大概一年前，我开车送几位业务员去八大关宾馆见外商，行至正阳关路，见公司储运科复员兵小孙开的五十铃大头车在前面，就相距几十米跟在后面。往东下坡时，突见一辆摩托车从灌木丛遮挡着的岔道上冲到大头车的前面，大头车紧急刹车，仍把摩托车撞倒，那骑车人翻滚了出去，摩托车压在大头车前轮下。惊讶中我急忙停车，招呼车上的同事下车帮忙，叮嘱大头车上的随车人赶紧找电话报警并通知科里。当时小孙惊得呆坐在驾驶室里，半天才颤抖着开门下车。我和同事跑过去扶那身着海员制服的骑车人坐起来，他喊着疼，却还自己弯着腰站了起来。我安慰小孙说："人伤得看样不重，我马上送他去医院检查，你别急。"为保护现场，我从路旁的树丛下找来十几块石头，把伤员的落地位置做了标识。

几公里外的公司很快开来两部车，经验丰富的储运科长知道我车上还有几个业务员急着见外商，对我客气了几句，让我先走。小孙手足无措地望着我，眼神里满含感激却说不出话来。

近四百人的公司机关，原来我和小孙间也只是认个模样，此事后才见面说话了。我没想到无意间帮助同事以后得到这样难以置信的回报，心里美得很。

老刘调到海关后搞基建，我还帮助他解决了急用的一百二十吨钢材，算是支持他树立威信；培训基地建成，我还介绍单位在那儿搞了两次活动，以增加他们的创收。后来组织调动两次，又都是去救火式的困难单位，工作近乎焦头烂额，我与老刘的联系渐少，以致几年后来到老刘在海关分配的新房看望他时，他家大嫂竟当面表示了不满：不正眼看我，对着天花板喊话，说是人不能忘本，当官了把什么人都忘了。我开始不知她是说谁，老刘去厨房拿东西，我开口想与大嫂说句话，大嫂一下子扭头离开，我才顿悟说的是我，是因为太久未见我照面。

大嫂是老刘原单位医务室的医生，我与老刘的交往她是熟知的，但老刘的秉性，许多男人们事业上的情况是不与家属交流的。多次在老刘家吃饭，讲的多是故人趣事。我与老刘虽后期见面少，但互相的诚挚关怀始终如一，像不常见面的亲兄弟。

老刘热情如故，也似乎未发现大嫂的牢骚情绪。我一时想不出化解大嫂情绪的办法，心想看望老刘还是到他单位自在些。

没想到那次竟然是我与老刘的最后一次见面。多年后有一次在香港中路的公共汽车站看见大嫂带着一个像是她孙辈的小男孩等车，很想上前打个招呼，但旋即记起大嫂当年的态度，不觉退缩了回来。

人际交往，千姿百态；人间真情，没齿难忘。

老刘大哥，老弟怀念你。

一面之交

一九六八年冬天见刘良言时，按时兴称他为老刘同志。那时他是市革委生产指挥部劳工组的负责人，他爱人是金属制品厂的职工，也是我们同期就业的铁中关姓同学的同事和师傅。因为我们这批刚就业的学生面临政策突变被清退的风险，而我是当时办这二十多人就业手续的牵头人，大家听风后纷纷来找我。我明白这份工作的分量如被清退，只能下乡，特别是几个女同学，什么事都可能发生。情急之下，我们几个人在关同学的引导下，找到老刘同志家。

老刘同志家在齐东路一栋德式建筑里。推门进去看见女主人坐在小板凳上洗衣服，家里的墙上挂着男主人身着老式军装的老照片，一看就知道是一位入城干部。老刘静静听完我们的叙述，一板一眼地说，就业指标是市里统一研究的，因为长期参加市里组织的活动误过学校就业选拔，才给了这些指标，不能算走后门。

我们告诉老刘，已看过市革委的红头文件，清退面很大，而且知道熟悉的几个同学已从文艺团体和国棉厂被清退，很害怕。老刘同志说他知道这事，问了一下我们这些人分配在各工厂的情况，表情冷静地看着我们说："都在一线工人岗位，没有特殊照顾，这就好。"老刘的爱人插话说："折腾这些学生干什么，早晚也得用这些青年。"老刘同志的从容，使我们安心不少。他一再嘱咐我们干好工作，取得单位的认可，其他不要管。

我们从老刘同志家走出后，互相鼓励着分了手，回单位等消息，说好有情况互相告知。几天后，我所在的造纸厂的劳工调配员老郭告诉我："轻工局来了解过你们那批就业的事，厂里答复说，你表现不错，供销科全指望你这个年轻司机开车拉活呢。"学校那边也有了消息，我高中的班主任与市里来人反映得很客观：未用学校就业指标，其他不知情。

在忐忑不安中度过了几个月。一天，关同学打科里电话语气激动地告诉我："没事了，我们这批最终被认定是到最基层当工人的学生骨干，与进机关、进文艺团体的区别对待。"我悬了许久的心终于落了地，我知道这一定是老刘同志据理力争的结果，心中十分感激。我提议有机会到老刘同志家表示感谢，让关同学召集见过老刘的那几个同学一起去。

二十世纪七十年代末，本市局势发生了巨大的变化，不知道老刘同志去干什么工作了，关同学也没再找我联系，这事就放下了。但我一直感念老刘同志，记得他的穿军装的黑白照片和他爱人洗衣服的样子。

怀念勇亮

勇亮离开我们三十多年了。当年他病重的时候，他妻子小刘没告诉我，我是从别人那里知道他去世的消息的。

一九六九年，他从山东财经学院毕业分配到了我工作的造纸厂财务科做会计，因为脾性相投，我们成了无话不谈的好朋友。

几年后勇亮调到一家涉外单位工作，所学外贸专业有所对口，但"文革"断缺的学业严重影响了他的外语应用，几次登轮和陪伴外籍人员活动他都因听不懂那些五花八门的英语急得一头汗。于是，他搬到单位去住，几乎不分昼夜学习听力和口语，白天听不懂的记下来，晚上必须不隔夜学会。勇亮努力且大胆，前期口译服务中，按他自虐的说法是屡翻屡错，越错越翻，信口开河，绝不结巴；把那些外籍人员翻得一愣一愣的，乱点头。不过这个时期极短，几个月后他就与那些说非标英语的外国人对答如流了。他对我说："干这个活脸皮就得厚，我的脸皮本来就挺厚，所以进步快。"

勇亮说的是实话，他母亲在他八岁时去世，父亲与一带女孩的同事再婚，他中学便住校自理生活，锻炼得泼辣乐观而且学习成绩优秀，十九中高中毕业考上大学，毕业回青岛也是在东镇租平房居住，自主生活。一次他请我们几个同事到他那临街的平房，很麻利地做了五六个菜肴喝酒，我和同事们都很佩服这位大学生同事。

一次，勇亮给票让我和妻子去他单位的剧场看电影，完后到他不远的家吃饭。他跟我提起省里来考察干部，正在每天找人谈话，但还没找他；问我可不可以主动找工作组谈谈，他觉得如果他不在谈话范围内，有些事真没有机会反映，也不会引起上级重视，也不会有提拔机会。

我说："你真有值得谈的事就主动找工作组谈就是了；凡是工作组都希望知道得多一些，不会反感的。"永亮说："那我试试？"我说："当然可以试试，现在提倡年轻化，你露一下面，显示一下魄力，说不定就是提拔你呢！"

一周后又见面时，勇亮说他去找工作组了，人家很客气，但三个人的眼睛一齐盯着他，显然是感觉意外。"谈话中那组长说出，我是唯一主动上门的，我差点就出汗了，不知是凶是吉。"

几个星期后，勇亮又请我们看电影吃饭，席间勇亮的妻子小刘忍不住先说出："勇亮提副主任了，进领导班子了！"

我真为好朋友勇亮高兴，甚至感觉他的提拔有我的功劳。我说："凭你的工作能力，单位早就应该提你到这一级。"

因为后来我和勇亮的工作都很忙，光是到一年两届广交会做筹备就在外三四个月，加上家庭负担增大，繁杂事务不断，大概有一年多未与勇亮联系。

一次偶然从勇亮一大学同学处得知，勇亮胃里长了什么东西，做了手术，刚到单位上班。我责怪自己太长时间没与勇亮联系，一下班就骑车去了他在单位旁的新家。勇亮见到我，显出很高兴的样子。我注意到，他的面孔似乎白皙清瘦了不少，罩着身躯的外套显得有些空荡，先前的富态已难寻踪影。

小刘一面张罗着做饭一面对我说："他就是工作太累了，也吃不好饭，胃才出了毛病；现在好了，天天按点下班、吃饭，单位知道照顾他了。"勇亮说："现在让我管些行政的事，累不着。"勇亮自结婚就非常照顾小刘，一直是他做饭，不用她动手；小刘早下了班，也要等永亮回来做饭吃，她说："勇亮嫌我做的饭不好吃。"眼前看到小刘对丈夫的疼惜，我感到一丝欣慰。怕影响他休息，我不敢与他像以前那样一聊就是半宿，谈了些高兴的事，嘱咐他几句就告辞回家了。

我怎么也没想到，这竟是我们最后一次见面。后来才知道他的病不久又犯了，去了北京，还是治不了，就这么走了，还不到四十岁！小刘说勇亮一直不让把病情告诉同学和朋友们，说得了这种病就自己认了吧。我很理解小刘失去了一个年轻有为又那么爱她、宠她的丈夫是怎样的心情。

写这篇文字时，勇亮的音容笑貌犹在眼前。

辰雷同学

辰雷是我高中同学，是一个全面发展的好学生；初中就入了团，学习成绩总在全班前三名，而且有很好的体育运动成绩，达到二级运动员水平。我一直记得他在一九六五年全省中学生田径运动会上奋力摆臂迈步，在最后五十米超越前人进入八百米决赛前六名的情景。

学校很一直重视辰雷，他还在初中时就被推荐去参加了全市中学仅挑十几人的备选空军飞行员滑翔机训练，这在当时是万里挑一的机会。这些活动使辰雷很早成了学校的"名人"。

恢复高考后，辰雷以高分进入省名高校数学系，毕业后当上数学教师，没几年就在一家名气很大的省属专科学校任数学教研室主任。我所在的外贸公司有几个毕业于那学校的年轻同事都知道辰雷，其中一位刚毕业分配来的学生还说辰雷快提副校长了。

见面时我问起他的仕途，他说："原来有这么回事，被考察过，也谈过话，不过现在够呛了。"他告诉我，前期彻底得罪了一位副校长，又跟校长吵了一架，情况变了。原来，辰雷几次发现多个数学期末考试满分学生成绩不实，怀疑考前泄题，经多次调查，发现是用过的油印机打字蜡纸流出所致，而负责就地销毁废蜡纸的是那副校长的儿子。一次亲自监督印完考试卷，辰雷有意突然返回打字室，当场捉住用报纸卷着印卷蜡纸外出的那青年。情绪冲动而体格强壮的辰雷扭送他去校长室，那人身体瘦小，被辰雷抓住小胳膊在校园里拖得一蹦一跳，校园里许多师生都看得惊呆。校长知道了一切，但埋怨辰雷太不注意影响和人事关系；辰雷不服，与校长吵了起来。事后辰雷也感觉自己过于冲动，手段生硬，但认为学校员工偷试卷送人情作弊太可恶，严厉对待理所应当！

早听说外贸系统进口了一台小型计算机，招兵买马组建了计算机中心。没想到任命的计算机中心主任是竟是辰雷。他在美国进修了一年，回来就接任了新职务。回想起往日的磨难，我为得到提拔重用的辰雷感到庆幸。

不久，我调到机关工作，办公楼与辰雷的计算机中心在同一个大院，碰面的机会多起来。看见他穿着像医生一样的白大褂晃动的身影，我想，从小喜欢数学和物理的辰雷这回乐得其所了。

一天中午去找他闲聊，发现他的男女同事都用异样的眼光看我，原认识的一位计算机中心的副主任也躲着我的目光。我问辰雷，他说："我不想干了，这些人没法管，脑子都没放在工作上，什么也学不会，都是些领导的关系！"

我回去侧面打听了一下，是他们中心刚搞了一次领导干部测评，辰雷的评议结果是多数职工反对他连任，原因是管理方式简单粗暴，严重缺乏思想政治工作能力。我不相信辰雷人缘如此之差，找他详谈，他给我讲了两个得罪人的"小事"。

一个女职工把一双散发着尿骚味的幼儿棉鞋放在办公室窗台上晒，辰雷让她拿走，那女职工虽不高兴，但当场拿下来放在写字台下。第二天辰雷例行巡查时，发现那棉鞋还在桌下，便当众严厉告诫她赶快拿走，结果她无动于衷。

第三天下班后，辰雷亲自把那双脏棉鞋扫进了垃圾桶倒掉了。那位本是某上级领导安排来的女职工知道后与辰雷大吵一架。

得罪的另一职工也是女的。她在上班时间打毛衣，辰雷让她停止，她说也不耽误工作，闲着干什么；辰雷一气之下，扯过那女职工正打着的毛衣，顺着敞开的窗户扔了出去，那女职工惊傻了，咧着大嘴号啕大哭起来。辰雷说："这也是个关系户，我没法管。"

我有些明白了，辰雷是技术人才，确实不会管人，当上这女多男少、关系复杂的事业单位第一把手，确实难为他。

巧的是，此时机关一位老处长正让我从基层推荐个有经验、有学历的干部补充岗位，我便推荐了辰雷。老处长听了我介绍的条件很满意，便约定时间见面。我出差了几天，回来问辰雷谈得如何，辰雷说看样子处长挺满意。再去问老处长处长，问题出来了。原来机关人事处商调审查时，知道了原单位一边倒的职工意见，处长说不敢要了。

不久辰雷被调到新分立的一家外贸公司做电脑室主任，从筹建开始把工作开展起来。领导很满意，总说大材小用了，待辰雷很好，奖金也发得很多，我也为辰雷有了满意的归宿欣慰。我也劝过辰雷，以后对人的事要委婉些，不可过于直来直去。辰雷咧嘴笑着回答说："你还不了解我吗？如果能改了，那还是我吗？"于是二人呵呵大笑。

到新单位工作时间不长，辰雷果然又做出了一件恐怕只有他能做得出的事。可悲的结果是，得罪了"坏人"，难为了好人，真成了"猪八戒照镜子。"

原来是一个电脑室工作人员自视技术权威，嫌公司领导不重视，待遇不到位，在出口工作最繁忙的一天，暗做手脚，使全公司电脑瘫痪。辰雷带员工仔细查找后发现设备本身毫无问题，故障应在连接线路。而那"权威"向一把手承诺，无须他人，他一人晚上加个班就修好了。辰雷怀疑他的动机，事先在电脑室藏起来，等那人来。那人晚上来到电脑室，直奔一只电缆连接器，打开后熟练地抽出里面一缕人为塞入的胶带。此时悄悄走到那人背后的辰雷一把抓住了那捏着胶带的手，在那人的惊叫中，传达室大爷跑过来看见了这一幕。辰雷连夜打电话向一把手报告，问要不要报公安局，一把手犹豫了一下说："修好了就好，明天再说吧。"

让辰雷没想到的是，那人竟没受到任何处分，照常上班拿奖金。他气急了找一把手理论；一把手说："没那么简单，你干好自己的工作就是了。"辰雷说："我的手下搞破坏我都不能管，要我这个主任还有什么用？"

没多少日子，辰雷真的办了内部退养，去了城郊一所民营大学教数学。后来年龄大了些，又应聘到市内的一所理工学院，仍教高等数学，还是系主任兼督学，管不少事，但不太管人，干得顺风顺水，一直干了十几年。

不久前同学聚会又见辰雷，他的体格还是那么壮实，只是灰白色的双眉长得出奇，像画上的神仙。交谈间，我不由得琢磨起我这位挚友的性情和经历。望着他那一辈子充满自信的面孔，我想，难道社会不需要像辰雷这样总是奋不顾身、直来直去与社会不良现象做斗争的人吗？我们这些旁观者难道不受益吗？他们不就是最无私的好人吗？

感悟一篇

消失的黄台路小学

当年的黄台路小学不愧是青岛规模最大的小学，曾经同时装得下二十八中、十三中两个建设过渡中的中学师生，东院一个，西院一个。原黄台路小学全体师生则于一九五八年迁至大连山下的新建校舍，更名为丹东路小学。那年我上四年级。

丹东路二层的新校舍很快盖好了，我们从黄台路小学抬着桌椅走一里多路搬进新教室时，能闻到很重的石灰味，摸一下墙，还湿漉漉的。最可惜的是，新校园太小了，没有设跑道的操场和任何体育设施，感觉整个校园不抵黄台路小学的五分之一。记得搬进新校时，围墙还没建好，学校对大连路和丹东路都敞着口，同学们动不动就跑到街上去了，老师经常嘱咐我们注意安全，别被大连路和丹东路两个陡坡上下来的车撞着。

班里几个喜欢打乒乓球的同学，在新校没有场地，仍在下课后跑到已变成中学的黄台路小学找台子打球，我也去过几次。大门星期天不让进，我们就从大连路爬墙，人家来抓，再爬墙跑掉。

几十年过去，只有介绍青岛历史的文章里能见到黄台路小学的踪迹，说早年曾是日本侨民子弟小学，解放后梁启超的一位后人曾任校教导主任，等等。我填的履历表上，小学总是分两段，前段是黄台路小学。其实只填丹东路高小毕业即可，可顺了手，不知不觉就这样填写了。不知是潜意识里认为黄台路小学更有名气，还是留恋在那大校园里驰骋的顽童生活。

双处方

春节期间感冒，我去一家很受市民信赖的大医院看病，接诊的是一位六十岁左右的专家。他很耐心地给我看过，流利地在病历上写着。"打三天吊瓶，再吃点药。"老大夫抬起头来，"要双处方吗？"

"是。"我点头答道。四目相对的瞬间，我突然感觉在哪儿见过这位大夫。盯了一下他左胸的佩证，那曾熟悉过的名字使我记起当年他是一个有名气的大学生；那潇洒，那慷慨陈词，那正义感，曾使十几岁的我激动不已。眼望着他头顶稀疏的几缕头发和饱经沧桑的面孔，我不禁感叹岁月的无情。

他用一支自来水笔娴熟而轻快地写处方。我很想和他多讲几句话，但看到周围待诊的人们焦急的目光，只是接过处方时郑重其事地说了一声"谢谢"，便离开了。

接着是划价、交款、取药；排四次队，上下楼三次，终于坐到了打吊瓶的椅子上。无事可干，我用未扎针头的那只手把口袋里杂乱的单据掏出来整理；发现报销用的那联处方上，红色的复写药名断断续续，有隐有显，淡如薄粉，没有一个字能看懂，只有药房划价是清楚的。凭这样的双处方，单位能给报销吗？若不是吊瓶的限制，我差一点站起身来去找那大夫。

顺手抓起开的那几盒药看，除了青霉素其他都是从来没听说过的药名。再看病历，只记录了青霉素点滴，未记其他用药。我猛地想起大夫开处方时那轻盈的笔触，似乎明白了。要么，是为病人能得到超报销范围的好药；要么，是为某范围得到推销高价药的好处，或兼有之。所以，那无碳复写的第二联必须看不明白，而给药房的第一联则必须明明白白——即不能发错药，又不能记错账，更不能分错什么。

我由此而想到为逃税或私匿款开发票的大头小尾；想到半公开的假大学文凭；想到不会开车的人领到的真驾照；想到——

"你的药差不多了。"邻座提醒我。

"哦，谢谢。"我慌忙答道。我真的病了，不光是感冒。

护士来拔掉针头，我仍坐着不动。脑子里总是那双处方。

那专家门诊大夫，当年朴实无华和真挚激情，现时却有了"高超"的开双处方手艺。同一个人，却在我心目中难以重合。

我想，在社会生活中，每一个人都不断地自开处方，应对现实；一份昭示与人，一份自行掌握。光明磊落的，不管对与错，上下联清清楚楚，毫无二致；游移不定的，对外的一份字迹时显时隐，清有利则清，隐有利则隐；论卑鄙，莫过于第二联并非第一联透写过去，而是直接假造的。

注：此文曾署名"东林格"载 2000 年 5 月 27 日《青岛晚报》

"大头"与"大手"

那年在外贸机关工作时，我随领导去一地区催收逾期贷款。一起吃晚饭时，领导和颜悦色地对当地一位负责干部说，贴息贷款过期两年了，望能抓紧协调一下，赶快把款还上；实在有困难，也可以做个计划，先还一部分……，话未说完，那位干部，脸色骤变："怎么回事，这钱还真的要吗？这是你们的钱吗？这是国家的钱，谁花不是花？说实话，这些款从借就没打算还，也还不上，你们看着办吧。"我们领导无言以对，只好说："先吃饭吧，先吃饭吧。"这款至今也没还。

这种事多了，有人就谑称外贸部门为"外大头"。大概人们认为外贸钱来得容易，就该吃他的大户。于是，在经济往来中，欠外贸的款很难要回来；外贸欠别人的款却非还不可。到地方打官司，外贸就是赢了，也执行不回款来。

如今，外贸部门的流动资金已经到了非常困难的地步，银行利息压得喘不过气来。为了回笼资金，各个外贸专业公司都成立了清欠办公室，组织清收逾期账款，但收效甚微。许多官司，外贸花了大量律师费、诉讼费、财产保全费、强制执行费，钱却拿不回多少。或许因为外贸官司多，标得大，费用出得痛快，许多律师找上门来揽生意，稍不注意，又要当“大头”。

外贸专业公司自负盈亏以来，经营环境发生了巨大变化，但早年养成的“大手”作风却没有根本改变，较典型的是管理费用得不到有效控制。近期仍有机会看到，有的公司虽已多年亏损，入不敷出；仍旧是小汽车频换，内部宴请不断，奖金福利照发，轮换出国看看；造成出口成本过大，多出多亏，少出少亏，不出更亏的被动局面。

“外大头”恐怕想当也当不成了，但“大手”，却仍有相当市场，也更为可怕。当“大头”是不情愿的，可说是“他杀”，而“大手”是自己情愿的，属“自杀”。制止自杀是比较难的，但就有搞得很好的。

省内一家专营机电产品出口的老外贸公司，在机电产品出口最困难的时候，从严格控制费用入手，注意点滴节约，有效地降低了出口成本，多年来始终保持出口盈利，积累了大量自有资金，成为外经贸系统极为罕见的无贷款出口大户。在许多外贸企业职工基本工资都难以保证的时候，这家公司的职工却能月月拿奖金。

回想七八年前，一些公司拼命发福利、奖金的时期，这家公司顶住攀比风，坚持有真效益才能发奖金、效益好也要注意以丰补歉的长远眼光，量入为出，处处节俭。虽然一部分职工当时不理解，认为抠得太紧，小题大做，掉价。但看到总经理以身作则，上下班步行，出差住三四十元的旅馆，客户来访只在公司食堂安排工作餐，从不乱花一分钱，也就无话可说。几年下来，当那些滥发钱物、经营亏损、资不抵债的公司一筹莫展，怨声载道时，这个公司的职工却更加深刻地体会到了"大手"的可怕和节俭的可贵。

"大头"和"大手"是一体的，当"大头"必是出手大方；出手大方则极易被要大头，国有外贸企业要走出困境，决不能那样"大头"和"大手"了。

历史的经验值得注意。

软耳朵

我的一位老领导，当副总经理的时候，很能听取下级意见，威信较高。那年调整班子，一跃当了老总。踌躇满志之时，许多关系不错的干部围了上来，这位领导也很愿意听他们的意见。

有的说："老总您坐的车太旧了，大型企业，还不如人家小单位，咱涉外企业，形象很重要呀。"于是，耗资百万元，一辆气派非凡、乌光铮亮的大奔驰没几天就侯停在公司门前。不久，公司里就有了"一顿饭，一头牛，屁股坐着一栋楼"的说法。

有的说："老总，咱那办公楼几十年了，该搬了。"于是，筹集上亿元资金开工盖楼，一面盖，一面追加投资。搬进去的时候，两个多亿元还封不住口，内装修还得追加几千万。业务员们议论说，流动资金变成了死钱，搞不好要抱着大楼哭。

有的说："老总，您上来该给大家解决解决住房了，有了我们的，您老总住再豪华的我们也没意见。"于是，几千万元出去，一些人改善了住房，老总换上了豪华公寓。

有的说："老总，咱买几个厂搞集团很快就成大一企业了。"于是，几百万元出去，将号称资产千余万元的厂子买进来。过了几个月就发现，这厂子白给也不能要，上了当。

有的说："老总咱搞三产开饭店吧。"于是，先后千余万元投上，几个饭店开张。有的说："老总搞钢材挣钱，咱投资吧。"有的说："老总，进口胶合板利大，进几千方吧。"有的说……老总"从谏如流"。

公司熟悉的进出口主业迅速下滑，陌生的多种经营几乎同时上马，许多行政人员也操作起动辄上百万元的业务。一时间，轰轰烈烈，热闹非凡。但不多久就开始出问题。严重亏损的、违约索赔的、受骗上当的、假公济私的层出不穷，上亿元血本无归。几年下来，该花的钱都花了，该赚的钱却赚回来没几个。银行贷款增加了几个亿，利息也交不起了。公司转不动了，老总傻眼了。问那些出主意的干部，他们异口同声：是经办部门不得力。老总猛然发现，周围这几个人，没有一个是承担他们自己极力保荐项目任务的，全是光说不干的。

连续不断的人民来信召来了上级的审查。结果是，连续三年严重亏损，总经理免职。

新老总上任了，召集干部们座谈，那几个曾经围着上任老总转的人又频频发言，一个经常是主要发言人的人极其严肃地说："企业好坏关键是一把手，当一把手的关键是用人，人不行，再赚钱的项目你也得赔本。"

一把手是关键，千真万确。定政策用人是管理的核心，毋庸置疑。只是说好说，做起来难了些。本人以为，除给国企创造良好的经营环境外，国企负责人在内部管理和决策时，既要广泛听取各方面意见，又要耳朵硬起来，耳朵软的人是干不好领导的。

当然，耳朵硬首先需要相当的心理素质和管理经验。

注：此文曾署名"东林格"载 1999 年 12 月 4 日《青岛晚报》

"不如不买便宜"

"不如不买便宜"这句近乎抬杠的话，一直影响着我的理财观念。当年对我讲这句话的，是一位长者。

二十世纪六十年代末，我工作的班组里有几个五六十岁的临时工，其中有个总用旧中山装当工作服的人，姓刘。他个子不高，体质虚弱，一干活就出虚汗，但却非常认真，讲话也斯文，放下活休息时总不忘捋几下稀疏的头发。出于同情，在班组评定临时工日工资时，我坚持给他一块四毛八的最高标准并得到通过，那时我的日工资才不过九毛钱。过后，老刘几次表示感激，而且那目光里露出父亲般的亲切。

在那物质贫乏的时代，得到用票证才能买的"三大件"是不容易的，特别是自行车，光那票就值五十块钱。谁能分上一张票买辆"大金鹿"骑，真是莫大的幸福。当时，我乘公共汽车上班，厂里报销；因为收入少，也没想买自行车。那次，兴许是自己工作表现不错，经过几十个人评议，把供销科唯一的一张"大金鹿"票给了我。我未加思索，兴冲冲地凑足了钱，当晚就把车买回了家。

骑着新车，飞快地掠过人们羡慕的目光，我兴奋了好多日子。不久，我的儿子降生了，生活开支骤然加大，所有的积蓄又都用在自行车上，日常开支便捉襟见肘。闲聊时，我自嘲是骑着毛驴要饭吃。老刘说："其实，当初你这车子不该买，你挣这几个钱，比买车子重要的事有的是，如果不是生活必需，不管多么便宜，不如不买便宜。"

这是嘲讽还是关切？老刘饱经风霜的面孔是平静的，也是若有所思的。他的话让我思索了好久，而且在不知不觉地控制我花钱。以后几乎每次买东西时，我都不由自主地问自己：这是必需的吗？

老刘为什么能说出这样的话，我以后知道了他的经历，就理解些了。老刘二十世纪五十年代初就是某商业单位的财务科长，中共党员，因历史问题被开除党籍、开除公职；老刘不服，一面干临时工养家糊口，一面开始了遥无尽期的上访申诉。我们认识时，他已跑了十年，递了无数的申诉状。这十年中又遇几次运动和"瓜菜代"时期，他和家人受尽磨难。一个懂财务的人，在这样的境遇中总结出的理财经验，能不深刻吗？

以后我调离了那个单位。又过了十年，我从熟人那里知道老刘恢复了名誉，查清楚那历史问题是同姓名的另一个人。落实政策时，他已近退休年龄，被任命为本市一家大型商业企业的副总经理，负责筹建一座高层商厦。后来听说，他为大厦的预算和控制开支得罪了不少人，却为企业节省了几百万元的开支，陪同老刘谈判的同事都说："刘总是分厘必争，就像给他自己家盖房子，谈起来真累。"大厦竣工不久，老刘就退休了。

我没有再见到老刘，但他那句"不管多么便宜，不如不买便宜"连同他身穿旧中山装劳作的身影仍深深地刻在我脑中。

面对孤独

回顾前半生，我曾多次经历孤独。而每次孤独中的反省，都促使我迈出了更坚实的一步。

"文革"初期，上大学的愿望破灭。当我顶着姐姐下乡换来的就业指标来到造纸厂时，望着成片的草垛，闻着蒸球放出的刺鼻气味，我感到从未有过的孤独。多日辗转反侧，我想到大多数同学连就业的机会都没有，自己好歹有个国营饭碗，应该知足，便下决心，埋头苦干；以后多次被评为先进生产者、五好民兵等，得到大家的认可和友爱，也没有了当初的惆怅和失落。

那年被培养为入党发展对象，我对前程憧憬不已。然而政审外调的结果是，我的家庭出身由中农变成了富农，入党的事从此无人过问。我又陷入孤独，工作照常干，却少了笑容。

路还得走，如何排除惆怅，充实自己？不久，我借助自己的技术基础，刻苦钻研，不但主持大修改造了单位的落后机械设备，还被聘为区夜校的教师。在那低收入的年代，二十几岁的人，成为企业的技术骨干，并能在职工夜校教学，每月有二十元的兼课费，自然受到人们的青睐，我也有了生活的勇气和信心。

一九七七年恢复高考，单位领导鼓励我去参加考试，我一度跃跃欲试。但两个幼小的孩子和常年卧病在床的老母亲，使我难以离开；极其紧张的家庭开支也毫无通融的余地，我只有放弃。当得知我们高中同班十五人报考，十三人被录取时，我心里难受了几个月，几次在半夜里落泪。

但作为儿子、丈夫和两个孩子的父亲，我没有理由表现出悲哀，必须坚挺脊梁。得不到深造、工作机会，自修和业余爱好却是自由的。我自中学喜欢学写文章，便在这方面投放了精力。一年后，我的一篇两万字的文学作品发表了，自己内心得到了极大的安慰。以后又学着写些业务方面的文章，刊载在杂志上，成了通讯员。那年公司机关缺人做文字工作，我便被领导从基层抽调，以"以工代干"的身份，穿过机关新老大学生接踵的"国家干部"群，担当了秘书工作。

以后，我又遇到考干、评职称，学历又成了问题。那一阵唯有学历是硬条件，报的是"师"，并交了一摞发表文稿，评下来的却是"助"。评委七个人有五个背地里主动告诉我，他本人投了我的赞成票；正式通知我却是四比三未通过。而且一个偶然的机会得知，那五个人之外一个学历最低、跟我也不熟的评委投了我的赞成票。我为唯学历是举和人事关系的丑陋懊恼已极，很长时间有一种被遗弃、被愚弄的感觉，简直想不干了。渐渐想到，同龄人因"文革"有多少被埋没的，自己已够幸运了，不服气，再拼一下子不就得了。于是，我复习半月，以高出录取线六十分的成绩进入成人高校，一学三年，一出来就拿到了中级职称。

后来的境遇，也总是不能让我摆脱孤独，它常会在我平静一阵后跑来拜访。如那年我作为办公室负责人，遵照上级的指示，从土建开始筹建新公司，忙了半年，按期完成了任务；刚开业，又要撤掉；后来的干部调任其他岗位，我这个最早出力气的却被说不好安排，弄得我非常难堪。因为多年的磨炼，我虽然时感空虚，但已能沉静思考。几个月后，我毅然丢掉了做"官"的面子，远走高飞了，在一个新单位，从头做起。

时光荏苒，自己的工作和生活发生了很多变化，孤独感仍时而袭上我的心头，却没了以往的力量。只要跟它摆出斗争的架势，它便开始退缩；它退缩一步，我就前进一步。

孤独将伴随你一生，它可以毁掉你，也可以成就你。

豪车夜话（童话）

下半夜，在大厦的地下停车场 W 公司专用车位区，几部新老名车在幽暗的灯光下，又开始了聊天。

奥迪 A6 问奔驰 350："你每天晚上出去，都干些什么？那些领导就那么忙吗？"

奔驰 350 答："哪是领导用车，都是那专职司机私用，到晚上那车就是他的了，多数是去饭店、洗浴中心、夜总会；上车的人也称他老总。"

"那你呢，也不闲着呀？"奔驰 350 反问道，"你可是一把手的自驾车，私事也不少吧？"

奥迪 A6 顿了一下说："那是以前，你不知道他出事了吗？"

"什么事？"

"因为受贿被抓起来了！"

"怪不得好长时间没见他下来开车了。"奔驰350顿悟到。

"这事得问我！"旁边崭新瓦亮的黑色奥迪A8开腔了，"都是因为我，一把手才栽了！"

"那赶快讲讲，怎么回事？"奥迪A6和奔驰350几乎同时喊道。

奥迪A8卖关子地说道："那你们可得沉住气，不许打断我，听我慢慢道来——"

"好，好。"大家一起答道。

"我们这显赫一时的人外贸公司几年前已改成私人股份公司了，每个在职领导都有不小的股份，分红丰厚，皆大欢喜。其实，说是每人都投了几万、几十万，组成注册资金千万的新公司，可都知道落在他们手里的国企现金上亿，大家都心照不宣。一个退居二线的副总因为股份被冒名签字转让给一把手还找过，拿着工商局提供的冒名股份转让合同打算去告一把手，后来了解到他们不过是利用个人投资名义套取老公司资金，就放弃了追诉，不愿蹚那浑水。"

"如果不买我来，那几个领导可舒服大了。"A8似有惋惜地继续讲下去。

"那一把手曾在董事会上提出，原有的小汽车虽然都是好车，但都是原公司班子坐过的，我们是不是应该有自己的新车，代表新公司的形象？"

"结果无人表态，特别是一贯附和的二把手也表示了沉默。会后一把手问二把手为何不支持他；二把手说：'这种事我不好带头表态，他们也没提出反对，你看着办就是。'结果那一把手真的花150万买了我A8，而且不用司机，自己开，引起公司上下议论纷纷。"

"那又怎样？"一直没插话的，资格最老的大林肯开口了，"当领导的喜欢车的又不是他自己，他刚调来时先开着我回了趟老家，他老家那儿的人都没见过这样的美国豪车，很是风光呢！后来又调来A6他开着，虽然不过两年的车，跟新的一样，但一当上党委书记、董事长、总经理三个一把手胃口就不一样了，情理之中嘛！"

"你这前辈有所不知，"A8口气温和地说道，"现在公司是股份制，重大开支要董事会讨论通过才行，他这样办肯定不行；你现在是二把手的自驾车，你说他不是害一把手吗？你说说这个二把手整天都干了些什么？"

大林肯一时被问住了，寻思了一下，一字一字地念叨着说："想想他还真是当面一套背后一套，两面派！有一天他在车上给什么人打电话，挺严肃地说：'跟你报告一个事，一把手未经董事会同意，买了一辆奥迪A8车自己开，办齐手续近160万，公司班子和股东意见很大。'"

"他这不是在告黑状吧？"奔驰350不解地问道，"不过就这事也不至于把一把手送进监狱呀！"

"各位！"A8加重声调，"我还没讲完呢！其实买新车只是导火线，根子还在利益分配上，在钱上；一把手开我没几天，A6知道的比我多，快让他讲吧。"

"不必客气，我也就是知道他在车上收到一个人送来两次现金；都是在停车场，每次四五十万那么一大包。那人是公司调走的一个副总，在一个小单位做总经理，钱是他牵线卖公司的地拿回的回扣。那管土地储备的官员收钱翻了船，送回扣的那人自首供出了我们公司的一把手。"

"其实，"大林肯补充说，"那天公司两个人在车位旁交谈，说公司卖地的事检察院早已盯上一把手，A8买来几天，检察院接到实名实据举报，才抓了人；举报的人肯定是公司知情人。"

"会不会是二把手？"奔驰350问。

"像是，"大林肯若有所思，"二把手一次跟一个常在他车上的女人说，他跟检察院很熟，不能让一把手那样下去了。"

"那是他老婆吗？"有的问。

"才不是，是相好，他真老婆还真是检察院的什么副处长，他怎么能不熟？

不过他老婆从来没上过他的车，她好像有车。"

"啊吆，"A6像发现了新大陆似的喊起来，"二把手也好几天没下来开车了，他是不是也出什么事了？你快说！"

"说就说吧，是和那相好被老婆捉了奸，她女儿还跑到公司打了他一耳光，这几天他没上班，恐怕在打离婚。"

"有意思，快讲讲！"

大林肯清了清嗓子，一板一眼地叙述起来。

"那天上午，二把手把相好从她当领班的酒店拉到他那带阁楼的新房子；两人上楼不多久，就见他老婆就带了两个穿制服的男青年，也打开单元门上了楼。我想，坏了，二把手要麻烦了。"

"二把手好久以后才把我开走，那相好也不见了。前天下午有俩人在车库说是那天有人向他老婆举报二把手带着那女人回了家，他老婆当机立断去捉奸，并请求两位同事同往作证；两同事认为不妥，他老婆差点翻脸，就勉强随她去了。倒好，在阁楼上把二把手捉奸在床，还有俩目击证人，毫无退路，不离婚怎么办？"

"人真复杂呀！"A8感叹道，"一、二把手都这样，这公司还能行吗？我来这么几天就下岗也太惨了点吧？"

"不光是你，大家恐怕都是前途未卜，还能不能在一起都难说。"

地下车库突然里响起了脚步声，奔驰350提醒大家，可能天亮了，明天再聊吧。豪车们马上静默了下来。它们知道，人们不管做什么，都不会回避它们；新故事会不断发生，但等无躁。

培训师对话

天丹保险公司请的展业讲师胡先生和理赔讲师邹先生都轻车熟路地对台下的新员工讲完了自己的专业培训课，在休息室等晚宴时亲切地聊了起来。

胡先生："邹老师的理赔讲得太精悍了，我记住了：一、可赔可不赔的，坚决不赔；二、非赔不可的，能少就少；三、已定赔额的，实际赔付能拖就拖。"

邹先生："保险公司的效益不就是这么出来的吗？他们就是这么干的，我只不过给他们总结出来了而已。其实最厉害的还是胡先生讲的，永远不要让客户看明白保单内容，签字前决不可提供保单文本，一切口头承诺，事后查无实证，以保单文字为准，屡试不爽，打不得官司告不得状。"

胡先生："说起来有点缺德，保单都故意搞得文字繁杂，语法生涩，土洋结合，一般买保险的人不大可能全搞清楚，只能听任推销员巧舌如簧。其实那保单连三分之一的文字也不用就够了。可都这么干，谁不如此倒成了傻瓜了。"

邹先生："那倒是，真到理赔时，那保单背面密密麻麻的小字就起作用了，属不赔范围的项目多得是，没有几个客户看明白过；那字小得非用放大镜看不清，多数也就自认倒霉了，谁让咱当年不看全保单内容就签了字呢？"

胡先生："那邹先生强调的理赔处理结果也决不能给客户开赔付明细单，不留任何文字凭据，能行得通吗？"

邹先生："太行得通了，我接触的几家人寿保险公司都这么干的。先是不开收据从客户手中拿去唯一的保单正本，数日后把一笔没有任何说明的钱打到你的银行账户里，哪个客户也无法判定金额是否正确。如客户回来询查，都说保单已经上交，网络系统里没有明细，有问题打全国客服电话；然后电话旅行，永远等不到回音，只有放弃。"

胡先生："我们给新就业的大学生们灌输的这些经营理念其实自己也不真

的认同，不过是职业使然；那些学生也并非信以为真，是求职维持生计所需罢了。"

邹先生："没错，只是委屈了那些保户。不过，真应该感谢保户们，养活了这么多人，包括你和我。"

天丹保险公司的人过来请二人上席。胡先生对邹先生说："今天可不敢多喝，明天还有一场呢！"邹先生应着说："慢慢来，日子还长着呢！"

少许与天平

在东京一个叫茅场町的地方，我们找到了一家中国人开的上海料理。

餐馆店面不大，不过五六张桌子，每张桌子中央都放着一只电饭锅，能闻得到蒸熟米饭的味道。年过半百的老板操着江浙口音的普通话热情地打招呼，引导我们一行人坐下，递上印有中文的点菜单。在异国他乡遇见能提供中餐的华人，我们不禁与他寒暄了几句，晓得他还真是早年到日本的上海人，小餐馆已开了两代人。

连续几句"嗨！嗨！"喊声把我的目光引了过去，原来是从后厨通餐厅的开阔窗口传过来的，里面有两个戴着洁白厨师帽的相貌堂堂的小伙子，面对窗口手持炒勺忙活着，一面点头喊着接过老板从外面递过去的菜单，我这才注意到这两个青年是日本人。

对日本青年在中国餐馆打工的好奇，驱使我走到那窗口前。这后厨大灶的设置位与国内很是不同，紧靠着出菜窗口，灶具、炒锅、作料、器具一览无余，似乎下意识让顾客观赏。见我探头观望，一个青年厨师忙碌中堆起笑容朝我点了一下头，是日本式的，深度像鞠躬。

两个厨师反复操弄的一个器具引起了我的注意，定睛一望，竟是天平，每人面前一台，他们在炒菜中不断地用天平称各种作料，砝码在他们手中飞快地变换，这使我颇感诧异。

经两个小伙子炒制的"上海菜"很快上了桌，我与同事们都觉得口味与国内无异，那西红柿炒蛋和红烧鲳鱼像极了我那在上海生活了多年的岳母做的味道。

与老板聊起，他说日本人的认真很了不得，教他们做中国菜下作料不能说少许、适量；必须说用多少克重，他们不怕称重麻烦，而且愿意让你亲眼见到手艺的过程。我聘请这两人都是喜欢中国菜的大学生，他们炒的菜味道笃定得很呀。

少许、适量是国内几乎所有菜谱对添加作料量的表述，不想到了日本，要求竟变得如此精细，似无必要，又不敢断言。

回旅馆的路上，又看见一家面包店，在沿人流如织的人行道的玻璃橱窗里展示制作面包的全过程，每工位一个小伙子，着和式工作服，跪地操作。从和面到烤制，在街上看得清清楚楚，每个小伙子都目不斜视地用力施做，像是一个古时作坊。

我似乎明白了些什么。在公开透明、精益求精的观念上，我们尚需努力。

六只灯泡的公平

去看住在信号山下文化局宿舍的老同学，有内急；老同学忙从门旁摘下一把小钥匙，接着拉了一下旁边的拉线开关，说："我陪你去。"他带我穿过厅堂，用钥匙打开一扇门上的挂锁。拉开厕所门，一奇相引我瞩目，那亮着的灯泡旁还围簇着五只不亮的灯泡，所有灯泡屁股上都有一根电线通向门框旁的一个粗陋开凿的孔。完事走出，我好奇地看那穿过墙洞又各奔东西的电线通向哪里。在厅里等我的同学看出我的疑惑，一面锁上厕所门，一面揶揄地笑着低声说："邻居们因为厕所公用电费分摊纠纷不断，有嫌不自觉关灯的，有嫌瓦数大浪费的，有嫌人口不一均摊不公平的；还有一户从不交电费，说是上厕所点什么灯，谁用谁交钱。没办法，就掐掉原照明灯电线，六家就都从自己家里的电表内拉一根电线通进厕所；谁上厕所谁在自己家开灯，喜欢亮就安大灯泡，喜欢暗就安小灯泡，想亮多长时间就亮多长时间，自由自在，不再争吵。"我望着五颜六色、粗细各异浪荡在头上分赴各家的灯线问同学："分摊电费贵吗？"同学说："贵什么，就这么些人呗。"我想到自己那以工人为主的宿舍每月户摊的一角钱楼道照明电费似乎从未发生争议，不禁对老同学感叹："你们这楼上可都是文化人呀，作家、演员、编辑、记者，就这水平？"

诗歌界已有相当名气的同学说："你也是当干部的，应该遇到过，没有公心的公平，就会生产这样的怪胎。"

到底是诗人，一语道出真谛。我突然记起，我们那楼道照明分摊电费也曾有一聪明邻居提出按享受系数分摊，一楼拿六分之一，二楼拿六分之二，以此类推；保证公平。街道组长组织讨论时，邻居们多数不讲话，憋了半天，一位豪爽的退伍军人邻居对那提议的邻居说："就这么几个钱，值得费这个功夫吗？你只要每月帮助组长算出账，就按你的办！"那邻居无语，大家散会，再无人提起。仔细琢磨一下，大小事做到完全公平还真不容易，而在锱铢必较、私心无度的思维之下，讨论公平纯属浪费时间。

总工的告别

正与邻居一位老大哥在城郊的山村游览，手机响起，是老同事张信。他先关心地问我的腰病恢复情况，又说几十年朋友一场真不容易，然后说："今年提前给你拜个年，免得到时候忘了；年龄大了，没用了。"我也问他开的小印刷厂如何，身体可好；找时间好好聊一聊。收起电话，想老张也真客气，这才深秋，就预拜年了。我对同游的大哥说："是一个老同事，老婆去世了，找了个新老伴过日子，挺好的。"

老张当年是航空工业学校的毕业生，与我高中毕业就业同期进了造纸厂。因为改制汽车配件的接触，发现他这个车工非同一般，拿一支粉笔在水泥地上列些公式算一阵子，就把一位老车工以活太忙推脱的加工尺寸算好了，并建议把传动轴的材料由无缝管改为焊管，因无缝管的壁厚不均匀，急速转动会产生甩动。买来焊管，他很快加工好；他操纵机床时的麻利动作，像是在进行什么艺术表演。后来无话不谈时，他告诉我，因为政审，没能分配到多数同学去的飞机制造厂。我知道，青岛当时最难考的中等专业学校就是航空工业学校，每年在本地招生极少，取分极高，能考上的凤毛麟角。一九六四年我在九中初中毕业时，有两个非常优秀的同学咨询班主任可否考此学校。入城干部出身教政治课的班主任韩老师坚决反对，说是班上学习成绩好的这几个同学考那学校政审都够呛，别冒险了。那俩同学最后都考取了录取难度仅次的纺织工业学校。

做同事的八年间，我们是知心朋友，两人都参加了对方在家里举办的婚礼。我结婚时，根据我的实际需要，老张和五个其他同事一起凑钱给我买了一床宁夏产的，价值三十九元的优质毛毯，这在当时大家每月只有三十几元工资的年代，已是不易的情礼；这毛毯我使用至今，仍光洁如新。

我调离造纸厂后，与老张联络渐少；但知道改革开放后，他没了政治包袱，先是入党，后被一路提拔，做了总工程师，很风光了些年；我很为他高兴。

许多年后我又奉调到了新工作岗位，可巧碰上他正给公司送印好公司名称的空白信笺、表格什么的，便请他到我的办公室一叙，才知道后来整个行业倒闭，他与妻子办了一家小印刷厂维持生计，女儿大学毕业在国税局工作，还没结婚。公司办公室的小安见老张是我的老同事，介绍说："老张特讲信用，供的货真正物美价廉，送货及时，说到做到。"

又来送货时，老张给我捎来两桶茶叶，还告诉我，其实现在一起搞印刷厂的是新老伴，原配妻子几年前去世了，新老伴对他很好，也很能干，但女儿一直反对，一见面就找事吵嘴，还对他说："你这么大年纪了，找什么老伴，我伺候你不就行了？"我安慰他说："慢慢闺女会理解的，忍忍吧；这辈子什么事都忍过了，何差自己的独生女儿。"我还激他说："孩子脾气大，也是你从小惯的，你有责任！"他笑了，说："也是。"

我退居二线离开公司后，一天他来电话聊，问我情况后说，他在黄岛照顾女儿，女儿在坐月子，我没太在意地随口说，哪有当爹的伺候女儿坐月子的；他说，孩子不放心别人，不想让卫生习惯不好的婆婆来伺候。我问："你那新老伴呢？"老张突然不语，尔后声音低沉地说："人家受不了女儿，走了。"我只有感叹。

又过了许久，老张在电话上告诉我，女儿同意他找老伴了，这回是女儿主动提出来的，他就又找了一个；她自己有了孩子，当爹的又那么伺候她，她明白道理了。我说："养儿才知父母恩真是不假呀，这个比先前那个怎么样？"他说，还行吧，跟以前那个没法比。

老张果然未像往年一样电话拜年。

几个月后，一个极少联系的老同事打来电话，凭借那掖县（今莱州）口音我才辨识出那到底是谁。话筒那面声音低沉地说："你知道张信不在了吗？"

"怎么回事？他得了什么急病吗？几个月前还接到他的电话呢！"

"他吊死了，自杀，在家里。"

我的心猛地一跳，即刻想到他的提前拜年，难道他早有打算？

"什么时候？"

"刚过春节。"老同事答道。这老同事也是他的好友。

只能与老同事感叹一番，什么也做不了。

一个高才生，一个总工程师，一个追求晚年生活幸福的负责任的好人，就这样离开了我们，离开了这个世界。

他怎么能走这条路？那么坚强的一个人？我浮想联翩，却百思不得其解。

我心里很难受，明白了他那电话确是跟我告别。我想，如果当时和他多聊聊，会不会能让这老友心宽些？

招聘会日记四题

一、还没想好

公司五月去本市某名牌大学校园招聘；十几名毕业生递简历并到公司面试，其中硕士数人，党员数人；董事长十分高兴，指示待遇要达到他们要求的平均水平，争取留住这些高素质人才。

学生们确也谈吐自如，礼貌潇洒，对公司前景及薪酬待遇纷纷表示满意，只是表示今近期准备论文答辩，须答辩后上班。也有一学生讲可即上班，届时给几天假作答辩即可，公司一一允诺。

先是承诺下周一报到的可即上班的男生届时未到，电话询问，说有些事未办完，完了就来，时间定不了；再是约定的答辩期过后无一人来电话，逐个询问，均讲还有事，暂时来不了，也定不下时间，要拖到下月。

六月再联系，有的不接电话，有的说等毕业证书，有的说有些事要办，有的说还没想好，但没有一个确定报到时间或明确表示另有选择。他们似乎根本不知道什么叫约定，也根本不在乎对方的感受；而是大家都应围着他们转。

面试过去了一个半月，他们一个也没来，也许是没想好，也许已找到自己认为更好的单位，也许要继续进修，都是正常的；但一个名校的毕业生，不知道如何与人打交道，不知道讲信用就是不正常的了，特别是其中的党员。

我担心，这些人是不是也在喊就业难的人群中。

二、我忘了

招聘会上，公司打出一年以上工作经验的要求。一群女学生围过来，纷纷谴责。为首的姑娘伶牙俐齿，说："如果您家里的应届生没人要，您愿意吗？"

经请示董事长，决定对这几个女生网开一面，安排她们面试。

定好第二天上午九时面试，那几个女生竟一个没来，打电话给那前日"据理力争"的女生，半天才接电话。问她到哪儿了，是不是找不着地方？那女生慢悠悠地说："我还没睡醒呢，我们昨晚上玩晚了，忘了，对不起！"

我问那几个人呢？她答道："她们都在宿舍睡呢！"

我几乎无言以对，对话筒说："那你们继续睡吧。"

三、我郁闷

"我从小是在赞赏中长大的，来了这个单位得到的表扬太少，老是要求我提升业务能力，我很郁闷，不想干了。"这是一个正在试用的应届高校毕业生的表态。

这女生长相可人，语言流利，工作认真，但态度时现傲慢，脾气大，易冲动；几次在领导和同事面前甩脸了，与同事相处有障碍；很有些"大小姐"派头。每天下午下班前，高大俊朗的男朋友都来公司等待接她下班，风雨无阻。

为稳定员工队伍，加强骨干培养；我受命与她谈了近两个小时。我听她讲到一时无话可讲后试探地问她："你想到自己有不足的地方吗？"她沉吟片刻回答说："我太直爽了。"我又问："没问问男朋友的意见吗？"答道："他说我到哪儿都是那德行，没说别的。"她倒也真爽快。

谈话后，她似有改变，周边员工反映开始好转。公司确定下月提升她的工资待遇并考虑尤其担任组长。

不久后一天，她又提出辞职，理由是周边的人都来对付他，领导也不解决。记得跟她谈话时曾告诫她：如果你认为周边三个以上同事都不好，一定是你自己出了问题；她当时无语，但看来是没有听进去。

思想工作真的不是万能，只有随她去吧。我想，碰多少钉子才能使她有所改变呢？这也算就业难吗？

四、学士、硕士和战士

来应聘的本科生、研究生很多，要求高薪的很多，能说的很多，自信的很多。一旦录用，能干下去的不多；离职的理由特多：

跟我想象的不一样！

看不到发展前途！

打杂多，进不了角色！

同学的待遇比我高！

还想考研！

工作卖力得不到肯定！

合理化建议不被采纳！

工作环境沉闷！

…………

只来了一个复员战士，来应聘司机兼总务；实际开车的机会很少，打杂多，什么都干，搬抬跑腿看仓库，购物发货联系事；忙得不亦乐乎。他非但无怨言，反而一有活就亢奋，干起来情绪高昂。他对人讲，有这稳定工作，养活照顾老婆孩子真不错；比常年开大车跑长途轻快多了，一定要干好。半年时间，他的薪酬就超过了同期入职的本科生，一年后，就超过了许多硕士生。

董事长感慨地说："'战士'"这个名称好；我们最需要的是'战士'，而不是只有毕业证的学士、硕士。"

车窗贴膜

我刚把车开到检测线入口前，一位民警就奔过来严厉地指着车的前侧窗说："赶快把贴膜撕下来！"把我好惊。其实，早已听说禁止影响视线的贴膜，只是平时无人管，车辆年审则必须合规。不过，好像也没感觉到影响观察清晰度，那警察的态度也真有点过。撕下贴膜，觉得确实敞亮，我也没有怕人看的什么，是买车时免费贴上的，撕掉了也就没再贴。

不久后的一篇有关贴膜的报道，却使我的心一震。一位看来技术有限的私家车女司机带小女儿行至机场附近，走错了路，掉头时把车倒进了水塘，女司机爬到车顶呼喊求救，路人将其救起时，未看见隔着幽黑贴膜的后车窗里有什么。待女司机从惊慌中醒悟来，高喊女儿还在车后座上时，车顶已没入水中；人们奋力将小女孩从车中捞出时，孩子已溺水不救。报道说，车半沉时，如无那贴膜，后座可一览无余，小女孩不可能出事。

贴膜的时兴，似乎是为保护乘车人的隐私；我要能看得见你，而你不可以看见我，很有些优越感；但却从未想过你会遇有极度希望有人从车外清楚地看到你的时刻。我看到有些车的深色贴膜，趴在窗上也根本看不见里面，有何意义？是必要还是时髦？

我要感激那严令我撕下贴膜的车管所民警，也希望画蛇添足而且影响行车安全的车窗贴膜不再受人青睐。

百岁书画人（二则）

一、冯大爷

冯先生是父亲的莱阳同乡和在北京华北大学的同学；冯先生修美术，父亲学师范。早前我小时，父亲让我称冯大爷，其实冯大爷比父亲小三岁。后来我想，是出于对冯大爷的格外尊重，而且我还是个顽童时，就知道冯大爷的大儿子抗美援朝牺牲了，他是烈士的父亲，特别尊重理所应当。

很早，冯大爷就是工艺美术学校的校长，而且是知名的民主人士和烈属；没想到"文化大革命"仍被以地主出身的资产阶级反动学术权威之名打倒在地，反复批斗。冯大爷风骨不倒，打死不认有罪，始终态度如一；冯大爷竟被遣返回乡两次，这在当时也罕见。落实政策回城时，已无住房，学校将冯大爷老两口安排在传达室居住，那次父亲让我给冯大爷送些引火用的木柴，我才知道他老两口人回来了，户口还卡着未办成，没有粮证和购物证，不但每月十斤的引火木柴不能买，基本口粮也只能靠亲友接济。第二次给冯大爷送木柴和粮票，我把自己积蓄的百余斤粮票和父亲给的加在一起，都给了冯大爷。

父亲当年上师范是因不收学费，无须家庭负担；冯大爷家虽较宽裕，也是卖了几亩耕地供冯大爷完成学业。几位同校的老乡星期天常在北京城里城外地遛，到饭顿时，都是冯大爷或另外的同学掏包。父亲说，他经常手里一分钱也没有，都是跟着冯大爷他们下馆子。

冯大爷很长时间没恢复工作，他就蹬着一辆旧自行车走访老朋友，谈字论画，随性泼墨。他擅长花卉，也偶及禽鸟。一次应邀来我家，饭后为我儿子画了一只着色的大公鸡，题"小朋友留念"几字时，他看了一眼酒后略显兴奋的父亲说："我的字和词都不如你爸爸，有时候就叫他题词。"父亲赶紧操着与老乡会面会加重的莱阳乡音说："哪里哪里呀！"

后来听父亲说冯大爷恢复了工作，仍然是校长，忙得很。

二十世纪七十年代末一个星期天下午，我忽然隔着窗户听见父亲在街上与冯大爷对话，好像问我在不在家。我赶忙跑出去，看见头戴法国无檐帽，身着米色风衣，面色红润的冯大爷站在一辆浅绿色华沙轿车旁，他那艺术家气派令我一震。

他问我，能不能到他学校去教语文，学校里太缺人，我能去代代课也行。我知道那时许多学校都缺人，已退休的父亲当时也在十三中学代课教地理。我那时刚调公司机关做秘书工作，难赴冯大爷信托，婉言解释，请冯大爷进屋。冯大爷一声长叹，说还有急事，以后再来。我和我父亲只得挥手送冯大爷乘那华沙轿车离开。我为冯大爷时来转运而高兴。

此后再未见到冯大爷，消息都是从常见冯大爷的父亲那儿来的。说是冯大爷的房子解决了，是在仲家洼建的新房，很大；冯大爷的老伴去世了，人家给介绍了一个很年轻的伴。一九九二年父亲八十五岁去世后，冯大爷的消息从媒体或老熟人仍能传来，我知道他晚年生活幸福充实，画界活动频频，家中儿孙围绕；几次想去看望，却又踌躇却步，可能是自己某种自尊作祟吧。

多年后一篇报道说，一位国画家装修房子时，暂存物品屋被偷走了许多价值不菲的古字画。后来从一位相熟的物业公司王经理处得知，被偷的正是冯大爷。我才知道，冯大爷又搬了条件更好的新家。我约莫一算，冯大爷已年过九十岁。一次，我姐在街上碰见冯大爷，说起被偷的字画，冯大爷说："偷就偷了吧，我也不找了，只要他们别毁了那些东西，留在社会上就行。"

看到媒体上报道冯大爷过百岁几年后逝世的消息时，我在家中含泪为冯大爷默哀，也为父亲和冯大爷的旷世情谊感动不已。

二、张大爷

独树一帜的平度籍百岁书法家张老先生近些年名气隆起，社会认可度非同小可，我自己就收有他的两种正式出版的书帖。回忆半个世纪前与这位当年被我称作张大爷的书法迷作邻居的点滴，不禁感慨。

一九六一年，我已是一个必须承担家务的十三岁大男孩。从未做过农活的母亲为救灾迁走户口，回老家种自留地，分口粮接济我们，姐姐住校，我负责为自己和当教师的父亲做饭吃。母亲返乡前，曾反复耐心地教我蒸馒头、包子、菜团子，擀面条，烙饼，煮地瓜干；但真做起来，还是经常手足失措。楼下张大爷老两口便成了我的依靠。张大娘见我早晚都是现生炉子做饭，忙乱得灰头土脸，就经常在楼下门厅拦着我，让我别生火，把蒸锅端到她家整日燃着的炉子上去蒸。总是敞着家门在周边挂满墨迹条幅的案子上挥笔泼墨的张大爷会扭过头来说："听你大娘的吧，早做上，省得你爸爸回来黑了天也吃不上饭。"我也就不客气，经常在张大爷家炉子上做饭。父亲说是不是要给张大爷家些煤，别让人家不够烧。我对张大娘说时，张大爷扭过头厉声道："你这孩子，懂什么，分那么清楚！"

一次我嘴馋，想吃糖饼，把里面包着红糖的面饼放进锅里烙。张大爷看见说："改善生活？"

"啊——"我应允着，却发现饼里的红糖液状淌了出来，随即发出焦煳味。张大爷望着锅说："烙饼火急了不行呀。"张大娘从屋里跑出来一看，说赶快把锅拿下来，问："你那红糖掺面了没有？"

"还得掺面？"

原来，糖一热就化成水，与干面粉一混，就不会淌了，正好成为黏糊糊的汤馅。张大娘从自己家弄来面粉，帮我重做；张大爷帮着掏炉子，添煤；忙活好一阵子，做出了几个糖饼。我很不好意思，提出留个糖饼给老两口的外孙吃；张大爷又像是埋怨地说："你管不了那么多，和你爸吃就行了。"

未见张大爷笑过。上下学的路上，经常迎面碰上他。他总低着头匆匆走路，谁也不看；喊他张大爷时，他的头稍歪一下，答应的声音几乎听不见。

经过他家门口，只要门开着，总能看见他站在亮堂的南窗下挥毫的背影，高瘦的身躯随着笔势轻轻地晃着，能感到他深深地投入；正像我当时废寝忘食地安装矿石收音机一样。

一次犯气管炎去市立医院打针，中午去早了注射室无人，我便遛到草木遍地的西院里等。忽然觉得远处一位身穿白大褂、戴口罩在扫院子的人眼熟；走近一看，竟是张大爷。他怎么会在这儿？他是干什么工作的？我脑子里全是疑问。

回来问父亲，才知道张大爷也是一九五七年出的事，离开了原来的工作岗位。父亲说，张大爷也是搞教育的，住在同楼的女儿、女婿也都是教师，很体面的人，一下子弄成那样，写字也算个开脱。我似乎明白了张大爷一些日常举止令人费解的原因。

生活困难好转那年，我家搬到隔着两个街门的另一个院居住，仍经常在街上碰到张大爷，他仍是那样低着头来去匆匆。

改革开放初的一天，我转过街角，突然看见了张大爷，他正在街门旁与对门院里同是高个子的一位擅雕刻的石先生在谈什么。这是我第一次看到张大爷在街上与人谈话，我注意到，张大爷衣着整洁得体，头是仰着的，布满皱纹的脸红润亮泽。我想，张大爷受的不公待遇肯定是落实政策了。

近些年，看到媒体介绍张大爷独树一帜的书法，想起半个世纪前张大爷挥毫泼墨的高大背影，不禁感慨万千。及至后来媒体报道张大爷一百又四岁仙逝及生平的消息传来，我心里久久地感慨着这跌宕人生。

屡战屡败

受父母"帮人即帮己"的观念影响，我也成了一个挺热心的人，愿意帮助人，也确实受人帮助不少。使我感到奇怪的是，我的热心用在帮人介绍对象上却屡战屡败，最后败下阵来。

大约是一九七五年，首次为一位女同事介绍对象，男方小李是一位很有精神头的海军军官，自己介绍是在潜艇上当枪炮长。当时部队干部找对象是很吃香的，姑娘们趋之若鹜，当上军属也确实受惠不少。我介绍的女同事小邱是我们一起就业学生中形象最好的一位，个头高高，皮肤白皙，面貌姣好，说话慢条斯理，一副窈窕淑女的样子。我和军官小李及男方介绍人到小邱家见的面，小邱的父母看样子挺满意，腼腆的小邱一直涨红着脸，显然是心情激动。

从小邱家出来，与小李分了手，也曾是同事的男方介绍人小赵对我说看样子差不多。我说："我看也是，很般配。"首次做这好事，心里竟有些激动。

等了一天，男方无动静，我打电话问小赵，小赵说恐怕没看中，我问为什么。小赵说，他家里还在商量，很快答复。第二天，小赵找到我，说小李是个干部家庭，父亲在台东区委工作，要求挺高的，没有别的事，就是嫌小邱还不够漂亮，一开始他不好意思说。我听完心里一凉，还不漂亮？光厂里追的青年就好几个呐。

第二次介绍对象不成，有点离奇。妻子介绍她学裁缝认识的小赵，我介绍自己的年轻同事小周，在我家见面。小赵进家在走廊上隔着敞着的门缝看见了坐在里屋的小周，问我："就是他吗，大哥？"我说："是呀。小赵说："坏了，前些日子人家给我们介绍见过面，不成；这怎么又叫你们两口弄到一块了，这怎么见？"妻子说："真的吗？这也太巧了呀，这是不是太有缘分了呀？"

没办法，我和妻只得打哈哈圆场，看着两个年轻人尴尬的样子，我想这红娘还能遇上这样的难堪事，真是枉费心机。

很久不再涉及介绍对象的事。二十世纪八十年代末，已不惑之年的我在党校进修，同位是仅二十几岁的工商局干部小王。一天，小王忽然对我说："大哥你帮我找个对象吧，我不会找，俺爸妈很急。"我说："我上哪去给你找，你看看咱班上没结婚的女同学，哪个中意，让同学牵牵线不行吗？"他红着脸说："那行吗？人家能干？我也不知道人家有没有对象。"我说："找介绍人嘛！"他说："那我让你当介绍人。"我随口说："好，没问题。"

不久，一次上课时，他对我说看中了一个。我问："谁？"他说："就是你曾说过的崔燕。"我们两个人的眼睛一齐望向坐在前右方扎着小辫子的小崔同学。我说："真看好了我就给你办。"小王说："那就先谢谢老大哥了。"

我先找了崔燕的同位于大姐，又直接向崔燕介绍了小王的情况，接着安排他俩单独见面，一阵功夫就走完了全部程序。再上课时，小王说："成了，她同意谈。"这次当红娘真没怎么上心，倒成了。只是小王太厚道，处事缺经验，不断地问我如何与对象或者她父母相处，到她家送什么东西好，出去玩上哪儿好，她不高兴了怎么哄，我成了他的谈恋爱顾问。一毕业，他俩就结了婚，是百十人的班上唯一一对同学恋爱成婚的，也是我唯一一次介绍成功的，但严格地讲，我只是半个介绍人，人是小王自己看中的，我只牵个线而已。

后来也受人之托当过几次介绍人，也希望成人之美，感受答谢之情，但却越来越难成。早先多是一方看不中，后来演变成竟是互相看不中，都觉得对方不配自己。一次男方说："这女的长得不行，我以前谈的那个也比她强。"女方说："这男的要什么没什么，多少比他强的我都没答应。"这样的结果，使我真不敢当介绍人了。

最后当介绍人，是为一个江姓老同学近四十的儿子。可能是少时恋爱受挫，他那长相俊朗的儿子多年不谈不见任何对象，老同学急得蹦高。第一次介绍招商银行一柜员，不见；许久后与其谈一次话，承诺如再有可谈谈。老同学对我说："这么多年，他头一次答应见别人介绍的对象。"可巧，一张姓老邻居到老宅找我，让我帮他从荷兰留学回来的女儿找个对象，说是女儿上了硕士上博士，光上学了；三十三了还没对象，急死了。我一琢磨，男三十九，女三十三，不行吗？就见了他女儿，讲了小江的情况，要了女方的照片，回来告诉小江。小江同意并订在一咖啡馆见面。他父亲知道，脸上堆满笑。

约定日上午，我开车十几公里把女方从老宅那儿拉到东部的咖啡馆，介绍他俩见面后我即离开。

第二天我先当面问男方，小江说："叔，我没什么感觉，年龄也有点大。"

再打电话问女方；小张说："叔，真的一点感觉也没有。"老张在旁补充说："孩子还嫌他年龄太大。"三十三的姑娘跟三十九的小伙互相嫌年龄大！还都没感觉！我倒感觉自己被彻底打败了。

不过我也明白了，红娘这活不适合我，还是远离为宜。

精明与私欲（三则）

一、浮动的年龄

真正不清楚自己确切年龄和生日的人是极少的。近年诸见报端的个别公务员篡改年龄不过是谋取私利和官职的手段而已，有的竟有十几岁之差，真是触目惊心。

记得多年前自己在一家国企办公室工作时，知晓新中国成立初参加工作的主任的干部档案、户口簿、身份证是三个年龄，各差一年。因临近退休，请示领导如何办。党委书记兼总经理讲："这事不是研究过了吗？还是根据个人的实际情况定吧，自己认为哪个有利就确定哪个，人事科留存个人确认书，不得反悔。"

于是，主任把年龄定在低数，意在晚些退休。及至评定职称时，这位原履历表上填着高小毕业生又未经过任何在职进修的主任申报高级职称，竟然成功。职称办一位同事后来谈起，主任职称申报表上年龄改成大三岁，挤上一段进修学历才有了资格的。在主任和支持他的人眼里，年龄成了有选择余地的东西。原来的承诺确认书早已不知去向，那位主任退休后一直享受着每月的高级职称补贴，不知他是否一直心安理得。

我想，一个人如果连年龄都可以随既得利益而更改，还有多少真东西呢？

二、最后一搏

因为有一米九大高个，又巧舌如簧、处事精明，大葛经常受到同事们的关注。他的精明主要是什么时候都能玩转领导，想干什么就能干什么。他先从工人岗位脱产干上了采购员，开着一辆兔子头三轮车到处跑很是得意；不久又说服领导让他学开大货车，并承诺不耽误采购工作，便很快就开上了漂亮的日本丰田载货汽车。大车开了不久，他又盯上了接送外商和领导们的小汽车。多年与他交好的修理工王师傅对他说："我看你见好就收吧，开个大车多好，自己说了算，小车是伺候人，没时没点，你不要老婆孩子了？"

大葛抿嘴一笑："你就这点出息？这年头有机会不进步还行？我好了忘不了你！"

大葛真是说到做到，做了一阵子"工作"，真到公司机关开上了皇冠轿车，而且负责接送一把手上下班，把一把手"伺候"得很满意。后来他得知原负责外商接待的一个干部即调职新职，抓住时机，撺出接手继任，一把手竟毫不犹豫地答应了。好友王师傅揶揄道："你个小学毕业生，英语认识你、你不认识它，你真敢接！"

大葛说："我不但敢接，还要把你弄到公司机关，凡事有个照应。"他的确又做到了，王师傅不久就被调到公司机关管总务。王师傅上过中专，有文化底子，很快把乱账理得清清楚楚；又因为有耐心，待人热情，很快得到机关上下的认可。王师傅很感激大葛，自嘲地说："我没白追随你这么多年。"大葛回答得更干脆利索："这就叫弟兄！"

大葛和王师傅都从工人变成了行政部门的干部，公司机关大楼里到处能见到他们忙碌的身影。

一年后一天下午，新上任的一把手突然在机关职工大会上宣布任命王师傅为行政处长，文件随后发下。大葛一听傻眼了，心想：这事怎么我不知道，老王怎么跑我前头去了？

聪明透顶的大葛知道这事不能去问王师傅，当晚就去了新一把手家。大葛的能耐确实非同小可，第二天一上班，人事科长就找到王师傅，说领导层有对他来公司时间较短的反映，暂时不下文件了。王师傅心里不是滋味，但也谦恭地点头称是，终究自己在机关里还未扎下根嘛！

憋不住的王师傅把大葛找到他管的办公用品库里倾诉了一番。大葛说："提拔这事你应该早跟我说，我有数才能使上劲，现在恐怕说什么都晚了。"王师傅说："我根本不知道一把手要宣布叫我当官的事，这不耍着人玩吗？"大葛说："官场可能就这样吧？"

不过两天，王师傅就看到了公司下达的红头文件，新任处长是大葛；他一下子全明白了，也病倒了。

大葛去家里看望王师傅，还带了不少慰问品，但迎接他的是王师傅两口子在他面前从未出现过的冷淡；他当然心里明白。

当上处长的大葛首次享受到中层干部查体，就查出了肠胃上有不小的东西，毫不留情地把踌躇满志的大葛打垮了。住院开刀，化疗，转院外地；不能报销的开支大得惊人。他很清楚自己的处境，告诉老婆，不要跟亲友借钱，不行就卖房子。结果还没等卖房子他人就走了。

已退休的王师傅在老同事聚会上谈起大葛，丝毫没有对已故者的原谅："他连我都坑，我像狗腿子似的跟了他那么多年，什么事都是我去给他干，他最后给了我那么一个大难堪。其实我早就知道，他是个人主义上刺刀，为了自己杀谁都行，他自己的兄弟姊妹都没沾他这有能耐的老大一点儿光，谁也不愿借钱给他；他太精了，长寿不了！"

三、购物卡还家

猎头公司介绍的刚三十挂零的项目营销总监上班不久，提出买部分购物卡处理关系，公司批给了几千元。两个月后，销售工作未见任何起色，这位总监向公司领导汇报时讲，社会关系联络力度尚需加强，要求再批部分款购卡。公司要求其将上次购物卡分送情况书面报告后再办，可以不出现收受人姓名，但要有单位名称。营销总监当即应允，但多日不见动静。

不久后的一天，营销总监在公司领导当面批评他迟迟不交购物卡去向账目后半小时即交上辞职书，表示感谢领导的知遇之恩和信任，只是因为个人家庭实际困难而辞职。办辞职手续时，财务部门仍要求他填凭证单报销那笔购卡款；显然早有准备的他随即从口袋掏出用皮筋捆着的厚厚一叠购物卡，说都在这儿，一张也没用。

为什么一张都没送出去？为什么还继续申请购物卡？诧异之余，领导感觉后怕。好在这总监最终与公司结清了账目。如果不要他报明细账，如果继续给他钱购卡，如果他还继续在公司干下去，会是什么样子呢？

公司购卡送关系虽多是无奈之举，但也助长了歪风。公司经办人的购物卡究竟用了多少，难以细究。好在这位总监还想留个清白之身，一张未动，不留尾巴。相信他是经过了道德良心煎熬的，但终究保住了底线。

应该为他庆幸，应该祝愿他走好生活道路，因为他太年轻。

真与假的博弈（二则）

一、驴、备胎和石碑

麦收一过，造纸厂收购麦草的大地磅就忙了起来。因为我们汽车组就在磅房的旁边，不但能眼望着川流不息的各种送草车辆，还能清楚地听得见司磅员林师傅尖利的喊声。那次他的喊声突然变成激烈争吵，我和同事赶紧跑过去问；原来是那赶驴车的送草人作弊。过实载的时候，驴在磅上；卸了草过皮重，只有那赶车人拉着地排车上了磅，驴没了。老林像许多旧社会过来的老职员一样，极其认真负责而且经验丰富，当然不放过，就争吵起来。一个驴二三百斤呢，得多算给他多少草钱？

老林告诉我们，麦草过重去皮作假的办法五花八门。有汽车卸草过皮重的，负载过磅时带的备胎不见了，司机还下驾驶室悄悄站在磅外地上，一下子几百斤没了，肯定不能放过他们。

我问："这司磅岂不是很累？"老林说："原来安排了监磅员，仓库人不够用，我就一人兼起来了，多操点心吧。"老林跟我们说着，突然笑了起来："那天一辆马车来过磅，我看那车草不像有那么重，出磅房用通条一捅，两个打件结实的草件里有硬东西，我打电话让保卫科来人，打开一看，那两件里都包着不知哪里坟岗捡来的石碑。那赶马车的还说，我给人家送的，不知道；他能不知道吗？"

几十年后的今天，参假使杂仍是使市场管理部门挠头的监管处罚项目。因为掺假者办法层出不穷，多年难尽；不但消费者受害，执法者也疲于奔命。看来，这注定是一场永久的斗争。

二、半公开的秘密

第一次遇到公开作假，是"文革"后期轻工系统运动会上的自行车比赛。

参赛的同事告诉我加工了一个小牙轮，少了两个齿牙，能少蹬多跑。我看了一下，果然是新加工金属件的模样。但同事最后并没有挂名，他说："那些单位也都换了加工牙轮，比咱的还快。"微笑在旁的带队领导一语不发，似乎认可那为了"集体荣誉"的作弊。我想，这样比赛还有意义吗？后来我发现真是自己"孤陋寡闻"，这场运动会上许多成绩突出的运动员都是参赛单位从社会上临时请来挣分的，谁不请随吃亏。当时的风气，对此类作假无人较真。

此后遇到的作假，则都涉及干部职工的待遇。

先是牵扯职称评定的学历证明，因为只有中专以上学历才有评中级职称的机会，普通高中不算数，公司便收到五花八门的中专毕业证明。有的是技工学校毕业，证明却是中专；有女同事十七岁就业到公司，却开来了四年中专毕业的证明，从年龄算四岁就得上小学；有的证明说某同事待过的单位后期改制为技术学校，其可按毕业生对待。公司事先声明，无法逐一核实证明真伪，谁能开来都认。我作为老三届高中生，自然不服气，又自命清高，不愿作假，评职称时，凭借几篇发表作品才评为助理经济师。

评定职称的外语考试更是离奇：外语不离口的出口业务员没有几个超过90分的，而其他参加职称外语考试的人成绩大都在90分以上，不少还得了100分。不久大家都明白了，外语考试主要是英译汉，事先就发下了汉译稿让他们背，有胆大的干脆拿着照抄；而会外语的同事或出于自尊，或为不屑，坚持默试，自然分数不那么高了。我自己连考外语的资格也没有，但对这种公然作弊的考试依然鄙视。

经历这些事后许久我还在想，为什么办成的和未办成的许多人都认为在一些事上做点假不算什么，更不觉丢人？

真与假有时真的势均力敌，谁也不怕谁。

啤酒掺白干时代

我第一次喝醉，是一高中同学结婚时，散啤酒里掺的栈桥白干可能太多了，喝得并不太多，但醉得一塌糊涂，让另一同学用自行车后座驮回了家。

其实前一年我结婚时，供来宾喝的也是啤酒掺白干。先是托人在啤酒厂买了三十斤一罐，被称为炮弹的散啤酒，倒在从单位借来的大饮水桶里，再兑上三四瓶栈桥白干，这酒就抗喝了。这在当年算时兴，一是省钱，二是啤酒难买。

平时到饭店里吃饭菜才供散啤酒，不单卖。为省钱，我到青岛饭店打牙祭时，一碗散啤掺一两百干共三角，一份炒杂拌六角，一碗大米饭一角，正好一元钱，有吃有喝，酒足饭饱，好不自在！

啤酒掺白干常被当时好喝白酒的人不屑，说是何必掺那"马尿"，装那有的？也有酒量大的，先喝白干，差不多了，再喝几杯啤酒，说是"投一投"，其实不过是在胃里啤酒掺白干，也是为了省钱。

改革开放后，散啤能敞开供应了，人们收入也提高了不少，掺白干的喝法很少了。有些好酒人士似乎怀念当年的喝法，发明了"潜水艇"喝法。把装满白酒的小杯轻轻放进大杯的啤酒里，杯子一动，白酒就混在了啤酒里，那酒劲顿时大增，好不过瘾。有的人一杯"潜水艇"就拿倒了。

我试过一次，小玻璃杯里装的是五粮液，有些冲，也感觉不出比当年青岛啤酒掺栈桥白干的喝法有何高明之处。看来享受是有时代性的，过期难寻。

花

十几年前一时兴起养的一堆花，只剩下它一盆了；其他的全被我养死了。

我知道原因是自己从未遵守养花的规则，除去想起来不知多少地浇点水，什么通风、日照、保温、剪枝、换土一概忽略。同院的刘大哥送我一盆长得很旺盛的君子兰，被我放在客厅的电视机柜前，很像样，一放就是三四年，从不挪窝，后来叶片逐渐烂光了，当时感觉可惜，事后也就忘了，并未接受教训；只是感觉有点对不起把自己养得那么好的花送给自己的刘大哥。

仅剩的这盆花，也是一枝独秀好久才引起我的注意。它似乎不知旱涝，不惧暴晒阴冷，不怕土硬虫咬；扔在哪儿都照长不误，那外红内绿的厚厚叶瓣总是锃亮反光，从不见枯萎。无意中与朋友说起这盆我一直不知名称的花，朋友告诉我，那花叫长寿花，也叫"干不死"，还告诉了我那花的学名，但很快被我忘掉了。

那花长得花盆快装不下了，我懒得换大盆，想把几个枝剪下来扔掉。真剪下来的刹那间，我突发奇想，它在土里刀枪不入，直接放到水里能不能活？于是顺手抓起凉台上废物箱里的一只广口瓶和一个有破口的瓷水杯，接上自来水，把两支剪下来的"干不死"放了进去，想看看它能如何。

过了好些日子，去凉台晒衣服时，无意中发现那两支花真的还活着，枝叶鲜艳如旧，枝下端还生出了白色的小根。这"干不死"竟然也是"泡不死"，真够厉害的！

两枝泡在水里的花一直放在封闭凉台的窗口，夏天放上的，冬天也未换地方，不管风吹日晒冷冻，它们都毫不在乎。那天到凉台上晒被子，棉衣；近看发现那两支花比前期粗壮了许多，枝下的根须叶茂密起来，似乎已适应了它们的新家。

只有自来水；没有土和任何肥料，它们依然毫不在乎，照长不误，真真切切是干不死、涝不死、泡不死的长寿花！我想，为什么没有人告诉我有如此强大生命力的花是名花？难道它不比我养死的那些茶花、杜鹃、君子兰更高尚可贵吗？

热爱生命（二则）

一、本土诗人马立彦

马立彦盘腿坐在床上热情洋溢地与我们交谈，挪动身子须用力用手撑一下床面。床边的窗台上，放着那台他用于倾听世界的五灯电子管收音机。我明白了，残疾的他，写出那么多动人的儿歌、情诗的灵感来自何方，为什么带我去他家的文学爱好者好友急匆匆、不容分说地拖我去帮助他修理那台过于疲劳而烧坏的收音机。

他的收音机是功率放大管烧坏了，我帮他换了一只从礼拜集上淘来的旧管替代，功率虽小些，但声响足够他使用。看到收音机顺利修复，马立彦和朋友十分高兴。我也因为能帮助这样一位诗人欣慰万分，于是婉拒他的电子管费用，说是希望以后能出诗集送我一本就好。

我只见过马立彦这一面，但不断在报章杂志上看到他的诗歌，几十年不断。每当我看到他发表的优美的诗歌，就回忆起在他苏州路家中见面的场景。我从心底钦佩他，也在潜意识里不断受着他的影响。与他相比，我们还有什么生活困难不能克服吗？

几年前，马立彦走了；我觉得，他不仅给青少年留下了诗，还给我们这些见过他的人留下了更多的生活勇气。

二、同学傅麟一生

傅麟离世那年，刚五十五岁；在市立医院急救不成，是腹内大出血；消息是在那儿做护士的同学传出的。惋惜之余，却又悟到傅麟一生活的有声有色，值得称道。

他幼时患脊髓灰质炎；行走不便，中学便寄宿在教学楼的阁楼里。晚上，寂静的校园里可听到他吹出的优美的竹笛声。升入本校高中，我们成了同班同学，班上搞元旦晚会，他会吹笛子给同学伴奏；几只笛子变换着，优美的乐声常吸引得邻班同学在窗户上张望。我跟他学吹笛子，也成了好朋友。

"文革"时，高中毕业的同学只有极少安排就业，大多在家里一闲好几年。傅麟按说就业更困难，但他因为手巧，很早就在小学的校办工厂干活了。他的妻子因为崇拜他的多才多艺，背着家人与傅麟恋爱、结婚，引起一场轩然大波。妻家说傅麟是拐骗妇女，到处搜寻"失踪"的女儿，后来成为我同事的老王，也是傅麟的连襟说："当时丈母家翻了天啦，也派我去找傅麟算账，说是咱是专门笑话别人的，现在叫人笑话了；去告他，去把我闺女弄回来。"

从北京旅行结婚回来的傅麟沉着应对，在众人面前出示了盖着青岛市市北区革命委员会章的结婚证，妻家人才没动手。我和几位高中同学应邀到他家聚会，见他年轻活泼的小媳妇穿着当时少见的蓬松裙摆连衣裙在屋里周旋招待来客，那幸福的笑容令人感动。我们从心底为傅麟祝福。

后来从贮水山路我的家绕过登州路到他在泰山路的家只需十几分钟，去找他多是请他冲洗放大照片。他用皮老虎伸缩镜头的老式相机改造的放大机，帮喜爱摄影的我放大了很多135底片生活照。那时他的儿子已能满地跑，他与我聊着天，望一眼调皮的儿子，脸上满是惬意。

后来几年，工作压力较大，我与老同学的联系断了几年。再接到同学聚会的通知时，大家已是知天命之年。是在当政治课教员的郭同学在四方区七楼的家中，在楼下见到了傅麟；他骑了一辆后面有斗的三轮摩托来的，他告诉我，这可以拉着老婆孩子，还有辆二轮，自己上班骑。上楼的时候，我想扶着他，他仍像少年时很坚决地推开我的手，我深知他的坚强，跟在他侧后，望着他一步一拽楼梯扶手，很有节奏地喘息着，一口气地登上七楼。聚餐间，有同学笑称，咱班同学有两部车的只有傅麟！

最后一次见面，是请几位资深机械加工专业人员，研讨加工钻石的名为车石臂的工具的设计制造，解决我所在科研单位项目停滞不前的状况。在一家校办工厂做厂长的傅麟的设计加工意见受到大家的称赞。在纺织机械厂做总工的另一初中同学说："傅麟的设计意见简单实用，加工成本低，有市场竞争力。"

不料事后不久我即被调往新单位，车石臂项目搁浅，只跟傅麟通过一次电话，未再谋面。后来听老同学讲，五十岁的傅麟又有了一个女儿，也搬了新房子，生活得很滋润。我听后为这身残志不残的老同学感慨不已。

傅麟走得仓促，但他创造了自己丰富的人生，也值了。

小屋的秘密

接到老屋征收拆迁的通知时，我马上想到那小屋的事要有个了断了。

二十世纪八十年代初一天，派出所片警老林带着一位五十多岁的妇女来我家里找父亲，说是沧口过来的，家里有人新中国成立前夕去了台湾，走前住在我家现住的那间小屋里并埋了些贵重东西在地下，现在有联系了想来看看取走。我那经历过多次历史问题磨难的老父亲当即表示支持。走进小屋，那妇女马上掏出几张信纸，避着我和父亲的目光对照着看，好像上面有手绘草图。

似乎没有什么疑问，那妇女很快收起信纸，礼貌地告别。跟我父亲很熟悉的老林随便问了几句父亲的近况，陪那妇女走了。这事在我这老少三辈之家引起了一阵不小的风波。父亲说，如果地下有东西，恐怕早在七八年前房管所给那小屋打水泥地面时就起走了。我倒记得那次打地面，好像没怎么往下挖，只是铺了不厚的一层石子，抹了水泥面，因而觉得那妇女要找的东西可能还在那儿。我那上小学的儿子问我妻子："妈妈，那地下藏的是金子吗？"

那沧口来的妇女好久无动静。后来单位分给我一套可住老少三辈的新建房子；腾旧房时，那间单独在后院的小屋单位未要，成了我老父亲的"活动室"。老人几乎每天都要从新宅出发到小屋"上班"，与老邻居和老友们交流书法，闲聊或修整后院自种的花木，乐此不疲。

一天，我们全家正在吃晚饭，新宅片警敲门，身后跟着那位久无消息的沧口妇女。进屋谈话，仍旧是为那事。我想，那妇女两次都通过公安部门联系，非常认真严肃，想必她那台湾亲友已直接联系了国内有关部门，那小屋地下藏的东西恐怕也确有些价值。那妇女很客气地讲，想再去小屋看看现场，看看怎么挖，家里商量一下。父亲毫无二致地表示同意，并当即约定好第二天看现场。

我提醒父亲，小屋有一半是土炕，如果拆了，恢复挺麻烦。父亲说："这炕是我和你妈两个人一天垒起来的，想恢复有什么难？"

第二天父亲回来说，那妇女带着两个人来看了，还用皮尺量，画了草图。

我问起拆炕的事，父亲说："那个年龄大些的对同来的人说，这炕一拆一垒光土方就得两个立方，还得另找个会垒炕的，好像他们挺打怵。"

我对父亲说："如果要拆炕，就不必恢复了，你也不烧炕，换个床中午休息就是了。""那不行！他们为财要拆别人的炕，怎么可以不给人家恢复？"父亲的语气很强硬。

我那历经坎坷的父亲一辈子坚守为人尊严，此次也不例外。我想趁此机会借助外力拆掉已多年不烧的土炕的意见竟被老父亲嗤之以鼻。

那妇女又是许久没有音信。我估计就是那土炕挡住了她，只有她心里明白挖出亲友那些东西的"性价比"是多少，什么也挖不出损失有多大。

直到十几年后父亲去世，也没有沧口妇女的动静。小屋闲置了若干年，我退休后也把小屋收拾了一下当做"别墅"，在屋里捣鼓我淘来的旧音响，在院子里折腾大小十几盆花，与老邻居们叙旧聊天。

不觉又是十年，传说多年的老房拆迁征收真的开始了，而且进度迅速，同院八户很快已搬走了六户。我想，那水泥地下到底有没有当年那妇女要找的东西？就这么搬走，那地下的东西让拆房子的挖出来？说是历史文化街区老房子可能修旧如旧，那东西就那么留在地下？沧口妇女家的人看没看到报纸上登的征收范围门牌公告，会不会来找？要不要想法通知那妇女家的人？可没名没姓的又这么多年怎么找？是不是多此一举？我的脑子一时有点乱。

我笃信君子爱财取之有道，从不期望意外之财，不炒股，不参加任何抽奖活动，不接受任何突如其来的赠品、奖品，那些承诺高息的投资借贷自始至终都被我认作诈骗。

与我已中年的儿子们商量小屋之事，倒痛快，都说先挖挖看吧，当作个探秘乐趣就是了，有了实物再说怎么处理。大家分析就是有点东西，也没有很高价值，不然当年那沧口妇女不会放弃。

大儿子买来了金属探测仪和电镐，让曾是无线电爱好者的我自己先探测试挖一下，嘱咐我就当玩，别累着。

我清空了小屋的家什，像电影里的扫雷兵一样，手持探杆，头戴耳机，沿着地面一步步地探测。耳机不断响起声音，仪表的指针随着耳机的蜂鸣声晃动着。这地下竟有这么多的金属？探测仪说明书里说，散落土中的废铁钉会影响探测，须调整探测深度和标的物质量设定。调整似乎有效，但仍有五处金属反应强烈，周边四处，中间一处，我选靠墙角的一处试挖。首次使用这种电镐，震动声很大，但快打穿了后铺的地砖和当年房管所给打的水泥地面，一共有七八厘米厚。打开一个方凳面大的洞用了一上午，肩膀震得发麻。下午开始掏洞，里面潮湿的沙土里竟有那么多大石块，没挖到什么金属物。试了一下，探测强反应竟来自一块深色的大石块，恐怕是它的含铁量起了作用。我有些崩溃，那些反应点会不会也是含金属的大石头？掏出来的土和石头装了近二十个套成双层的垃圾袋，十几趟才搬走。要把那几个反应点都打开，我一个近古稀且做过腰椎间盘突出手术的老人是难以做到的。这显然已不是探秘乐趣。再者，那些挖出的大石块使我回忆起是我和老父亲一起从山上防空干道口捡来石头与房管所的瓦匠一起垫的石基，地面是挖过一定深度的，那埋的东西能不露吗？

我的"探宝"兴趣已基本丧失，也告知了大儿子。儿子说："你别弄了，哪天我找人去挖。"即将交房的时候，大儿子带了三个专业破拆施工人员来，很快把可疑反应点全部挖开，结果除了土和石头，什么也没有。金属反应都来自几块较大的石头。那台探测仪的灵敏度似乎挺高，但不能区别矿物和金属制成品，误导了这场等待了几十年的探秘。

回填平整了挖开的地面，几天后按期交出了小屋。当我站在街上最后看一眼老父亲和自己都住过的小屋，突然领悟到：财物真是对人有吸引力，意外之财对人的诱惑更大，而主动地放弃某些财物却不是人人都能做到的，那位当年来过两次、最终不再出现的沧口女性不愧是一位智者。

人物素描篇

李书记

在省外贸系统的几十家公司中，专职党委书记为正职、正厅级的不过两三人，李书记是其一。李书记是新中国成立前入伍的海军正团级干部，"文革"中转业到地方，我调公司机关做文书时，他任职政工科长，后提任专职党委副书记。

与李书记熟悉，始于给他家里装办公电话。｜几位领导班子成员家里大多已有电话，其中多数是我经手办理的。当时本市程控电话刚上，各单位疯抢安装，我为给公司装办公电话有一阵甚至废寝忘食地斡旋，为当时如日中天、出口过亿美元的公司增装电话近六十部，这也成为公司为我评上仅为 3% 的职工增资的工作业绩之一。

李书记住在小鱼山旁部队的宿舍里，几亩地大的院子里没有地方电话线路，最近的被称为交接箱的电话设备在院外鱼山路上，离李书记家近二百米，这在电话机离交接箱不得超过五十米的规定相差太远。我与已很熟悉的安装班长协商，他同意破常规安装，但须在楼后加支一电线杆支撑过长的电话线。我在公司后院找到一根七八米长的废弃杉木线杆，与李书记坚持派来的小儿子一起用地排车拉着到了他家院子里，与电话安装班的师傅们一起挖坑栽进地里。

李书记离家前，指了一下桌子上的东西又拉开冰箱对我说："中午你费心给师傅们弄点饭吃吧，东西都准备了。"我连忙答应。那时除接待外商，公司是没有招待费开支的，但社会上已兴起公款吃饭请客，不管饭是不行的。公司秘书科知道我的困难，往往让我把公司的废报纸卖掉换钱，利用公司伙房杂物间摆上酒菜招待装电话师傅，多数炒菜都是请伙房师傅加炒的，用饭票支付即可。这些情况李书记可能知道，所以做了那样的安排。李书记中午赶回来陪大家吃饭，安装班长说："领导能瞧得起俺这些干活的，比吃什么都好！"

关于拒绝公款吃喝，李书记的确与众不同。譬如去香港访问，有驻港人员宴请，李书记说自己同志花公款不妥，未出席，从行李箱里取出方便面到餐厅请服务员提供开水和大碗，服务员先是婉拒，李书记一番讲道理，服务员去做了，专门烧开了水，找了大个盖碗，但最后收了费。随访的一同事回来说，收的费可能比买一大碗面条还贵；李书记说，各归各码。李书记泡方便面的故事一时成为公司里的笑谈。

但另一次李书记拒绝宴请，不但使亲临现场的我惊讶不已，在场的任何人也笑不出来。那是在烟台一个富裕县的招待所，公司两个巡查支公司的小组不期而遇，支公司很是振奋，费尽力气安排了四个大桌的接风宴。晚上我随的党政领导的小组十几人到座后，为李书记及随员准备的一桌无一人落座。

领导让公司同事去叫，李书记一人过来了。领导不快地问："老李，怎么回事？叫这么些人等着？"

李书记扫了一眼已坐满的几桌，平静地对领导说："把这一桌退了吧，我已安排了吃便饭，还要研究事，就不过来了。"

"你看着办吧，老李！"领导很烦地摆了一下手说："咱们吃吧。"

这样的场面从未见过，我在惊讶之余，心想，这样也太得罪领导了吧。

后来有一个阶段，他多次不用公司专职司机，而让我停下手头事务开车送他去八大关见人；多数是去正阳关路十号，是省里领导来青常住的地方。我送李书记都是只送不接。李书记注意到了我的疑惑；一次节日值班单独相处的机会，他告诉我是去见一位省领导，反映自己转业前后的遭遇。

他在"文革"本市军管时受命负责一专案组。命令规定，查案全程保密，只对最高层负责并最终向其交付全部案卷。专案近结束时，地方一主要干部提出调阅专案材料，李书记出示专案组纪律规定予以拒绝，他也向军管会领导报告专案材料中牵扯该干部的内容很多，如允许须最高层领导签批。此后又有数次口头调阅材料的通知，均被坚持命令规定的李书记婉拒，其中包括那身居高位的地方干部。使他未想到的是，他突然接到了转业通知，而且不顾他全家已在本地生活工作多年的实际情况，安排他回原籍县一部门工作，专案组马上由他人接任。他提出质疑，得到的答复很简单：这也是命令！

李书记即刻明白了让他中途退出专案组并立即转业的原因。他离开部队即开始向有关上级部门反映问题，但一直申诉无果，直到改革开放几年后才有这位省领导接见了李书记。

李书记对我说："让你送我是因为你是懂纪律的干部，我办的这件事与咱公司无关，不想有什么影响。"

许久后的一天，我在自己负责分发递送的文件中，看到一份中央文件标题中有李书记的名字，记得前几个字是"关于李某某等同志"，内容是落实政策，恢复名誉、职务等。李书记在首位，可见其重要。

李书记的忠于职守、正直不阿令我感动，他十几年的不懈申诉终有结果，我真为他高兴。然而，后来发生在眼前的另一件事则使我更敬佩李书记了。

那天，根据局里的试点安排，公司召开全体党员大会，直选党委委员，入党不过三四年的办公室主任落选。经理、书记一肩挑的领导叫过主持选举的李书记说："办公室主任选不上不行，下一步我还想安排他做工会主席，进不了党委怎么行。老李你安排一下重选！"

现场十几个中高层干部沉默不语，望向李书记；台下党员们的几百双眼睛盯着台上的领导们。李书记停顿了片刻，然后神色凝重、声音低沉地说："这不行，太违背组织原则了。"

领导说："不都是些形式吗，有什么行不行？我说了还不算吗？"

李书记接着说："第一，我反对这样做；第二，我本人拒绝组织和参加二次选举。"

没有人再参加意见；没有支持的，也没有反对的。那时党政一肩挑的领导的权力极少遇到挑战，我也从未见过有人如此坚决、明确地反对领导的决策意见。阅历丰富的领导沉默了许久，站起来离开了。我和许多党员一样暗自为李书记叫好，在组织原则频频被经济大潮冲击的年代，仍有李书记这样的干部硬碰硬地坚守原则，实在难得，我也是第一次亲眼见到。

没有多久，上级决定我们公司不再实行党政一肩挑，李书记受命担任了行业系统稀有的正厅级正职党委书记，应该说是实至名归。

朱老师与硕士小孙

公司办公室中午只有我一人在休息，突然听见有人敲门，接着一个姑娘推门进来。我认出来，是公司刚招聘安排在水产科的北京外国语学院的硕士研究生小孙。她大方地说："我是水产科的，朱老师告诉我只有办公室有一份《中国日报》，我现在过来看看，可以吗？"

"当然可以！"我说，"你坐在这里看就是。"接着从报架上取下那满是英文的报纸递给她。

小孙一面浏览着报纸一面问我："为什么科里没有《中国日报》？我们这么大的外贸公司，出口业务员不常看英文报纸能行吗？"

我告诉她，以前出口、储运部门都有，但实际看的人太少；为了节约，只在办公时留一份，有需要就来看，朱老师就是最常来的。小孙摇了摇留着短发的头，清秀的圆脸上露出一丝不屑："我们涉外单位还算这个账呀？提高外语水平不是更重要吗？"我一时不知如何回答她，只能客气地告诉她："你随时来看都行，欢迎你！"

小孙于是经常中午休息时来办公室看报，有时还将英语读出声来，像在琢磨某个词句，我想，这个小硕士自学能力一定很强。一次她问我，科里安排她跟朱老师学习业务，不知为什么朱老师反而经常问她一些词汇，朱老师是什么大学毕业的。

我还是无法回答她。我们这家全省数一数二的进出口公司，公司外语人才如云。复旦、辅仁、南开毕业的老一代业务员不乏其人，北外、上外、北京外贸、外交学院等专业院校毕业的中青年业务骨干遍布各业务科，然而大家公认英语"最厉害的"是仅为高中学历的老朱。

老朱的履历有点复杂。他在上海高中毕业时抗战爆发，见大街上贴有征募会英语的高中男生赴中央航空公司驻印机构工作的飞布告，便应征到了加尔各答。他先是做服务生、杂役、打字员，后做译员、联络员、调度员等，需要做的既多又杂。他接触的说英语的外国人来自英、美、加、印、澳、新多国；单是英国就有三四种区别不小的口音。老朱在这种环境中工作了八九年，加上勤奋好学，听力和口语都达到了相当高的水平。抗战胜利后，他随公司到香港工作，一九四九年参加两航起义，随机群飞至内陆北方解放区。此后他一直从事出口工作，发挥着外语特长。

老朱跟我聊起他的经历时，已达退休年龄，但他仍在公司勤奋地工作着，不断为公司培养着像小孙那样的"徒弟"。

改革开放初，欧洲客户赠送了一台电子打字机，使用说明书一厚本，几个出口科的人都译不了那专业技术词汇满篇的说明书，一台先进机器就闲了起来。老朱说："我试试看吧。"不过两天，老朱就开始用那打字机飞也似的打字了。公司领导高兴地说："这机器就应该朱老师专用。"于是这机器就留在老朱的身旁。

老朱最大的特点就是不停地学习新的专业知识，而且真正是不耻下问。凡是有新来的大学生，他总是客气地要求他们介绍所知道的新词汇、新语法、新贸易做法，随手记在一个小本子上。我想，没上过大学的老朱外语水平如此之高，就是这样积累起来的。

一天碰见老朱，我问起刚来的小孙。老朱操着那我熟悉的宁波腔普通话说："那姑娘英语很棒的了，也很活泼，业务谈判进步得很快，硕士呀，不晓得留不留得住。"

过了些日子，我突然发觉小孙好久没来看《中国日报》了。一天在走廊上碰到她，她说这阵子很忙，顾不上。可当天中午，她来了，没去看报纸，直接跟我讲起了她随老朱与一位英国客户谈判的事。

小孙说："朱老师让我主谈，几句话我就出汗了，那口音我基本听不懂，无法进行。朱老师接了过去，马上对答如流，而且改用对方的口音。那客户高兴极了，我也惊了，朱老师太了不起了！"

在这种情况下，我给小孙讲述了老朱的经历。小孙一双眼睛动也不动地望着我，嘴微张着，没有了先前的矜持，像一个不谙世事的孩子。

临走，小孙对我说，要下大功夫跟朱老师学，自己知道那点真不够用！她再也没有过来看《中国日报》，看来观念有了变化。

一天，我在报纸上看到国家要给当年中国航空公司和中央航空公司的起义人员颁发证书的消息，并整版登载了两航起义的过程。中午我拿着报纸去找老朱，恰巧偌大水产科里只有老朱一个人，他戴着花镜倚在窗边看一本外文书。见我手里的报纸，老朱平静地笑了笑说："你一直对我的事那么关心，应该谢谢你。"说着，他拉开写字台，静悄悄地拿出一本紫红色皮面、烫金字的两航起义人员证书，放在我面前，说："已经发下来了。"我怀着崇敬的心情打开，看着证书里照片老朱饱经沧桑又不失文雅的面孔，心想，如果解放初他就能得到这份荣誉，这照片上应该是一个英俊青年。我把证书还给老朱，双手握了一下老朱的手，差一点掉下眼泪。

我从公司调走后，老朱又工作了不少年才退休。有老同事跟我讲，老朱八十岁了行动不输青年，骑着他那辆用了多年的外国自行车下鱼山路大陆坡，速度快得惊人。

听说公司改制时，硕士小孙辞职了。有同事去家里看望老朱，碰见过小孙，仍是在请教朱老师什么问题。我想，老朱的精神有继承者了。

尹科长的党龄

协助整理落实干部政策材料时，我才知道已响应上级号召提前离职的尹科长有那样一段历史。

抗战初期，年轻且有中学文化的尹科长接受党组织秘密安排，报名参加了伪军，从事地下策反工作，为八路军扩大武装力量。伪军看重尹科长的能力，很快提拔他当了排长。一年后，尹科长带领十几个伪军士兵投奔八路军。但联系组织时，单线领导却没了去向；无论如何解释，接受他们的八路军部队也不承认尹科长的敌工人员身份，但认可持械投诚，也可以根据表现重新入党。

于是，尹科长便只有背着投诚伪军的身份重新开始工作，又入了一次党。尹科长曾多方查找当年党组织人员，以证实当初的党员身份，但因始终未找到入党介绍人和安排他去伪军做敌工的直接领导，事情就搁置下来，投诚伪军的身份也进了人事档案；到解放入城时，首批脱军装，安排做地方工作。因为档案里写着"历史不清，不宜安排政治、组织及其他重要岗位；其文化水平较高，可担任文秘、后勤供应管理等工作"，他便做了我们公司的秘书科长，一干三十多年。

几乎每次政治运动，尹科长日伪军经历都要被"抖搂抖搂"，他写下不少的材料；每次他要求组织调查落实都没有结果。他只能百倍勤奋地工作，避开那无尽期思想包袱的侵扰。

尹科长不苟言笑，说话办事有板有眼，处理日常事务干脆利落，对众多手下人员一视同仁；历任公司领导无不认可他的工作水平，公司机关干部职工都非常尊重这位少有笑容的入城干部。因为这样的历史问题，他一个职务干到底，没有提拔的机会；听说他的妻子和儿女也受到了不小的影响。他的妻子也是公司基层单位的干部，我在基层工作时，知道有三位女干部也是从胶东入城的，个个都很朴实近人；其中那位头发斑白，常微笑不语的管劳工的郭大姐，我调到公司后才知道是尹科长的老伴。

我们办公室多数同事都是在原秘书科跟尹科长干过的，闲聊中，他们对尹科长的公私分明旧事如数家珍，钦佩之情溢于言表。我因为与基层单位联系工作的原因，知道尹科长老两口离休后，他们年龄不小的女儿才在基层的劳动服务公司得到一份工作，我能感觉到他们一辈子清廉做共产党干部的信念。

二十世纪八十年代末，尹科长的历史问题终于在新政策下得到澄清，恢复了他的老党籍，压在他心里一辈子的一块大石头落了地。我调离公司的第二年，听说不过六十几岁的尹科长因心脏病去世，老同事们都唏嘘惋惜不已。

"特嫌"老何

二十世纪七十年代中期，公司从日本进口了一条新冷藏船。山崎汽船制作所的老板派儿子小山崎亲自送船到青岛，嘱咐其务必找到当年青岛高等商业学校的同学何振奎先生。巧的是，老何正是公司的老业务员，但当时在拉地排车劳动改造，罪名是日本特务嫌疑。公司经理兼党委书记一再斟酌，通知老何梳洗更衣准备见客户。老何先是拒绝，后有政工人员告此为恢复名誉机会，故随政工、保卫人员前往码头。

在装饰考究的船上餐厅，小山崎得知人群中表情严肃的憔悴老者即父亲的同学挚友，即疾步向前，一个深深的鞠躬，大声用日语说道："何先生，我们太幸运了，父亲希望很快见到您。"

老何只是微微点头，一言不发。经理急了，说："老何，你的日语呢？说呀！"他也知道，老何十年没说一句日语了，就是因为在日本待过，熟悉日语到会讲方言的程度，才被做特务怀疑。

老何难得地一笑，对经理说："都忘了，也没什么用。"经理哈哈一笑说："老何呀！中日建交后你还没发挥作用呢！"

老何开始小心地用日语与小山崎交流。越谈小山崎越兴奋，越谈老何语速越快。政工科长问同去的大连日专毕业生："听得明白吗？"答："差不多。"问："差多少，一小半吧。"

老何不拉地排车了，也没有回业务科，被外贸局安排去隔街另一家大进出口公司做了业务科长；不久，同事们就看见老何骑着一辆当时罕见的小型摩托车从那公司大门进出，一脸轻松自信的样子，与在我们公司时判若两人。

那年，传来老何因病去世的噩耗。参加他的追悼会老同事回来告诉大家一个惊人的消息：北京来了两个人来参加追悼会，没有给花圈，留下一千元钱；说何振奎同志是隐蔽战线的老同志，他们为他送行。老王竟然是一位地下党！当场把大家惊呆了，这也太不可思议了，大家将信将疑。

建党九十周年，青岛本地电视台专题报道了几位地下党员在贮水山南麓某人住宅建立秘密电台和参与策动国民党海军起义的情况，成员中便有何振奎兄弟二人。

散漫兵老黄

当年老黄穿着军装，背着匣子枪，提着文件包，跟在后来到北京做了国家某部委领导的首长身后入了城，不久就脱军装当了我们公司的保卫干事。他多年在公司住单身，老婆孩子在农村原籍，直到儿子顶替他到公司就业，他退休。老黄那时才五十来岁，身体壮如青年。

第一次见老黄，是在宾馆开全省经理会议的餐厅。与会人员聚集在餐厅的大玻璃门前，等待开门；有人发现摆好的几十桌饭菜中竟有一人早端坐在其中一张桌边。主持会议的姜经理顿时变了脸色。我问："这是谁？""黄青！"经理没好气地说。

旁边的一个老同事告诉我，老黄当了一辈子干事，工资不高，家属在农村，负担大，常年吃救济。儿子顶替他进了城，老黄的户口按规定迁回了原籍，但他没回老家，整天在公司里转，凡有会议饭，他就找上门去吃，谁也不好意思说这位入城干部。

姜经理走进餐厅严肃地对老黄说："你个老同志，怎么总这样？你怎么找来的？谁告诉你的？"

"嘿嘿——"老黄嬉笑着，低声说，"经理，你忘了我是干什么的？"

老黄干过侦察兵、警卫员、保卫干事，寻查确是他的专长。别看他样子邋遢，一双眼睛诡诘得很；而且腰杆斯直，走路风快。

曾有一位同事聊起喝酒，一时兴起，随意地对老黄说："等找个星期天，到我家喝酒！"不久后的一个休息日，这同事在家听到敲门，打开门一看，竟是满面春风的老黄。"你——怎么找到这儿的？科里都没人知道我搬这儿呀！"见那同事一脸诧异，老黄也是揶揄道："我是干什么的——你不是叫我星期天来喝酒吗？我来了！"

我调到局里工作后，在老干部处门口碰见戴着一副考究墨镜的老黄，请他到隔壁我们处办公室坐坐。他告诉我是来老干部处要求落实政策的，来几次了，不解决就不走，过会儿还回去，中午找报纸垫在老干部处地板上躺着休息。"他们午休我也午休，"老黄说，"他们还得给我买饭吃。"接着补充说："他们让我去市里找，市里让我到这儿找，推磨；这回我还不走了。"

"你这眼镜挺讲究，几年不见，你更精神了。"我恭维道。

"我告诉你，这眼镜怎么来的，"老黄神秘地靠近我说，"我到市里去找，那里人把我一个人丢在办公室沙发上不管，没人见我；我一看写字台上放着这副眼镜，顺手拿起来戴上，挺合适，我就戴着就走——我叫你不见我！"

老黄要求落实的是参加革命年限；我耐心地听他讲了下面的故事——

"那年部队经过昌邑家乡附近，首长说：'你回家看看吧，骑着骡子，快去快回'。几年没回家，家里人见我穿着军装，挎着匣子枪，骑着牲口回村，欢喜得四处相告。

"正赶上春耕，家里人问可否晚走一天让那骡子帮家里耕一天地；我说行，能赶上部队。那骡子很壮，很快耕完了家里的地。我亲二叔提出帮他耕一天，我说要赶队伍，二叔翻脸了；俺爹说：'不差一天吧？'这就又耕了一天。没想到第三天正要走，传来消息，国民党部队过来了，走不了了。我换上便衣，在村里隐蔽起来。倒好，每天赶着骡子耕地驮活，一下子过去两个月了。我整天与骡子为伴，伺候它，就怕它出毛病；这是公家的牲口，得原样带回去，不敢有半点马虎。

"后来找到机会，也打听到了部队去向。我牵着牲口连夜往回赶，翻山越岭三四天终于找到了部队，交上骡子，蹲了两天禁闭，被首长保了出来。"

老黄是抗战末期参军的，在办理离休时，被扣掉了当年在家乡滞留的时间，结果只能享受新中国成立前参加革命的待遇，少了一个月的工资待遇。老王不服，所以到厅里来上访。后来听同事讲，他的离休待遇已调回了抗战胜利前，现在是要求解决住房，而且做法令人哭笑不得。他先是躺在即墨路小商品市场摊位上盖着草帘子过夜，被巡逻人员发现，老黄出示老干部身份，说是单位不给住房，无家可归。派出所第二天联系公司说："应该善待老干部，怎么能让他睡在街上？"实际情况是，顶替他就业的儿子结婚仍与他挤住一起，而单位认为房子是分给老黄的，儿子无分房资格，不算住房困难。老黄不管那一套，又住进了湛山寺东围墙外的一个废弃的防空洞，在洞里生火照明做饭，又被当地治安人员发现，送了回来。于是公司又受到了一次"虐待老干部"的谴责，过了没几天，老黄的房子就真的解决了。令人佩服的是，老黄的身体一直很棒，精神头也很大，除了头发花白，一点不像老年人；如果问他，我想他又会说："我是干什么的！"

转业海军老黎

老黎永远是一身深蓝色海军干部服，高腰军用皮鞋，不苟言笑，四川口音；一看就知道是部队干部。我刚从基层调到机关秘书科时，与老黎同部门但少有交道，见他整天在案前拆检、封发国际信函，很少讲话，更难见他说一句英语。我的认识是，收发工作，谁都能干，英语粗识一二即可。

不久，支部通知讨论老黎入党。我颇感奇怪：一个五十多岁的海军转业干部怎么现在才入党呢？

当我得知老黎的来历时，吃了一惊。原来老黎是新中国成立前夕起义的那艘著名巡洋舰的报务员，英国海军学院留学出身，到过世界各大港口；起义后加入解放军，仍从事报务，后转业到我们公司。老黎的英语水平很高，口语也极其熟练，但处事很注意低调，口语轻易不露。公司里很少人知道他国民党海军起义军官的经历。知情者告诉我，每年春节，老黎都要悄悄到海滨一条街上去看望仍在海军任职的老舰长。我知道，如果不是改革开放，有老黎这种经历的人入党确实挺难。老黎入党后工作面貌焕然一新，与同事们的语言交流明显多了起来，脸上多了以往少有的笑模样。

一天，老黎打开了一封怪异的海外来信，是用手仔细写在淡黄色的，拉开有三米多长的褶皱卫生卷纸上，老黎发现这是一位女性写的情感表达热烈露骨的情书，是给与我公司合作的外国公司常住本市的一位金发碧眼的小伙子的，请我们公司转递。阅历丰富的老黎突然有点慌，很快找到负责外商接待工作的小马，说："这信我们不该拆，是我的错，你能不能赶快把这封信交给那客户，并代我向人家道个歉。"小马随即找到我一起驱车赶去八大关宾馆把信交给了那洋小伙，并向他表示了歉意。英俊潇洒的洋小伙，拉开那洋洋情书，看了看，摇头一笑，用中国话说："没什么，谢谢，谢谢。"回来的路上，为学英语下过很大功夫的小马说："那信上写的多是诗句，除了老黎，没几个人能看明白。"

公司业务员出国的机会多，能带回免税"三大件"，很是令人羡慕。一天，经常出国的业务员老姜让人帮忙将一台日本电视机搬到老黎的办公桌旁，对我说："这是给老黎的，麻烦你告诉他。"老黎去邮局办事回来，淡淡地一笑说："是老姜帮我买的。"这在当时是很大的人情。我想，英语特棒，上过两个大学的才子老姜怎么会热心帮当收发员的老黎呢？后来才留意到，老姜会向老黎请教实务英语方面的问题，只有在这时候我才能听见老黎低声操着娴熟的英语，手指点着桌上外文函件，与老姜交流着。我意识到，老黎的英语水平确实非同小可。

从老黎身上，我感受到了低调为人的可贵。每次路过老黎桌旁，我都会望一眼戴着朴素白框眼镜伏案忙碌着的老黎，他就这样日复一日飞快地翻看着成堆的国外来函，那目光追随着的、在信函文字上滑动的食指移动速度之快确实令人赞叹。据说，老黎不但英语出色，还会许多国家的常用语言，只是轻易不露。

老刘的生命逻辑

老刘是入城干部，荣成石岛人，渔民出身，曾任胶东八路军船运大队长。新中国成立后进省外贸公司任水产科长，一次政治运动后一撸到底当了工人。我认识老刘是因为他午休时多次到我在的汽车修理组聊天。

老刘肥壮的身体使人想到举重运动员，脸色红晕，行走迅速有力，一点不像退休的人。他常回厂里来，也是为落实政策。

那天，他问我们退休的人有几种；我们答"不知道，还是你讲吧"。

"有三种，"老刘操着荣成腔并伸出三根粗大的手指，"等死的，找死的，怕死的；没有第四种！"

大家哄笑，知道他卖完关子会继续讲。

"看见成天坐着马扎子在大门口瞅马路的吗？"他顿一下，"那是等死的！"

"看见对面趴在吊笼上干活的老家伙吗？"大家随他的指向看过去，是有个穿工作服的花白头发老头。"南村路的临时工，退休好几年了，还想挣钱，也不怕掉下来跌断腿，这是找死的！"

"那怕死的呢？"一个小青年催问。

"天天早晨在海边压腿锻炼的不都是怕死的吗？"老刘说完哈哈大笑，那情绪真不像挨过整的人。

他跟我们讲过首次见到许世友将军的趣事。几个八路军干部学着骑缴获来的自行车，他也找了一辆顺坡往下骑，不料骑上就下不来了，不知道怎么刹车，一下子摔在一些看景的人旁边，老刘听见一个人对着他大笑不止，老刘爬起来正想说那人幸灾乐祸，旁边一个干部过来拉了他一把，小声说："这是许司令。"老刘只有咽下怪话立正敬礼，也由此知道了部队最高首长的模样。

老刘说，谁怕死，谁死得更快，并讲了一个故事。他奉命驾一艘大帆船运给养，途中遇见日本人的巡逻艇，老刘手下一个人害怕了，说："咱投降吧，要不就没命了。"也不管老刘说什么，接着脱下白褂子朝巡逻艇方向摇晃起来，老刘命令那人趴下，那人不听，老刘端起匣子枪朝那人打了一枪，那人倒下老实了。

老刘说，那个手下是旱鸭子，根本不懂海上的事，那日本巡逻艇距离很远，根本没注意咱这条船，打枪也听不见，但鬼子会用望远镜看，有人发信号可不行。那被老刘打了一枪的人并没有死，子弹穿过耳朵，满脸是血而已。

老刘很会讲故事，他讲完走了。了解他的老职工也会讲些他自己不可能讲的逸闻趣事，很是热闹。

一次下班我骑自行车路过南村路口，突遇戴着红胳膊箍的老刘铁钳般于抓着一个挎着一篮子鸡蛋的农村妇女的手臂噔噔地往哪儿走着，那妇女一口一个"大爷俺不敢了！大爷俺不敢了！"老刘毫不理睬，径步直前，那妇女身不由己，只能步步跟随。听见旁边人议论："这老头抓换鸡蛋的也太较真了，何必呢？"

原来老刘在给工商部门干义务监督员。受命于组织、入城干部出身的老刘过于认真并不奇怪。

大概是一九八七年，领导让我安排面包车送离休干部去新建礼堂看电影，老刘突然出现在身边，他的穿戴比往常整齐了许多，见我诧异，他略显幽默地问我："这是去看电影的车吧？"我赶忙答"是"，脑子里一动，想老刘一定是落实政策了。我想扶着老刘上车，老刘却先把头探进车门环视一圈儿。原保卫科长靠门坐，与老刘眼光相碰。老刘一面伸腿上车，一面讪笑着操着荣成腔说："啊呀，现在整人的和挨整的都坐一个车了啊！"我注意到，王科长的脸色一时变得很难看。事后知道，当年处理老刘，同为入城干部的王科长是主办人。老刘恢复了干部身份，享受离休待遇，党籍却未恢复。

我佩服老刘豁达乐观的生活态度，他不愧是一个老船长。

离休资本家老杜

副经理让接待一下一位持着手杖、面慈目善的老人，老人一口胶东话。谈话中得知他是公司老职员，工商业者成分，打成过右派，退休前在公司一仓库看门。

现在落实政策，退还他六间"文革"中占用他的私房，但房管部门要求他支付维修地板窗户和油漆粉刷的费用，他觉得不合理，要求公司出面帮助。我见过退换私房的政策文件，适当维修，完整退换是政策要求，要原房主支付此项费用显然失当。我请示经理后开了一封证明信，附上复印的政策文件给了老杜，老杜说："我自己去能行吗？"我半开玩笑地说："你腰杆硬起来，你说你们收了二十年的房租还不够这点修理费吗？他们再为难你打电话给我，公司可以出面。"

过了一阵子，老杜到办公室找我，说是办成了，钱不要了，他们领导看了信和文件态度马上不一样了。他还捂着我的手说："小刘，你是个会办事的人，谢谢你照顾我这样的老人。"我说："你这些年受委屈了，这是我们应该做的。"

不久后的一天，我在公司走廊上碰到老杜，他拉住我说正要找我，我问有什么事。他说自己有些侨汇券，可以买些缺货，问我要不要。他告诉我，新中国成立前朋友送他作纪念的一张美国钢铁公司的股票，通过中国银行兑现了几十万人民币，不给美元，给了不少侨汇券，他花不了。

我知道老杜是想为上次的事表示谢意，这些受过大磨难的人，对得到的帮助往往是感激不尽，这恰恰是我在工作中特别应该注意的。之前我已在办公室接待过二十年前打成右派劳动改造回来复职的两名干部，其中一位广东籍老职员还是我受命联系落实解决了套二住房。他的女儿不知从哪里知道了我的住址，星期天到我家送了两铁盒进口糖果。推脱中，他女儿几乎要哭出来，我很无奈，也很难受。我自己的家庭也经历过类似困苦，因而深有同感。

我对老杜说："你是前辈，有事我给你跑跑腿算什么？"就握了他一下手，转身离去了。

又一次在公司机关见到老杜是他进办公室找我，要求我帮他找经理开点冻大虾和冻鲅鱼，说要送礼，我奇怪地问："什么事还要叫你这么个老人亲自送礼？"

老杜说："小刘你不知道吗？我还有个政策要落实，正在查呀；人家帮忙，总得表示一下；小刘你千万帮忙呀！"他告诉我，因为抗战时他的商号为胶东八路军军工厂供应制造迫击炮的钢管和制造手榴弹的铸铁，按照中央文件，可按参加革命享受离休待遇。这文件公司有，我看过；可怎么也想不到会落实到"资本家"身份的老杜身上。我很愿意帮忙老杜，给他开了要的冻品，但对他能否办成享受离休待遇的"老革命"，真的很怀疑。

真是梦想成真，再次见到老杜时，竟是老杜在会计那儿领补发的五万多元离休待遇工资，装进他事先准备好的一只深色的厚布袋里，袋口索绳一收，挂在手杖上。会计问他："你怎么不叫你儿来帮你拿？"老杜说："他们我谁也不用，我这么个拄拐的老头子走在路上谁会来抢？"

我把老杜请到办公室坐一坐，给他倒上水，问他来龙去脉。

老杜说："也就是巧，当初打交道的那个掌柜的在北京找到了，是个真八路，他给我做了证明，还找了另两个证明人。人家给写得很好，说是我冒着生命危险从青岛为胶东抗日根据地供应军用物资。"我问："你当时不害怕吗？"老杜说："也是一天到晚心惊肉跳的，不过人家掌柜的很讲信用，又给双倍的钱，也就干了。"他的工资恢复名誉时补发了一次，享受离休级别调为十八级又补发了一次，大半生坎坷，到老来又是房子又是地，钱财盈门，老杜该如何是好？

我突然想起中学语文课本上杨朔写的《海市蜃楼》一文，文中说船工忆苦思甜说旧社会的船老板对船工刻薄，抗战时给革命根据地运物资，八路军给钱很多，但船老板不肯多给船工一分。我想，那船老板不应当指责，也应按支持掩护革命活动享受离休待遇了吧。

"总结专家"老尤

老尤的外号是"老狗"，来历是"尤"字常被写得像"犬"，他又好闹，于是被一些老熟人戏称为老犬，后来干脆被叫成"老狗"。

我熟识老尤是因为催收各科室的年度总结，其中两个业务科长让我直接跟老尤要。我从基层调公司机关作文书不久，不认识他。一个科长嬉笑地说："在三楼菜果科，你说老狗，没有不知道的！"

老尤很客气地把两份钢笔字隽秀整齐的总结给了我；我不解地问："别的科的总结怎么你来写？还两个科？"

脸颊红红的老尤看了一眼周边埋头办公的同事，靠近我小声说："加上我们科，共三份！"这时，我突然闻到老尤口中飘出的白酒味，我又看了一眼老尤的红脸，像是酒后的红色；墙上的时钟才上午十一时，他喝的什么酒？

他告诉我，每年都有好几个科找他写总结，他们都知道他好喝酒，贿赂他几瓶酒就行了。我也低声问："人家科的工作你能了解吗？怎么写？"老尤说："我听他们给我叨叨半小时就什么都明白了，官样文章、八股文，好写！"

我回去看了老尤替那两个科和他所在科写的年度工作总结，吃惊不小。三份总结不但字迹美观，内容充实，表述清晰，层次分明，而且文风各异，显然是有意而为之，若无相当功底是难以做到的。

因为格外关注，我很快了解了老尤的一些情况。老尤是入城干部，但不是党员，这在那个群体中为数不多；好像是因出身问题，一直是一般干部，做些业务工作。因为资格老，历任科长都很照顾他，工作安排也较轻松。但老尤嗜酒如命，饭可不吃，酒不能不喝，而且一天四喝。

第一喝是上午十点左右，悄悄从写字台下橱门内拿出早备在那儿的一瓶白酒，咕咕地喝两口，赶紧放回。他的写字台在同事们背后的角落里，没有人注意，但酒味飘了出去，同事们都知道，也不回头看他。第二喝是中午一点左右，他跑到河南路上的馄饨铺，一碗馄饨二两酒，连吃带喝就算午饭。第三喝是下班途中到卖散酒的小铺，二两几口喝下走人；高兴时，可能喝两个小铺。这样加上晚饭在家必喝，就成一天五喝了。

过了一两天，老尤打电话找我，说是又一个科找他写总结，让我去会议室听听。那衣着朴素的女科长虽是大学毕业，但文字基础确实差，我早知道；见我参与，她有些脸红。女科长讲着工作情况，老尤半闭着眼听着，偶尔问一句，只是说到数字时在一张纸上记一下；因为有积累资料写全省经理会发言稿的任务，我倒记满了一页纸。半小时刚到，老尤对女科长说："这就够了，有什么补充再说！明天早上交卷！"

我注意到，那女科长座椅边放着一个装着酒瓶和罐头的尼龙绸包，恐怕就是老尤的报酬。女科长对我说："老尤帮大忙了，我没时间，也不会写；多亏老尤同志；去年总结汇报会上经理表扬俺科总结写得不错，简单扼要，就是老尤的功劳！"

三十几个科室部门年度总结汇报进行了两天，我注意到，老尤代写的几份总结都顺利过关。会后我找到老尤，向他请教写总结的"秘诀"，他说："那有什么窍门？天下文章一大抄，你模仿写得好的写几次就成了；听说你是老高中毕业，这还不是小菜一碟？"老尤还真是言简意赅，一语点通，使我肃然起敬。

一次聊天，我开玩笑地问老尤："你到今天为止，一共喝了多少酒了？有没有四吨，一解放牌载重？"

"四吨？"老尤一愣，说，"那你得帮我算算。从解放那年算吧，四十年，平均一天半斤，年轻时喝得少。"我从桌上拿过一个计算器按起来，总共三千六百五十公斤，差三百五十公斤就是四吨。老尤突然大笑道："还真有一解放牌！我真没白活，尝遍世间美酒也！"他泛红的面孔满是陶醉。

许久后的一天，听同事讲，老尤住院了，肝病，是因为酒。再见他时，他表情严肃了很多，说真不能再喝了，差一点没命了；大夫说实在想喝就喝点葡萄酒吧。

再不见老尤上班时红着脸，但那变白的脸色太缺血色，使我心中生出一种莫名的悲哀。老尤走起路来不再像以前那样匆忙，显出了衰老；他眼看到六十岁了。

我调到局里工作后，再无机会见到老尤。遇到写总结，常会想起老尤，不知道他的离休生活如何？

大吹王翔

王翔是公司机关第一个也是唯一一个停薪留职的干部，很早就下海经商，据说以倒卖文物为主。我经常碰见他骑着一辆崭新的摩托车来公司到他工作过的冷管科与同事们聊天，大方地掏出钱来买东西请客，不忙的同事都围拢过来听他吹牛。

那天我去各科送文件，碰见穿着讲究西装和风衣的老王已在科里开吹。说是刚才在银行提了一万元钱，是两捆五十元的，分装在风衣的两个口袋里。说着，老王从风衣右口袋掏出一捆面额五十元的钱。"从银行出来，一个青年从后面上来蹭了我一下；我还想，这么宽的路，就一两个人走，你怎么还能蹭上我？又一寻思，不对，摸了一下风衣口袋，左面的一沓钱没了。抬头一看，那青年走出不过二十步，我跑了几步去追他，又一想，算了，这钱谁花不是花，那青年可能有困难，让他拿去花吧！"

同事们听罢一起笑起来。老王故作严肃地说："真的，钱算什么东西？不去不再来！"接着从那沓钱中抽出两张说："看，让谁去买东西吃？"

老王好一阵子没到公司来，有同事说，看见他在中山路上的文物商店帮助鉴定文物，那里的工作人员很拿他当回事，都竖着耳朵听他"吹"，不知道他怎么从中赚钱。老王又来公司时，大家问他给人家吹什么。他说，那天是一个老太太来文物商店找，说是他们收她的瓷瓶只给了十块钱，摆上货架标价一千块，是坑人，要告他们。"正闹着，我去了，三句两句把老太打发走了，接着又给他们上了一堂课。交易文物要有头脑，首先要懂得文物无价，真假难辨，愿买愿卖，贵贱不退，收东西的时候就要说明白。你们国营店底子，摆架子惯了，懒得说话，老太太不明白，不恼才怪。我跟老太太怎么说的你们也听见了，收你的瓷瓶上了架，猴年马月卖掉不知道；这么大的店，有时几天卖不出一件东西，三四个人开工资加房租水电，不标高价怎么活？这个行业就是三年不开张，开张吃三年的买卖。老太听明白了不就没事了吗，倒腾文物也得会做思想工作呀同志们！"

老王说得似有道理，不像现编的故事。

我调到离公司本部两公里远的水产分公司工作后，一天听说老王背上被儿子砍了一菜刀，因为他打老婆太凶，儿子急了眼。老王受伤住院，守着科里看望他的同事号啕大哭，悲痛不已。

大概过了半年，老王突然到分公司找我，仍然骑着摩托车，着西装风衣。他把我拉到办公室外，说让我帮忙给一澳洲客户签一标箱养殖冻虾，我感到很奇怪。他给我解释道："其实这些年就是玩了，没攒下几个钱；这不想把儿子送到澳大利亚留学，帮他挣点学费。"我开玩笑地说："儿子砍你一刀，你还帮他挣钱，真是个亲爹呀！"他脸显羞涩地说："自己的孩子，没有办法。"

我帮他办完事，他连连点头向我告别；望着他骑车远去的背影，同为儿子父亲的我突然感到一丝酸楚。

成人之美的曹大姐

调公司办公室做文书工作，我在二楼有一间小小的单独办公室，好像是旧时代银行高级职员的盥洗室。我把瓷砖墙地面擦得铮亮，坐在放置着专用电话的写字台旁很是得意。

政工科的曹大姐第一次进来，说要打个电话，她科的电话正忙着。她打电话的时候，一只手拿着一个很小的记录本看着，说悄悄话般地介绍着男方女方的情况：学历、家庭情况、工作单位、工资收入、个头模样等，非常详细。她对我说："有的人对我给人介绍对象很反感，我不听，告诉你，光咱公司我就介绍成功二十多对了，你说，这不是好事吗？"

事后我才知道，近退休年龄的曹大姐做了乳腺手术，科里给她安排的工作不多，她便自说自话地当起了红娘，因为用心细致，成功率极高，许多老同事都找曹大姐给子女找对象。

见我赞成她做好事，曹大姐来打电话也多起来。一次她正抱着话筒说着话，办公室主任推门进来，看见曹大姐，皱了一下眉头。曹大姐意识到了，很快放下电话走了。主任对我说："你这电话占线时间这么长，耽误工作呀；以后外面人不能在这儿打电话！"

曹大姐很自觉，此后便很少过来打电话。一次中午与曹大姐谈起公司团委与系统内另一公司团委组织婚恋联谊舞会的事，我告诉曹大姐："他们搞了半天，只成了一对，就是两家的团委书记；成功率比你差远了！"

曹大姐说："那倒不是，他们就是没有足够的时间了解对方，都拿着架子；必须有负责任的介绍人用心联络撮合才行。"曹大姐说得很有道理。我问她这些年共介绍成了多少对，她笑起来，眼睛眯成一条缝，从口袋里掏出小记录本说："好几本了，七十几对吧。"我真没想到这样一位病号老大姐能做成这么多的好事，心里一阵感动，这对公司、对社会不是莫大的贡献吗？

许久后的一天，曹大姐开门进来，说自己已办了退休手续，过来告个别；望着这位以病残之身不断成人之美的老大姐，我禁不住上前握住她那干瘦的手臂，喉头涌动，眼睛湿润起来。

老大姐，你现在还好吗？

伸手

公司精明强干的财务部经理提出调整充实人员的意见，董事会研究同意，于是由她出面招聘新的会计和出纳员。她先是把她认为能力太差的原出纳员调离岗位，专做仓库记账，自己兼任出纳员。招进两名新人不久，她非常坚持地辞退了已改作记账的原出纳员。被辞退的原出纳员哭着打电话向做管理顾问的我反映：财务部经理打击报复她，且兼任出纳期间有问题，有文字为证。我在公司外与原出纳员见了面，她拿出了曾是我建议而设的账外记录簿，为我指认了同一金额两次报销的记录。我安慰了被辞退的出纳员一番，赶回公司向董事会报告了此事。

公司领导层从未遇到此种情况，甚至不相信一个做了几十年财务工作的会计师会做这么违背职业道德的事情。在我的提议下，总经理借故取走相关财务凭证，派人仔细查对，终于发现了同一报销期内相同的两份金额近万元的职工午餐补助报销单，其中一份是精心复印的，几乎难以分辨是否原件。经落实，公司没有其他人领取那份多报销的款项，去向显而易见。如何处理此事，首次面临这种异常事件的领导层还是征求我的意见。

如完全秉公处理，可以报警；起点三千元的职务侵占犯罪，足以毁掉她的事业前程和作妻子、母亲的形象。此前从她的言语中得知其家庭关系不和，唯一的女儿工作、婚姻也均不顺利；如再涉罪，后果不堪设想。我特别向领导层提到她来公司工作几年的贡献：一是梳理了公司的财务管理程序，确实提高了工作效率；二是涉税工作协调突出，为公司讨回了因故被滞退数年的几十万退税款。

大家最后统一的意见是，不去戳穿那层窗户纸，由我婉转告知她公司已知此事，由她知难而退，自行辞职。一周后，她果然以家事为由提出辞职，离开了公司。我与她做最终的谈话时，看着她那时而变得绯红的脸和躲闪着的目光，心中泛起惋惜之情。我想，她一定很后悔自己的这次伸手。

几年后因故与公司几位负责人谈起此事，我说，自己一直感觉对那位出纳员有所亏欠，不知她后来工作可好。而且，坚持辞退她的那位财务经理仅是怕那笔报销款败露吗？这一直是个谜。

隔行如隔山（四则）

外贸国企大都已改制；但我当年在行业主管机关从事合同管理工作知晓的几件典型重大损失案例，至今尚历历在目；想对后人仍有一定借鉴意义。

一、未去戳的窗户纸

一个带着业务在系统内跳槽的青年业务员开发了对北美出口大蒜，一单即三百万美元，这在出口指标至上的年代确令公司领导兴奋。安排出运时，未做过鲜品业务的储运科征求该业务员意见，青年认为多余，说能按期运抵目的港就是了。

上千吨大蒜按期抵港，但客户马上急电反馈，货大部腐烂，不能接受，全额索赔。青年业务员一时吓蒙，不知所措。总经理情急之下询问已有多年出口大蒜等鲜货经验的出口公司得知：不该选择过赤道的班轮，高温使鲜货腐烂，应选择通过纬度较高的苏伊士运河进大西洋北上的航线。青年业务员就是刚从这家公司跳槽过来的，他从来没有想过以前顺利出运大蒜时储运科的同事们是如何安排航线的，这在他原单位储运科是简单清楚、人所共知的成熟经验，而这位带走客户、跃跃欲试的业务员竟未加思索，任由自便，酿成大错。

其实有些经验就是窗户纸而已，一戳就破，一问就明。自以为是，急于求成是会坏事的。三百万美元一分不少地赔给了外商，还额外承担了处理烂蒜的巨大费用，这经验教训不可谓不重。

二、基建科长与胶合板

进口胶合板一时成了外贸企业热衷的业务。一家大型出口企业的基建科长要求领导批准本部门进一船，且无须进口科插手，预计盈利一千万元以上。总经理经不住以进口盈利补出口亏损，保证公司盈利指标完成为理由的一再要求，批准一切由其部门自办。

于是，出国考察，涉外谈判，合同签订，筹款开证，以科长为首的相关人员亢奋了数月，满载胶合板的货轮顺利抵达本市港口。不料原先蜂拥求货的国内客户给出的价格之低出乎科长意料之外，全部销出盈利不过百万元，打破了码头直接发货快捷回收资金的圆满计划。科长决定囤货待涨，连夜组织卸运将成山的胶合板拉进了城郊的公司仓库。此时了解到，因为国内铺天盖地进口，胶合板已饱和，销价急剧下行，但科长坚持等待价格回升，说是不能白忙活。又是数月，价格持续下滑，毫无起色。

为此焦急的总经理询问进口科，得到的意见是，快出手尚可保本，再拖可能亏损。基建科长对此意见的反馈是："总经理定，我们执行。"

总经理召开领导班子会议，征求意见，大家一致同意进口科迅速出手的意见。然而时不我待，尽管全公司动员推销，也未赶得上价格下滑速度，忍痛将积压的胶合板销完时，亏损已以千万元计。

总经理伤感地说："当初就不该让他们这些外行干。"

基建科长悻悻地说："大事还得领导定，我们说了不算。"

三、工会主席的一船豆粕

也是一家大型企业。工会主席对业务员大发奖金提成，行政后勤人员瞪眼看有意见，说是"出口他们是专家，进口我们也能干"。总经理无奈，同意其先做一票试试。

工会主席信心十足，组织手下人马多方联络，最终确定进口一船销路正旺的豆粕饲料。也是先出国考察，再正式谈判，接着对外开证，内销签约，一切有条不紊；经办人员亢奋不已，有的说："有什么神秘？业务科牛什么？不过如此嘛！"

货物到港期将近，工会主席盘算着首笔业务的可喜效益和下一步的业务拓展静待佳音；经办人员对大家讲，等着发奖金吧。

约定船期已过，船并未到港；发电传联系客户，无答复；打越洋电话，无人接听。工会主席急忙让储运科长按客户告知船名联系船公司；被告知：该船已于两个月前注销报废。工会主席头上冒了冷汗。

结果很清楚，被国际诈骗集团欺骗。签约时，此船尚在运行，不会查出破绽。工会的经办人不懂得，也未请公司专业人员通过国外业务渠道和驻外机构落实客户资信。在不可撤销的信用证约束下，明知受骗仍对外支付了几千万的货款，可做的只是跨境犯罪报案和遥遥无期的等待。

工会主席从此没了精神，不久就退居二线不上班了；他的那些属下也再未要求做第二票进口业务。

四、不断掉铆钉的铁路桥

一家业务不断萎缩的土特产出口公司为开发新市场、新产品，大胆地走出国门，在一个发展中国家搞了一个铁路桥建设项目，派出精明强干的甲方代表小组，现场督建。

这个开发项目被多次在系统的会议上被厅领导当做大胆开拓市场的典型予以表彰，并介绍说下一步铁路客车车厢出口项目该公司正在积极筹划中。各家老外贸公司对如此大跨度开发经营惊叹不已。

铁路桥建成通车，核算亏损数千万元，但单项业务出口指标首屈一指；这在出口指标至上、占领市场第一的年代，不会受到批评。没想到的是，大桥质量很快出了问题，国外使用方频频来电，说是火车一过，桥下掉一地铆钉、螺丝，不敢跑了，要求立即返修大桥。

问题大了，反映到厅里，上下级都急了。于是，与施工企业交涉，与供料单位谈判，组织现场勘验，重新审查设计方案图纸，评估损失和返工费用，二次施工审批，一气儿折腾了数年。

最后结果如何，因本人工作调动，不得而知。但确知后续的客车车厢加工出口并未实施。

权力的任性路

年轻的吴总调来的时候，原来的双肩挑的一把手改任党委书记。党委会上研究人事管理时，书记提出中层干部聘任仍由其提名并直接管理。与会人员一时鸦雀无声，大家都知道这不符合厂长经理负责制的规定。会前主动向我表示要按上级规定在会上建议书记放权的副书记竟也临阵无语。作为参会者，我认为如这么通过下步会出大乱子，便打破沉寂，提出异议，重述了中央和省的明确规定。书记竟也从善如流，环视大家后问道："既然上面有文件，兄弟公司也是这么干的，我们就这么定？"于是众声附和，顷刻便一致通过。

会后在走廊上吴总略显激动地低声对我说："您到底是干过一把手的，敢说话；以后还要多支持我呀。"我心想，虽素昧平生，但你是厅里派来的，组织信任我信任；作为副职，不应有其他选择。

书记出国期间，吴总主持实施了已研究过的机关车改，小车队单车核算，自负盈亏。我是分管副职，虽知书记可能会有意见，仍全力配合，很快组织完成。书记回来大为不满，认为他不在家不应有此动作；吴总笑而不语，我则平静地做了辩解。吴总在他的办公室对我说："您为工作不怕得罪人，我很佩服。"说着还递给我一盒中华香烟。

几个月后，书记与我同时退居二线。吴总成了"一肩挑"，马上全面推进国企改制。踌躇满志的吴总大有运筹帷幄之势，工作进度极快。我想，还是年轻人有魄力，该让位的时候就要让位。

不久后发生的公司组织员工上访却使我十分惊讶。法院裁定公司赔偿合作单位的巨额款项从出口结汇款中强行划走，在本就资金紧缺的公司里引起震动。作为大型国企党委书记的吴总竟组织上百人聚集法院门前示威，还租车让十几位离休干部专程去省城高级法院和省人大上访。我赶到公司试图说服停止这种活动。不料吴总说："这是职工自发的，公司没有组织。法院拿走了经营资金，公司没法干了，他们闹事我也没办法。"我意识到，吴总真是年轻了。听曾在场的职工讲，有两个在前面喊话的职工被法院抓了起来，戴上手铐，到晚上九点才放。这两个人中的一个是部队转业的公司中层干部，过后不久就被吴总裁员，据说走前几天不语，只闻其声声叹息。

上访事件后，吴总的内改措施进一步加快。先是更大幅度减员，千人的公司安排进改制民企的不足百人，其他一律"买断工龄"裁掉。然后在一家本市极少订阅的全国性报纸上公告招标，自卖自买地完成了原国企全部有效资产的转移。我虽是无须上班的调研员，但也是改制企业的股东和董事，却被列为另册，所有的股东会、董事会都是"被参加"，决议书签字处都是仿我笔迹的签名。我没享受改制企业相应的薪酬待遇，也没有分红，实发工资仅为同职级人员的一半，较中层干部尚低一千余元。许久我才知道这些情况，很感意外。后来在网上查询个人劳保信息，竟发现我的投保基数连续三年被降低，这将直接影响退休金，同样并未得到政府规定的我本人签字。我将此信息下载复印送给公司办公室主任，请他帮助查一下。第二天，吴总自己跑来找我说："这事直接找我就是了，何必通过办公室？"事后，劳资部门负责人通知我："基数又调回原水平了，调低你的劳保基数是吴总定的，说是为了节省公司费用。"我无言以对。

我正式退休后的春节期间，久不联系的公司副书记来电话问候。他声音低沉地说："吴总改制后变化很大，基本一个人决策，谁的意见也不听。前几天在董事会、股东会毫不知情的情况下，买回了一辆一百五十多万元的高级轿车自己开着，公司原有的两部德国高档车都闲置在地下车库里，说是要卖掉，因为那都是前任用过的。"

大约二十天后，公司传来消息，吴总涉嫌贪污受贿被捕。震惊之余，询问同事，说案由是吴总出卖公司弃用仓库土地私分巨款。吴本人坚决不认，已请律师做无罪辩护。

许久，才得到消息，法院一审判吴总有期徒刑十二年。吴总不服上诉，二审换北京律师仍做无罪辩护，改判十年，吴总当庭表示继续申诉。二审结束时，吴已被收押二年有余，申诉又要几年？难道真是错案？后来有机会见到法院裁定书并听到同事们的议论，理出了一些头绪。

吴总从担任两个一把手起，便成了一言堂，班子成员有不同意见，他便当场变脸说一句："那么你们干吧。"久而久之，大家便不再发表意见，他想干什么就干什么吧。于是，精于计算的吴总便一支笔签字，开支不论大小，包括业务员的每单合同，他都要亲自按着计算器核一遍；工作人员的红包奖励、名单和数额只他一人知道并亲自发放；解聘或招聘人员完全由他一人确定；工作方案的实施，必须遵循他确定的具体方法。后来便发展成为所欲为，以致出现组织群体上访、用伪造签名受让职工股份等严重问题也无人反对。后来，吴总当初最信任的一位律所主任劝告他也屡屡无效，甚至他对熟悉出口业务的妻子的意见也一概排斥；他被捕时，已是唯我独尊的"孤家寡人"。犯案的款项，是他本人几次在一个停车场从中间人手中接了现金。土地官员被捕、中间人自首，吴总悉知后在未做实际发放的情况下，安排干部职工在"奖金领取登记表"上签字，抵消涉案款项，后被检察院认定为假证。

一个曾被公司派驻欧洲多年的优秀业务员，一个年纪轻轻即被提拔为大型国企领导干部的党员，一个合法财产已在万人之上的成功人士，仍如此无情无义求财取利，是哪里出了问题？是任性吗？

整改单

我认识的一个自幼学习成绩突出，总被她母亲引以为豪，已经做了一家外企经理人的女孩，千挑万选，找了一个毕业于知名高校，父母均为高知的外贸公司中层干部为婿；二人登记后即装修男方单位分配的新房，一切备婚事宜顺风顺水。

一次聚会中，仅见过一两面的那男孩略显忧生地与我这做长辈的谈起，女孩很严肃地给他写了一份整改要求，满满一页纸，十几项，都是对他生活方式和卫生习惯的要求，给他半年时间，如改不了就分手。他讲了一些具体内容，一听就是完全按女孩家的习惯行事，标准高而细；男孩因此感到手足无措，压力很大。

我不太相信这女孩会如此苛求，便找过女孩询问。一向自信的女孩毫不隐晦地说："不错，是这样，他那些习惯不改我无法与他一起生活。"我让她举个不良习惯的例子，她略一思量，接着忿忿地说："装修刚油漆的地板叫他用废报纸盖着走道本来就是怕鞋底划了地板，可来回走报纸烂得不像样了他也不换，我真受不了他不知要好的做法，装修得再好也没用！"

她首先举的例子在我看来微不足道，与分手挂钩更令人难以接受。我问女孩："你自己没有什么要整改的吗？哪怕一两条？"女孩不耐烦地回答说："我没有，我从小就这样，没有坏习惯。"我说："你不觉得这样对人不公平，不尊重吗？"女孩说："这个没商量，不行就拉倒。"她的态度让我有点喘不过气来。我停了停，字字声音沉重地对她说："如果你是我的亲生女儿，我会狠狠地骂你一顿，你太不懂得平等待人了！"

我又找到男孩，谈了自己的看法，劝告他别太当回事，要用智慧去处理好二人的关系。看到男孩惆怅的样子，我又表示："如果她总是不依不饶地坚持高标准'整改'你，真受不了，分开也是一种解脱。"

过后他们还真的分开了，还没正式结婚生活在一起就办了离婚。男孩还给我来过一次电话，语气沮丧，我只能再鼓励了他一番。

女孩不久又结婚了，而且很快有了孩子。这丈夫是一个很老实的人，聚会上只听不说，脸上永远带着笑容。他是否也收到过整改单，如何通过整改考验的就不得而知了。

后来我参加一个婚礼代表男方单位表态，我呼应着证婚人讲过的双方要宽容"家庭是讲爱的地方，不是讲理的地方"，说道："懂得平等待人，才能衡量出对方是不是在包容自己，才能真正感觉到爱。爱本身是有哲理的，由不得无度的任性。"

说这话时，我脑中闪过了那给人整改单的女孩不容置疑的表情。

两个退役士兵的爱情

一、汽车兵老李

当年本市造纸系统四个厂总共不过十辆载货汽车，司机们都认识，开车相遇都打招呼，在厂里碰上都会聊聊。二厂当兵复员回来不久的老李总是穿着油迹斑斑的旧军装。去他们厂拉货，装货的空儿，望见他的身影，我便过去与他聊几句。老李很热情，认识时间不长就无话不谈。他告诉我，可能要分别了，在部队认识了一个女兵，不能公开谈恋爱，现在也复员回老家了，是贵州的一个穷地方，离黄果树瀑布不远；他打算调到贵州去与她结婚。我问他："不能想办法把她调来吗？"老李说："那太难了，你看咱厂里多少农村家的单身职工，半辈子了家属也办不上来，长期分居太对不起人家，正好他们那儿缺驾驶员。"老李的态度很认真，我想他们一定爱得很深，有多大的力量能让在海滨城市工作的老李义无反顾奔向贵州山区，很令人感动。老李还笑嘻嘻地对我说："如果你有机会去贵州，我陪你去看黄果树瀑布。"

老李真的走了，他厂里一位老司机对我说："那小子太痴情了，那姑娘是长得漂亮，他给我们看过照片，还是少数民族。"

我再未见到老李，但衷心祝福这对追求爱情幸福的复员军人。

二、卫生兵小秦

小秦是我的同院邻居秦大爷的独子，与我年龄相仿，人很老实，不大出门。

一天在院子里碰见他穿着一身整齐醒目的绿军装，我才知道他去服兵役了。聊了几句，发现他当兵后活跃了不少，告诉我他当的是卫生员，已干了两年了。在家休探亲假的几天，大概有些孤独，他弄了两只鸽子在院子里拨弄，像是在训练它们。交谈中，他说知道我在筹备结婚，说他也有对象了，是卫生队的战友，说着掏出皮夹，抽出一张二寸黑白外景照片给我看，上面是一位身穿军大衣站立的女军人，面孔不是很清晰。他说，打算两人都复员后结婚。

大概两年后再见到他时，他的军装已没了帽徽和领章，已经复员了。可能是还没适应，他似乎不愿见人，很少出门，碰见也不愿多说话。

有一天，我在院子里碰见几个年长的邻居围着满脸泪丧的秦大娘说着什么。凑上去一问，竟是发生了小秦服安眠药自杀的事，说是多亏抢救过来了，秦大爷正守着他呢。秦大娘是小秦的继母，是一位很懂道理的女性，对待小秦一直如同己出，爱护有加。大家问及原因，秦大娘说："部队上的那个对象看上了一个干部，写信与他断交，他受不了了。"说着，秦大娘还向大家出示了一张照片，说："就这么个人，有什么好？"我发现，那正是我见过的那张照片。我理解秦大娘，做后娘的家里出了这种事是有额外压力的。

小秦从医院回来后，我曾想到他家去看看他，想办法开导开导他。可仅过了两天，小秦又服下了安眠药，药量大得惊人，无可挽回地走了。我虽惋惜，又怒其不争，难道他就不想想年迈的父母吗？

为真挚的爱牺牲个人利益是伟大的，为不值的爱牺牲什么都是渺小的，何况是生命。

张老怪趣事

张老怪是抄纸车间带班工长，快五十的人仍住在厂里的单身宿舍，老婆孩子都在莱州老家。老张的敬业精神和精湛技术是我进厂很久后才知道的，因为在厂里广泛流传的倒是他工作之外的怪癖，大家对他的"怪"更感兴趣。

老张随身带着三件宝：一块瑞士西玛牌手表，一支美国制胶木烟斗，一只装着蝈蝈的小葫芦。仅这三件东西就有若干故事。

他那块手表是花近三百元买的，在大家只挣三四十元的年代，是挺让人眼热的。白天，他总是表把朝里戴着那手表，倒着看表盘，怕袖子挂着表把；晚上一回单身宿舍，他手腕上的表就不见了，同舍几个老单身谁也没见过他把表摘到哪儿去，更不知道早上起来他从什么地方把那表摸出来戴上。他那表带是那种钢丝绕成的，有一次他把表带拉给我看，随着表带的伸展，一根细细的尼龙绳在钢丝表带里面显露出来。他得意地说："就是这表带断了，表也掉不了。"

抽烟的时候，老张会很仔细地掏出那支他所谓美国"B"字烟斗，先用手蹭半天，再装上烟丝抽。抽完了，不像别人那样随便找个硬地方磕掉烟灰，而是往另一只手的虎口上磕，宁愿手遭罪，也不能磕伤了美国烟斗。

最离奇的，莫过于他五冬六夏别在后腰上的牙牙葫芦。一个工长，管着几十个工人，上班时间腰带上拴的葫芦里有蝈蝈叫，算怎么回事？可在那年代，也没有任何人对他的蝈蝈提出异议，只是作为奇闻流传。能使他享有这特权的，是他从解放初期参加工作以来无可挑剔的突出工作业绩和工人们的拥戴。

老张把为人的信用放在至高无上的地位，不论大小事、工作或生活，有时会使你很难受。

一个同事借他饭票，他问："什么时候还？"同事随口说："明天。"第二天下班时，老张在厂门口截住那同事问："你得说话算数，还我饭票！"弄得众人眼前的同事尴尬万分，再也不敢随意跟老张打交道。

有一天中午休息时，老张跟我借自行车用，说有急事跑一趟，一点钟还车。差两三分钟一点的时候，老张满头汗水，气喘吁吁地把自行车推到我眼前。我问："办完事了？"

"没办，"他用手掌抹了一把汗说，"再等我找的那个人，一点钟就赶不回来了。说什么时候还车子就什么时间还，这不能含糊！"

有次工间休息聊天说起我们干活的人衬衣特别容易磨破，老张突然解开工作服的领扣，掀开衣领往大家眼前送着说："你要是做件我这样的衬衣能磨破吗？"

我们凑上去一看，不禁面面相觑。原来老张穿了一件用类似当今牛仔布那样的上海产劳动布做的衬衣，那布当年与条绒被全国公认是最结实的外套布料，但贴皮穿会难受的。老张见大家诧异，说："又想舒服，又想结实，没有那样的好事！"

住单身宿舍的老张公休日会去错埠岭放风筝。有一次，他自己回来说，和一个放风筝的小学生吵起来了；差点动手，被人拉开。大家听着，哈哈一笑；真是个老小孩！

老张的认真会使人下不来台，甚至丢了"饭碗"。一次中午，上夜班的老张早早来到食堂隔着卖饭窗口看炊事员们围着大面板包饺子。面案大师傅眼前放着台秤，每次称一斤的纯面团，掌握每斤面粉包六十个，先称面团，再揪成六十份撴皮。看了一阵儿，老张忽然喊起来："不对，你一斤面揪了六十三个，一斤六十四个，多出来的给谁？"在粮食供应限量的年代，完全依赖食堂吃饭的单身职工时很注意面食是否足量，但能盯着数炊事员们包饺子个数的则非老张莫属。

面案师傅辩解了几句，炊事班长过来平息道："大家仔细点，别差多了！""我们单身就指望食堂，做事要讲点良心，几十个单身呢！"老张红着脸，回头看了一眼已聚集在窗口，手持饭票等待吃饺子的职工，不吭声了。我听见旁边有人低声说："也就是老张敢说话，别人没有好意思说的。"

后来一个炊事员改行去钉夹纸板，同事们讲也是因为老张提意见。那个炊事员早查出慢性肝炎，当下手，不接触熟食。又是老张上夜班中午饭前在食堂窗口看炊事员们忙活，那炊事员上厕所从外面回来，在一铝制大盆里洗了一下手，用毛巾擦了手，过去干活。老张老远喊道："你那盆里有水吗？装样给人看吗？"干活的炊事员们望向老张和那铝盆，都哑言无声。老张说："我眼看着你们那盆拿过来是空的，这是演戏吗？"

那炊事员很快调离，大家都说老张做得对，敢说话，主持正义。

后来我调走离开造纸厂，再也没有见到老张，但老张的怪和正直无私我不但一直记着，还会讲给青年们听。

旧一事一拾一遗一篇

卖金记

一九六六年秋天的一个下午，我怀揣着从家里箱底翻出来的一只金元宝、一只金戒指、十七枚银圆、一只银锁，走进了馆陶路上的银行金银兑换处。

业务大厅里已有不少的人在等待，十几个坐等的人中，中老年妇女居多，年轻人极少，除去高中生的我，只有一个二十来岁衣着讲究的女人。我去柜台领了纸质的号牌，也去靠墙的长椅上坐下。整个大厅没有人讲话，只有两个银行老职员检验银圆发出的悦耳的响声。在社会上仍在到处抄家的时期，来这里处理家存金银品的，恐怕都跟我一样忐忑不安，大家都面无表情，默默地等待叫号。

许久，我才作为预备者被叫到高高的柜台前，两个老职员面前成堆的银圆马上显露在我眼前。我注意到老职员的操作，先是把有袁世凯头像的"大头"和有孙中山头像的"小头"分开，然后一只手持一枚银圆，另一手陆续抓起堆上的银圆，先反正面看一眼，然后用拇指和食指捏着被测银圆的边缘，与真品碰一下，听那悦耳的响声。多数银圆通过，有几枚被放到一边，估计被怀疑是假货。

另一位老职员检验银圆的方法是"听风法"。用拇指和食指在银圆直径上轻轻抵住，用另一只手食指弹一下，让银元飞快地旋转，又马上移到耳边去听那飞旋银圆发出的声音。用此方法也有几枚银圆被"淘汰"。这位老职员奇异的"听风法"使我肃然起敬，不由得注视起他的面孔。那是一副皙白又布满皱纹的脸，眼镜后的双眼只盯着下方的银圆，半天也不见他抬眼望一下周边，似乎大厅里只有他一人。我知道，像他们这年纪从旧社会过来的老职员，当下的处境都不轻松，许多都是这样矜持、淡漠，整日不见笑容。

排到那青年妇女了，她拿给老职员的像是一块老式门把手带钥匙孔的夹板，一个角有似掰掉的残缺。

半天未抬过头的老职员接过那东西似乎有些吃惊，飞快地拨转着看了一眼，突然抬头望着那妇女问："你这东西哪里来的？"

"家里的。"青年妇女淡定而简短地回答。我注意了一下那妇女的脸色，傲气与礼貌共存。我感到奇怪，两人的对话均未提到这块东西是什么，似乎心照不宣。

为前面妇女这块东西，我多等了至少半小时。

老职员先是用一微型小锤轻敲听声音，完后又把那夹板往一块大概是所谓试金石的条状东西上摩擦观看痕迹，此后又把什么药水抹上去观察反应，最后是用一把小锉从夹板上锉下粉末做试验。锉粉末时，老职员征求了妇女的意见，得到的仍然是很干脆的回答："没问题，您按规定办就是。"

检验这夹板期间，两位老职员几次低语交流，从表情上看出他们似乎为难。最终，称过重，老职员手持夹板递向妇女，像是要还给她："你这东西只能按10K计价。"

妇女问："不是18K的吗？"

老职员重复先前的回答："只能按10K。"说着递加板的手又往外伸了一点，似乎希望青年妇女收回去不卖了。

我真没想到，那夹板真是含金的，看去与常见的铜夹板无异。哪儿的门能用这么昂贵的东西呢？我高一那年在旧货商店学雷锋劳动时得知24K为纯金，太软，做表壳等含金须低于18K，其他合金成分主要是铜。

青年妇女沉默了片刻，眉眼中闪出一丝不屑，紧接着朝夹板处摆了一下手，说："算吧，一共多少钱？"

那东西够重的，结算了近千元。如果按青年妇女说的含金量结算，还真亏不少钱。我望着那妇女离去的身影，不禁产生疑问：那金夹板来自何方？那妇女家是干什么的？她为什么急卖那夹板？

我的东西简单了许多，记得是小元宝九十六元，金戒指三十三元，大头银圆每个一块二，小头银圆每个一元，我戴过的银锁只买了三元，总共不过一百五六十元。

后来母亲告诉我，我卖的小元宝、金戒指和银元，是一个任旧职的亲戚离开本地远走时，委托母亲到大庙山破烂市卖掉所用旧物的所得，本应给人家留着，后来就一直没有消息了。我拿走那些东西父母早就发现，但一直没有问我。母亲说："我知道你做得对，那些东西会惹麻烦的。"

从此我再也没有接触过金货，商场里成片的金银钻玉展柜从未引起过我的关注。我自己也说不清这是为什么，但每当我从家存相册里见到自己周岁时带着那后来被我卖掉的银锁的照片，当年卖金的情景就会历历在目，如同发生在昨天。

文艺宣传队的沉寂

一九六六年十二月，从南方长征串联回来，我考虑到家庭出身，未回学校"复课闹革命"，报名参加了一个学生组织的毛泽东思想文艺宣传队。

宣传队的负责人是十中教音乐的谢老师，是因声带出问题从部队文工团转业的演员。二十人的宣传队，乐队有五人：二胡二人，曲笛二人，手风琴一人；声乐有男独二人，女独一人，其他为歌舞或语言类表演。水平较高的两名二胡演奏员，一名是海洋学院的一九六六年毕业生，一名是十九中的同年毕业生；均具有独奏的能力。唱女独的姜同学，一九六四年学雷锋时已以一首《我是公社的饲养员》名传本市中学。女主舞单同学在那提倡集体舞蹈的年代，领舞《洗衣歌》《丰收歌》等倍受欢迎的歌舞，显示出令专业演员嫉妒的娴熟优美舞姿，成为每次演出的压轴节目。我是"万能胶"，先以男声独唱"入围"，后吹笛、拉琴、快板、活报剧无所不为，以致后期谢老师被追回校教课，我竟然被推举为队长。

宣传队主要被安排到厂矿企业和部队演出。每次都是一辆解放牌大汽车货斗里拉着提前化妆的全体演员，在沿途人们的注视中奔向前方。

一九六七年冬的首次拥军慰问演出，是去市郊枯桃村海军驻地，印象最为深刻。慰问团阵容强大，不光我们的文艺宣传队；省运输公司的男子篮球队，市交通公司的女子篮球队，也去进行表演赛、友谊赛；同去的四方区的武术队还增加了民兵格斗内容的表演。傍晚五六辆客货汽车浩浩荡荡穿行在城郊公路。到达部队后，先是洗尘就餐；部队在大食堂准备了丰盛的晚餐，有红烧猪肉和西红柿炒鸡蛋，米饭、馒头、包子随意取用，还有大桶装的小米稀饭和鸡蛋汤。饱餐后，大家抓紧去准备慰问项目，我们宣传队此次未能提前化妆，更需飞快描画。饭后，在操场明亮的碘钨灯下坐满的军民前面，先是部队首长和慰问团长讲话，紧接着是慰问活动。我们的文艺演出被安排在最后，部队战士整齐有序的掌声不断地鼓励着我们，消除了我们对几个新排节目的紧张。离开部队时，身着灰军装战士们列队欢送，令人感动。

不料慰问活动刚结束，宣传队人员出现巨大变动，有多人被派性驱使离开，宣传队被迫解体。大家分开时自然依依不舍，几位实力较强的同学表示，只要有机会就去报考文工团。

后来知道，宣传队同学多数下乡插队，个别就业。女独歌手王同学和手风琴手熊同学考入市歌舞团。宣传队解体后年余，一个星期天与后来成为我连襟、时任市银行军管会主任斯大哥在女友家聚餐，他问起与我同校就读的宣传队单同学的情况，说是她报考部队文艺团体，部队来人到她母亲工作的银行搞政审，等他签意见。我听到心中一震，单同学的家庭情况在那"极左"的年代参军政审风险有目共睹，已知数位才艺出众同学气馁放弃。如能促成单同学愿望，也不枉动荡时期以艺相聚一场。我便斟酌再三，力求认真严肃表达自己意见，我既举例介绍单同学品学兼优,才艺出众;又对一些单位政审过火表示异议。十六七岁自浙江当兵的斯大哥一直听我说着,一面点着头;最后问我一句:"她自己不会有什么别的事吧?""九中的高中女生,你放心就是!"我说。

再次见面时问起,斯大哥说他签了,单同学已去北京了。我对斯大哥说:"你做了个大好事,成就了一个人才,我也要感谢你。"

再也没有见到单同学,先是多年前听说她与同团同为青岛人的原十五中学生宣传队的小提琴手结婚;若干年后又听说她已衔至大校副师职。不过,依我对她的认识,不管一直做演员还是做领导干部,她都是才智足够。

二○一八年春节,曾在"文革"前九中艺术团演《洗衣歌》班长的午过七旬的高同学打电话问我与单同学有无联系,说是要召集当年《洗衣歌》全体演员一聚。我告诉他,已过半个世纪,除去清楚地认得她家当年居住的,位于沂水路上的那栋至今如旧的粉色二层小楼,再无其他信息;她应该家安北京,偶尔会回青岛吧;如能联系上,别忘也告诉我一声。

逆境中的小嫚儿

一九六九年初,我接到了厂革委会政工组遣返伙房老高回乡的备车通知。当时,原为入城干部的老高竟被查出是历史杀人犯,说是当年伙同他人断道抢劫杀死一个卖布的,老高始终不承认。处理的结果就是遣返回原籍监督劳动改造。我感到疑惑,杀人这么大的事,这算处理得轻还是重?

第二天天不亮,我就把借来的拖斗挂上改装的跃进大货车,拉上政工组复员军人出身的于师傅,开着车灯出了厂。老高的家在四方区的平安路,他住的平房临街,车到时,门前已堆放了不少家什杂物,已有两个早去的同事与老高老婆孩子在里外搬东西。老高的女儿十一二岁，长得细瘦秀气。她好像只知道是搬家，有点兴致勃勃。老高近五十岁，于师傅告诉我，老高进城后结婚很晚，老婆不生孩子，闺女是要的。

主车和拖斗装得满满的，没有几件像样的家什，最多的是大大小小的旧布包袱。主车上留了坐人的地方，两个同事与老高一家三口坐了上去。我检查了一遍固定绳索和车上的易动家什，正准备和于师傅上驾驶室开车，车上的小姑娘突然喊起来："等等，叔叔！"只见老高的女儿挥着手从车上站起来，很麻利地从车上爬下来，跑回早已四敞大开的家门，警惕性很高的于师傅稍一犹豫，跟了过去，还没走到门口，那小姑娘已奔了出来，手上提着一只黑色的陶罐，到较矮的车拖斗后面，一面举过头顶往车上放，一面扭头朝我们这面尴尬一笑，说："尿罐。"小姑娘很快爬回车上，手脚灵活得出奇。我想到这伶俐的小姑娘就要离开她熟悉的家和学校，前途未卜，不禁心生怜悯。

去老高昌邑县的老家，几乎都是沙土路；前面车辆扬起的细土，纷纷落在我们车上。中途停车方便时，我看见车上的五个人都灰头土脸的。小姑娘和妈妈从路旁的树丛中回来时，我发现小姑娘的脸洗得干干净净，她手里还抓着一块湿淋淋的手帕，不断地擦着扎着马尾辫的头发。我注意到，路旁排水沟流着清澈的水；她妈妈头脸上的尘土依旧，只是做了爱美女儿的镜子。

将近老高故乡村庄时，一座不足三米宽的石板桥挡住了去路。只有拖拉机轮迹的土路与石桥直角相交，我试着把主车开上了桥，但拖斗的一个后轮即将悬空。于师傅他们也愁了，等待我的意见。我考虑了片刻，让车上的人都下来，慢慢把车倒回去，把拖斗从主车上摘下，用人力将拖斗调整得尽量与桥同向。五个男人的力量推动装了载的拖斗仍很吃力，小姑娘见状，挣脱了母亲拽她的手，奔到老高旁边，和大家一起推起了车，她露出的细嫩手臂与旁边粗壮的男人臂膀在一起发力，似乎在彰显一种力量。

拖斗已摆正至极限位置，我一人驾车，其他人在车下引导上桥。又快到那只车轮悬空位置时，几个人一块喊了起来，小姑娘喊得最响："叔，快停车！"

我停车熄火拉住手刹车，下来观看，小姑娘抢着说："叔，你看这个轮快掉下去了，我听刚才走过的人说，从没有带拖斗的汽车过桥。"此刻我感觉被这活泼无忌的小姑娘感动了，满怀信心地对她说："今天在就要过，既然退不回来，就得往前走！"我有意鼓励她，希望她能懂。

我仔细测算了，继续前行拖斗那只后轮将悬空二十厘米，只要保持一档牵引力是有把握过去的。我聚精会神挂上一挡，稍加大油门，拖斗后轮颠了一下，上了桥。于师傅无声地笑了，小姑娘一面鼓掌一面喊着："好了，好了！"似乎她是这趟旅行的责任人。

车到老高原籍村外，于师傅与一同事去村里联系。很快，村里边冒出一帮男女老少，于师傅与一村干部让我把车开到一间场院屋前，说车上东西先卸那儿吧。

围上来的老乡显然许多是老高的本家人，听见一个说："你这是下放回来了？"

有一个说："你的房子早没有了，住哪儿？"

老高一路无话，神态平静，见到老乡亲，露出苦涩的笑容。小姑娘倒是满脸好奇，拉着父亲的手不停地问："这是谁？这是谁？我怎么叫？"父亲一一告诉她，她便兴高采烈地一面鞠躬一面叫着"大爷、叔、婶子"。从一个三人小家庭一下子来到族亲一大片的圈子，小姑娘似乎完全不在乎自己是随父亲遣返的不幸的孩子，而是到了自己能够获得新生的地方。

回来的路上，我一直被小姑娘的言行感动着，自己曾经的逆境在小姑娘的面前变得无足轻重。近期得知，老高全家遣返后没多少年就已落实政策回厂，他后来也享受了革命干部离休待遇，想必他那豁达伶俐的女儿出路也不会差。

九中的老三届

我国的一九六六、一九六七、一九六八届高中毕业生被称为老三届，其中人才辈出早已被人称道，更令人们惊奇的是，这群人改革开放后走上各级领导岗位和才艺出众的层出不穷，但在人们深恶痛绝的贪官群中极难寻见他们的身影。有人著文分析，称其为老三届现象。

九中的老三届，一九六七届毕业生尤为突出。以我们班为例，不但学习成绩在级部总是第一，而且从高一开始校田径赛就是总分高中第一，竞赛100米、200米、400米、800米和两组接力第一名都是我们班的。一九六六年高考报名，学校安排高二两个特优生参加，都是我们班的；可惜机会被"文革"阻断。

被"文革"打碎大学梦的老三届同学们，似乎个个不屈不挠，迎难而上。我们班下乡上山的王同学和卢同学，一开放就当上了县里的厂长和邮电局领导；当初安排本市各校老三届就业较集中于卷烟厂，三百余名学生后来几乎全部成为管理干部，包括厂长和党委书记。后来从卷烟厂因特长调走的老三届同学，单是我们学校就四人：两位擅长写作，后来都成为颇有名气的作家，其中一位著述等身，一位在宣传思想界哲文不断。那位曾被提前安排高考的陈同学，以其扎实的俄语基础，被调往外贸行业，远赴莫斯科开展出口业务。最值得一提的是，当初被以乒乓球教练之名调走的申同学，台前执教乐此不疲，桃李芬芳，本市籍的两届世界冠军都经过他的训练。他似乎无须退休，至今仍担任少年队的教练，工作活力如旧。

近年我班同学聚会，大家历数过当年恢复高考时报考共十五人，录取十三人，未考上的二人中，一人因故缺考一门，一人工作太忙未及看一页书。感觉可惜之处有二：一是许多同学当时生活压力过大，无法脱离家庭上学，忍痛放弃报考；二是考上大学的因年龄较大，多被分配就读师范专科，只有二人就读理工本科。从社会上观察，老三届的同学当中学教师的比例很大，恐怕与我们班的情况类似。一次看到报纸上登载表彰市级优秀教师名单，有我认识或知道姓名的老三届有四五人；其中我们班在省重点中学教政治课的郭同学与当年我们教政治课的班主任均名列其中。

九中的老三届改革开放后做机关团体领导干部的不少，如两届市政协副主席的张同学，做市教委主任的杜同学，做市文联副主席的苏同学，做区长的王同学，做市工会宣教部长的蓝同学等。

也真是，在我知道的九中老三届同学中做干部的，没有一人因贪腐而落马，没有一人陷于官司或丑闻；很值得琢磨。

"外国大夫"

张大夫医术高明，据说是在美国学的西医，长相又有点像外国人，二十世纪五十年代就常被大家称作"外国大夫"。当时我们家里人生病，人都是找张大夫看，父亲年轻时就与同为胶东人的张大夫认识，我从小就熟悉张大夫那温文尔雅的模样。

清楚地记得是一九七四年十二月临近元旦，我一岁的儿子患上病毒性肺炎，出现昏厥抽风，住妇幼保健院后一周仍高烧不退，体温表总在41度以上。孩子瞪着两只血红的眼睛不睡觉，急坏了我和妻子，妻子抱着儿子直流眼泪。我去找那主治的女大夫，她说什么药都用了，她也没有什么办法了。这大夫白大褂里穿着绿军装，是来地方医院进修的部队卫生员，态度很好，也着急，但无计可施。拖下去，要出事，情急之下，我想起了张大夫。

一打听，才知道张大夫已不看病，在单位监督劳动，打扫卫生。我跑遍整个医院，终于在大院的一个角落里找到了身穿破旧白大褂、手持笤帚的张大夫。我介绍了自己，请求他给孩子看看病。他默默地听着，打量着我，向周围看了看说："中午吃饭时我去看看吧。"我感激地说："张大夫，就靠你了。"

中午张大夫悄悄地推开病房门进来，迅速地掏出一只老旧斑驳的听诊器，试脉，听诊，观察全身，又拿过病历看。我注意到他的脸上露出一丝愤懑，他操着东海腔低声说："他们哪会看病呀！"接着对我说，"赶快去找 100cc 血清，越快越好，让他们分两次给孩子打上！"

我发了疯般地四处奔走，凡是与医院沾边的熟人找了个遍。结识不久的十八岁男孩小王知道后，通过他在市立医院当大夫的姑姑搞到 50cc 血清，直接抽进一个大针管，用消毒巾包着，用手平端着，从市立医院跑步赶到妇幼保健院。看到冬季里脸上冒汗的小王，我和妻子感动万分。

当兵的女大夫知道张大夫的水平，很配合地安排注射了血清。大约三个小时后，孩子的高烧退下去了，当兵的女大夫惊讶不已，妻子喜极而泣。张大夫来看过后嘱咐再继续打，我赶忙去 401 医院去取另求的 100cc 血清。

打过两次后，孩子体温已正常稳定。我不禁握住张大夫的手表示感激，也对张大夫遭受的不公正待遇感叹不已。

同病房的另一个孩子是低烧多日不退，看到我们的孩子退了烧，那孩子妈妈问张大夫她的孩子可不可以打，并问我可不可以帮他买血清。张大夫诊察了那孩子情况，说可以试试。我便与妻子商量，把余存冰箱的血清先给那孩子救急。那孩子只打下这一次，就再未发低烧。他妈妈千恩万谢并掏出钱来付血清款。我们没要，因为血清并不贵，可贵的是它能立竿见影地解除孩子们的病痛。妻子对她讲，真正应该感谢的是张大夫，真正令人感动的是张大夫在那种逆境中显现出来的老专家的医德。

再也没有机会见过张大夫，但我一直清晰地记得他。现在我儿子的儿子都上小学了，我的亲属中也有几人成为医务工作者，有一个还在读医学博士。每当亲属里小孩生病发高烧难退，我便想问他们是不是可以打血清？脑中也马上浮现出张大夫当年的身影和音容。

职业篇

夜校的回忆

　　一九七三年秋天，经父亲的老同事乔老师介绍，我到台东夜校教汽车修理技术课。第一天在台东六路小学上课，没想到会有那么多人来上课，教室里挤满了人，本来就小的课桌有的挤了三个人，后面还有十几个人站着，男男女女有八九十人。我抑制住紧张的心情，开始准备了好几日的第一课。

　　教室里静得出奇，只有我的声音在回响。我注意到那些注视着我的眼睛，那些探求新知识的目光，心跳逐渐平缓下来，汽车的基本构造一课顺利地讲了下来。两节课中间休息时，许多同学围了上来，很客气地问各种问题。我注意到，这些二三十岁的各单位工人对汽车感兴趣，但极少有机会接触汽车修理，都须从零开始。乔老师告诉我："本来汽车构造、汽车修理各开一个班，报修理的人太多，你来得正是时候，解决了大问题，现在都愿意学技术了，是好事。"我问我的课反映如何，他连声说："很好，很好。一些青年还要专报你的班呢。"他还鼓励我说："你二十五岁，是学校最年轻的老师，不愧是我们教师家庭的孩子，好好干吧。"

　　"文革"粉碎了我们这一代的大学梦，我高中毕业就业到工厂，被分配学开车、修车，抱着出人头地争口气的思想，极其投入地学了五六年，后期单位大修改造几部汽车都是我主持进行的。当时月工资只有39元，家庭开支紧张，夜校每月八节课报酬18元，加1元粉笔费省用节余，给家庭解决不少开支问题。单位从未干预我教夜校的事，顶头上司供销科长老耿有次还说："你这是为社会做贡献，应该支持！"

　　在台东夜校教课的三年，我不但增加了收入，而且扩大了社会认知面，结识了一些有识之士：总是鼓励我的乔老师，精心安排、调整课时的张老师，热心向我传授教具用法的客车修理厂技术员王老师，大力支持我的五六位班委同学。夜校里纯净的求知环境和人际关系，在那尚未改革开放的年代，使我如沐春风，也陶冶了情操。

一九七六年秋天，我调往位于市南区的外贸单位，去台东夜校上课时间无法安排，夜校不愿我辞职，联系安排我到离新单位仅两三里的市南夜校继续汽车修理课程，说他们那里也缺老师已久。盛情难却，我在众多陌生的面孔前，又开始了熟悉的授课。

未想到的是，第二年我的夜校工作被毫无余地地终止了。原因是企业二十年来首次调升工资，竞争激烈，评议到当技术员的我时，有人提出我教夜校，有额外收入，不应考虑。我听说此意见并看到贴在办公楼前的调资第一榜上确无我名，惊恐万状，立刻找到调来不久的革委会主任申诉。主任很客气，说："你表现很好，工作贡献也大，但有业余收入的不考虑是评资小组的统一意见，教夜校与别的业余收入虽有不同但说不清，你自己考虑好。"当时涨一级工资不过七元钱，但却是长远的收入；我当即向主任表示，马上辞去夜校工作，希望领导重新考虑。

当晚我就向市南夜校提出辞职。夜校负责人忿忿地说："这个单位真有意思，教夜校怎么能影响评工资？等评完了你再回来教！"

我肯定不能那样做，再也没有回到夜校。

调资布告第二榜有了我的名字。

学写支票

一九七一年，我高中毕业当司机兼修理工的第三年，汽车配件供应空前紧张，厂里的杂牌大货车经常因缺修理配件而停驶。一个阶段，我成了单位的专职汽车配件采购员，几乎每天都要跑到冠县路上的汽车配件公司看看有没有新配件进货，争取买到。时间一久，各有车单位的"买手"就熟悉了。我发现有几个老师傅跟开单的两位女业务员熟得不行，开什么玩笑她们都笑纳。特别是房产局车队的吕队长，几乎每次都会满载而归。有人在后面悄悄议论，说老吕帮开发动机配件的小王把一间小房换成了大房，她当然感激，我们没法比。

当时开单很麻烦，业务员须每次从眼前的十几本库存账本取下一本打开搜寻客户求购配件，每品名下单开一份一式三联的单据；下一配件如不在此账，则须放回再抽出另一账本搜寻开单。两位女业务员不停地、周而复始地抽账本、夹复写纸、开单、打算盘，两只手一上午不停，也够辛苦。等在大厅的采购员们看到此情，便有人带头帮助业务员往单据里夹复写纸，然后一叠叠送到柜台前，减轻了她们的忙碌，也拉近了双方的关系。我也参与了一阵，但察觉到了那些跑配件多年的老师傅们的不悦，便停了手。

忽一天，大厅贴出布告，配件公司不再收取空白支票代核代填，须各单位采购人员自行核单并用蓝黑色或黑色钢笔水填写交款，这一下子就炸了锅。来配件公司采购的老师傅们几乎都是汽车司机出身，有的从旧社会就在汽车行开车，个个能说会道，可拿笔来写支票真太难为他们了，光是人民币大写就会要了他们的命，那是许多文化人都写不全的字，何况这些持笔困难的老师傅。支票写错即废，一位开出单十的中年采购员，拿着空白支票在配件公司专门准备的写支票桌前犹豫着，旁边围簇着同样为难的空白支票持有者。那人把支票铺在桌上，先从蓝黑色钢笔水瓶里抽出那只蘸水笔，还没写，一滴墨水已滴到桌面上，显然他从没用过蘸水笔。

"不行！"他忿忿地丢下笔，"我开车赶回去找会计写吧，真要命！"

大家都不会笑了，有的不再开单，有的也赶回单位写支票。我倒想写写试试，一个老三届高中生就写不了一张支票？再说就是写错了废张空白支票，也比来回跑十几公里便宜多了。我先仔细看了看大厅公告旁贴的填写支票样本，然后跑到马路对面的一个门廊下，掏出我用了多年的金笔，在一叠采购单的背面急速地练着人民币大写和阿拉伯码，多亏我问过厂里老会计，知道那个挡在金额阿拉伯码前面的四不像的字是半个"洋"字，是"大洋"的遗传，使用至今。我特意把这个歪着身子的半个洋字练了几十遍。

回到大厅，开出配件，我笔算合计了几遍总金额，拿起我高中时曾为写俄文作业使用过的蘸水笔，一笔一划地写完了支票；然后故作镇定地把支票和单据交给柜台里的王大姐。一向文静矜持的王大姐认真地察看过后，抬起头微笑着对我说："好了，去提货吧。"她那眼神，像是第一次见到我；我也发现，笑容使她美丽了许多。

回到单位，我又请教财会学校毕业的刘大姐写支票的经验，又比照着她玻璃板下压着的阿拉伯数码字体标准写法，回家练了许久。

再去配件公司，我已能熟练地手写支票。自己不能写支票的几个老采购员，每次都带了会计来，显然多了麻烦。有个老师傅见我自己写支票，商量我以后帮他写，有的配件可以到他车队解决，那儿他说了算。我当然乐意，既学了雷锋，又能解决配件，何乐而不为？

因为能手写支票，去配件公司采购痛快了不少，两位开单大姐也似乎对我这个最年轻的，又能自写支票的汽车配件采购员有些好感，多次给我开出配件公司进货也极少的总成配件。而且，我通过写支票还认识了几位修车经验丰富的老师傅，对我提高修车技术起了很大作用。

年末，单位因为我的工作业绩评我为先进生产者，还把科里唯一的大金鹿自行车票给了我。

调资回顾

　　二十世纪七十年代末，国家两次调整工资，每次有 40% 的职工可升一级。因多年未调工资，一九五八年就业的老职工还多为工资三十几元的二级工，竞争激烈程度可想而知。我亲历的两次评资，也确实有点惊心动魄的味道。

　　第一次评资，是领导班子直接定，群众不参加评议，发两榜确定。第一榜没有我，一问是有人反映我有业余收入。我匆忙辞掉夜校教职后，第二榜评上了。两年后第二次评，竞争更为激烈。一部分职工声称，前次涨了的这次不能再涨，轮也轮到他们了；一部分老职工则表示，二十年就涨了一级工资，欠他们太多了，这次也应该参加。这次评资规定必须走群众评议的程序，以无记名投票结果为准。于是我所工作的班组，有人私下联络统一投票意见，基本是上次调的不给票，投几位上次未调的老职工和几个参与联络的年轻职工。可能因为我是技术员，也算是班组的"领导"，一个算是我徒弟的修理工小李给我透了信。群众评议以班组为单位，允许职工个人先评功摆好，杜副厂长亲自参加我们班组的评议。大家都很认真地总结了自己的工作成绩，但评议别人却无人发言。有的说，工作都干了，也没啥突出的，投票就是了，该谁就谁。我在会上表了一个态，评不出成绩也可评工作上谁的错误少。大家都清楚，我指的是发生责任事故或造成单位其他经济损失等情况应作为影响调资的条件。投票的结果是，含我在内的几个同事评上了，部队转业的老宫未评上。老宫恼了，以自己是干部身份为由向领导提出还要参加干部范围的工资评定。其实事先已有规定，工人岗位的干部可选择参加范围，选定不能反悔。老宫选了先行进行的工人调资，未评上又要求到干部范围评，显然无理。可因为老宫是班组长，又是单位资格最老的汽车司机，在有人提出就是让他参加也不会有人评他的意见后，领导反而真批准他参加了干部评资。结果是，他只有一票，恐怕是自己投的，老宫自此情绪低落。老宫一妻三女，五口之家在当时必然拮据，涨工资的迫切心情可想而知；但相比两次调资都榜上无名，仍旧拿着三四十元的职工，他的工资还是很高的。

妻所在的公司另一个基层单位，40%工资评不下去，申请每人涨半级，调资面扩大至80%；经过层层上报，竟然获得批准，不知决策者们是怎么想的。妻回家对我讲，我半信半疑，后来知道，社会上好多单位都无奈采取了这种带有浓厚大锅饭色彩的办法。改革真是不易呀！

隐藏的眼睛

调到公司办公室做文书不久，我就做了一件很得罪主任的事。在办公室二十几人无记名投票选举先进生产者的会议上，梁主任抱起投完票的红纸箱说："今天散会，下星期公布结果。"我毫不犹豫地止住："梁主任，无记名投票的规矩是当场唱票，公开结果，你这样不对！"

二十几个人都不动了，目光集中到我们身上。我看到梁主任抱投票箱的手臂在颤抖，脸色变得发青。公开唱票的结果，梁主任最宠的那位司机没当上先进。我知道得罪主任了，但知道自己没什么错，现场的情况也无法采取婉转的方式提意见。我预感到会有报复，但不知它有多厉害。事也凑巧，没几天，主任把一份他起草的办公室工作人员职责给我，让我拿到打字室打印。主任虽只高小（小学）文化，但工作多年，行草字写得很流利。我有打印文件复核的职责，不觉飞快地浏览了一遍那稿件，发现"任劳任怨"的怨字被误写成"冤"字，想当面向他提出改一下，又怕再伤他面子；于是告诉打字员小朱直接改了过来，小朱也说："这词常用，肯定不是那个'冤'，你不说我也会告诉主任改过来。"下午一上班，小朱跑到我办公的房间，不高兴地说："梁主任对我发火，说就要那个'冤'字，问谁让我改的。我担不起，只好说了是你。这不，前面打的十份全废了，我刚把重打的送给他。"我一面安慰小朱，一面心想这么几天又得罪了主任一次，恐怕以后真的没有什么好果子吃了。

梁主任虽然对我态度变得淡漠，再也不与我聊工作以外的事，但也不耽误公事公办，谈不上对我有什么亏待，似乎一切平静。

不久，全系统组织考干，是最后一次转干机会。四百多人参加，取一百名，我的成绩在七十多名上。即将办转干手续时，有人写信给局里，反映我以工代干年限不够，被拿了下来。公司党委派人找我谈话，鼓励我要经得起挫折，并解释说，以工代干年限很难界定，有人告，无人能说清，实在没办法。情急中，我壮胆找分管副局长直陈情况；几天后，局里派专人到省城为我补办了手续。当时，我感激那位素昧平生的老领导，怨恨那背后捅我一刀的人。我感觉到，那个人的报复开始了，而且选择了最置人于死地的时机。

一年后，我受命筹建新公司并任办公室负责人，又有人告我，说我筹建公司积极得有点不正常，为什么出那么大的力，肯定有个人的好处；我家里的电话就是给新公司装电话时装的，是不是趁机用的公款。开始，分别找我谈话的两位领导都不直说，只是反复问我筹建期间有什么事未经领导同意就做了；我费尽脑筋想出一些，他们都说不是，把我搞糊涂了。在我追问下，公司才派平日与我关系不错的总支副书记说了实情。我当即回家取来自家电话的初装费发票和每月的交费发票，请他务必转交有关部门审查。一周后，他把发票还我，说是没事了，我好不气恼。我问是谁告的，他模仿起一个人的南方口音说："他装的电话是哪里来的钱？"我一听就明白了，还是那个人。这又是背后一刀，他那双眼睛隐藏在暗地里　直盯着我。

后来，又出了一件事，使我开始对那双藏而不露盯着我的眼睛有了反思。一个给我们搞铁花墙的施工队长，在公司楼梯僻静处拉住我，把几百块钱硬往我兜里塞，说活不大，没有多少钱给我，让我买条烟抽，别嫌少。推搡间，我感觉那双隐藏的眼睛又在盯着我，我坚决地拒绝收钱，并向那队长说出一句当时连自己也吃惊的豪言壮语："你记住，不是所有的人都能被钱打倒。"那队长是刚复员的战士，一身黄军装衬托着朴实的面孔，他脸红了，无言以对。楼梯上有人下来，我扭头间，他突然把钱塞进我衣袋，跑下楼梯。我没有在同事不断的走廊上追他，回到办公室，找出承建合同上那队长的地址，把那几百块钱寄了回去。半月后，我收到他的来信。他说："你使我相信挣钱还是要靠真本事，靠送钱长不了，还是好人多。"他的信感动了我，使我心中升起一种高尚无比的情感。我随即想到那双隐藏的眼睛，它们似乎也不再那么可憎；从另一面讲，它们不就是督促我走正路的导师吗？我开始认真考虑那些原本使我气恼的事情。

在以后担任单位负责人的那几年，因为掌握权力，损公肥私的诱惑不断向我袭来，各种关系网毫无商量地干扰着我，处理敏感问题使我面临各方面的压力。每当我辗转踌躇、举步维艰时，我就感到那双眼睛在注视着我，促使我保持着清醒，送我走了过来。

我感激那双隐藏的眼睛。

分房

那年，公司的近百套宿舍两届领导班子都没分下去。新班子一进入，党委书记兼总经理就把分配住房的任务交给了担任纪委书记的我。面对这个老大难问题，我提的唯一要求是：不管谁说情，不能开后门，请书记带头。书记的答复是："你代表党委主持分房，大胆秉公办事，不必顾虑。"

全体职工大会一宣布党委意见，我的办公室就关不住门了，不停地有干部职工进来反映情况，要求分房，不管我如何说明，请他向分房小组反映，以便登记在案，统一考虑，也不见效果。下班回家，几乎每天都有职工携礼上门；我一一婉拒，有的扔下东西就跑。据分房小组统计，有二百余名职工要求分调住房，我真切地感到了压力。

我是领导班子里唯一住房面积低于可享受标准的成员，妻子满以为这次可调大一些，我本来也有此意向，可面临现实情况，我不得不重新考虑。

在妻子的支持下，我决定不要房，终究我的住房比一般职工好得多，先全力完成当前任务再说。我相信，要想彻底秉公办事，首先要无私避嫌。

那天召开关于分房的全体员工大会，我代表党委在会上宣布了三条规定：一是严格按计分排序选房，计分由职工代表大会监督分房小组实施，党委成员个人一律不参与；二是凡给领导送礼的，一律由办公室退还本人并告知部门负责人和分房小组；三是离休干部的调、贴房由老干部支部根据公司提供的房源自行分配，公司不插手。

对于给我送礼一事，我当众宣布，礼品已全部交给办公室，马上由办公室通过部门负责人逐一退给送礼人，未接到退礼的可向党委和上级举报反映。最后我严肃地表态："如果哪个职工非要跟我拉关系、送礼，要求你在我退休后每年送礼一次，连送三年，写下字据，我就接受你的送礼。"台下有许多职工笑了起来，表示了对送礼行为的鄙夷。

会后，除个别部门负责人找我反映手下某职工住房困难外，几乎没有职工再找我要房，晚上到我家送礼的也没有了。

在党政一把手始终如一的支持下，本着公正、公平、公开的办事原则，经过几十次专项会议，历时两个多月，终于把拖了三年、前两届领导班子未解决、职工上访不断的分房问题彻底解决了。

值得一提的是，许多职工在按分序签字选房的现场持笔之手颤抖不已，不相信是真的。离休干部的调、贴房处理更是令人动容。一位提出改善条件最高的老科长因为是老干部支部委员，自觉地服从分配意见，收回原要求；主持老干部调、贴房处理的老干部支部书记，一位当过公司一把手的老八路感慨地对我说："多年不签字了，想不到我签字还有用，感谢党委的信任。"

我直到退休仍住在原来的房子里，也再没有解决房改房的机会，但我并不后悔。作为一个党组织从工人培养起来的大型企业领导干部，我在处理职工切身利益的问题上没有辜负组织的信任，也获得了职工的尊重，我很满足。

匿名信

在全民经商的大潮中，我受命到一家濒临倒闭的自收自支科研单位担任主要负责人，面临的是单位无任何正常业务，几百万可能成为坏账的应收账款，职工的工资即将没有着落。"不改是等死，改是找死。"是在职工中流传的哀怨之语。

改，或有生路；等，必死无疑。经过深入调查和讨论，领导班子很快出台了一抓追款，二抓创收，坚决奖勤罚懒，完善经营机制的工作意见。

在上级的支持下，经过干部、职工几个月的不懈努力，追回应收账款近百万元，启动技术性创收新项目数个，收入不断增加，干部职工情绪明显变化，单位开始有了活力。

但单位的大力度改革显然触动了某些人的利益，出现了个别亏损部门负责人无理要求报销大量白条费用和兑现财务账目严重不清的提成奖励。被拒绝后，在上级机关出现了大量针对我的告状匿名信。省纪委、省厅、集团党委都收到了列有我几大罪状的落款"职工""干部""群众"的信件，每位集团领导班子成员办公室门下都被塞进了匿名信。一时间，黑云压顶，单位和上级机关的熟人对我的态度竟也变得异样；上级纪委两次找我谈话，态度都极其严肃。

我虽然气愤，但仍保持了冷静。我对手持若干大小不等纸片与我谈话的集团纪委书记表示：诚心接受组织调查，希望尽早结论，避免旷日持久造成单位职工思想混乱。对于上级根据匿名信提出的问题，我一一简单说明，也大体明白了是哪些人在无中生有。

我没想到上级的调查是那么漫长，我只有顶着压力，继续改革。长期的超负荷工作竟使我患上脑血管痉挛，腰病复发，头上的白发也增加了很多。妻对我说："咱不当这个干部了，何必遭这个罪。"但我看到单位多数职工满意新体制，支持改革，许多干部职工在我患病期间不断看望和鼓励，增强了我的信心。在省科委的支持下，我多方筹集资金，组织科研和营销骨干，创建了一研一商两个较大的创收项目，所有闲散人员都有了新岗位，单位收入大增。

我也没想到调查结果是随着任免令来的。一位副厅长亲率人事部门来单位宣布命令和谈话。给单位造成巨大损失的一名副职领导被免职。我被调走，新职务是一家大型企业的纪委书记。一个面对铺天盖地告状匿名信的干部得到这样的任命，不正说明只要行得正、坐得直、光明磊落，终究会得到信任和支持吗？

当哪种干部好

与一位做国企一把手的老同事聊天，谈及工作的艰难，这位很有思想的老熟人以我们共同熟知的一些干部为证，把目前国企领导的心态归纳为三种。

第一种：既想让上级满意，又想让职工满意。

第二种：只要上级领导满意就行。

第三种：只要职工满意。

　　第一种心态无疑是最讲原则的，大多数的国企负责人都在此原则下努力拼搏。但是面临效益低下、历史包袱沉重的严峻局面，许多人就是拼上命也未能扭亏为盈。这样的干部，上级对你不冷不热，职工未得到实惠，投你的不信任票，个人的下场也不怎么样。

　　第二种只要上级满意就行的心态，实际上是让某个或某几个上级领导个人对企业领导个人满意，至于满意的内容就因人而别了。抱这种心态的干部，往往自恃有上级支持，职工有意见无所谓。实际工作中，这种人调动较频繁，即所谓"异地做官"。

　　第三种，企业困难重重，扭亏数年越扭越亏，如其"四面楚歌"，不如另辟蹊径。或回避改革，尽量维持大锅饭体制；或拒还银行贷款，公款"公"花，"天经地义"。明知维持不了多久，却可推延改革的阵痛，暂时缓解干群矛盾。如有的企业，明亏、潜亏、逾期应收账款几个亿，奖金福利照发，高标准住房照买，高档小轿车照坐，大盘照吃，出国照走，什么也不耽误。有银行的贷款在手，花了再说，皆大欢喜，谁奈我何？银行贷款还不上，兼并破产随你便，停息挂账更高兴，反正历史包袱谁也难甩掉，不行你来干。

　　有些职工对第三种企业负责人的这些做法似乎很体谅。比如有的人认为，买了住房，领导住好的，大头兵住差的，总算解决了房子，过了这村没有这店，企业就是破了产，也不会拿职工的住房去抵债，这领导还算会办事。至于花光吃净企业以后怎么办，这是咱管的事吗？

　　老同事说："这一把手越干越不知怎么干，这三种做法真说不清对还是不对。你想想，上级一年搞一次考评、民意测验，30% 反对票给你诫勉，50% 反对票就地免职，企业职工下岗那么多，无钱发工资，药费报不了，他会投你的赞成票？掉乌纱帽不是很容易？多年积下的饥荒，谁能一下子还上？你说这个一把手怎么干好？"

　　我无言以对。

细想想，国企改革是难。难也要改，不改肯定无出路。只是难为了这些处于国企改革攻坚阶段的企业带头人。在改革的冲锋陷阵中，肯定要有人做出牺牲，从来没有无痛苦的变革。上述三种心态，似应视为国企面临前所未有的经营困难，而实施改革并无成熟经验的必然产物。企业的负责人不知道该怎么做了，换谁也搞不上去，就到了上级拿办法的时候了。这个办法必须是彻底改革的办法。简单兼并、拼凑集团、脱壳躲债、零价位转让，成功的不多。厂长、经理们在苦无良策，叫天天不应、叫地地不灵的状况下，只有择路而行了。所以，确实难以评说持哪种心态对，当哪种干部好。绝大多数国企负责人恐怕都在企望出台大政策，推动企业走出低谷。

愿国企的厂长、经理们走好。

慎与朋友做生意

我自己根本不是做生意的料，却被经济大潮冲到了经商的岗位上。一时无招，便想起了两位早已从商的老朋友，都是以前的同学、同事。老朋友一听说我在国有公司当负责人，非常高兴，一拍即合，在"风险共担，利益均沾"的信誓之下，我们做起了生意。

始料未及的是，与老朋友的合作竟越来越不愉快，他们别无二致地认为只要多给我个人些好处，要让他们挣得更多才好，而风险由公家担天经地义，受到拒绝则脸色大变。其中一位要求我们单位把联合经营的滞销商品都买下来，被我婉拒，竟再也不理我了。与老熟人的合作不如业务中发展的几位合作伙伴。

我开始明白些"生意场上无父子"的含意。也理出了几条经验教训。

经验一：与朋友做生意看似可靠，但双方对朋友的潜在要求都很高，期望值往往远超出对其他人，均认为朋友应给自己更多的机会和优惠。殊不知市场无情，一旦亏本，极易认为朋友未尽心、不够意思。其实，这往往并非朋友不好，只是双方并未做好，即使朋友合作，市场也会使你照亏不误的思想准备。

经验二：一个人老朋友数量有限，其中做生意的更是凤毛麟角，很难说这几位做生意的里面有没有扎实的生意人；眼界太窄，圈子太小，选择理想合作伙伴的机会不多；所以，合作不成功当属正常。

经验三：朋友间做生意，碍于情面，往往口头承诺，君子协定，未订立合同；赚钱时，分利无据，易产生猜忌；亏本时，责任不清，嘴上不说，心理互相埋怨。久而久之，会感到与朋友合作像背上了枷锁，力求解脱而后快。

经验四：老朋友间做生意容易牵扯家庭。特别是从事私营和个体的，让他亏了本，他自己不好意思说，他那原本就认识你的家属会跑到家里慷慨激昂地找你算账，搞得你"不亦乐乎"。有的甚至会说："你亏了是公家的，俺亏了是自己的，你从公家弄点俺就够了，你怎么好意思和俺算得那么清楚？"

以上几条，算是"血"的教训。想起几年来因做生意而开罪了朋友，真是追悔莫及。人生过半，好友并无几人，为做生意而侧目，不免痛恨那铜臭害人。

牢固的友谊都是远离金钱的；要想友谊长存，还是不要选择老朋友做生意伙伴为好。

双油箱

一九八六年秋，公司与日本大洋渔业公司洽谈的补偿贸易进口制冷运输汽车的项目进入最后阶段，从日本赶来的吉田信夫和大洋渔业驻北京代表河原荣一起来青岛落实合同条款，由我出面到他们入住的栈桥宾馆做最后谈判。

按我方要求生产专用车辆的五十铃汽车厂十分认真，几次与我方落实车辆配置细节，而且每次都要求我方在中文函件上标注每一汉字的中国标准电码，防止误读。与我联系最多且会说汉语的吉田和河原也都随身带着中国标准电码本。

在与公司车队刘队长和技术员老彭落实车辆连续行驶里程时，他们提出，车样的100升油箱，不够在省内不加油返回，中途加油费事且不能保证油源质量，会影响出口运输效率，如新车能装两个油箱就好了。因此，两个油箱便成了这次洽谈的重点。

因为项目的频繁接触，我与两位日本客人已很熟悉，在会客室简单寒暄便进入正题。我对负责与五十铃汽车厂联系的吉田讲了装双油箱的要求，吉田犹豫了一下，想说什么，又咽了回去，答应联系。第二天又在栈桥宾馆见面时，吉田不停地点着头说不好意思、对不起，接着满带歉意地告诉我，联系过了，五十铃厂说生产流水线是计算机程序，没有两个油箱的设计，不能加油箱，希望理解。

望着眼前两位都曾为学汉语在北京留过学的日本人，我脑中闪过父亲当年在烟台日本宪兵队过堂、蹲监的影像。今天我能如此面对日本人，似乎能洗掉一些父辈们所蒙受的耻辱，我感觉自己的腰杆挺直而强硬。当时国家控制汽车进口极严，这批车光手续就跑了近一年；日方也很珍惜这项近二百万美元的贸易机会。考虑这些，我就胸有成竹般地让他们转告我们的意见，相信五十铃汽车厂是世界上最优秀的载重汽车厂商，相信他们有能力帮助我们解决中途加油的困难，感谢他们细致的工作！

吉田与河原明显地感受到我态度的坚定，交换着目光，会意地相互点头。

吉田答应再次与五十铃汽车沟通。离开时，河原送我到宾馆门口，他眯着眼镜后面的眼睛对我说："刘先生，你是很有主见的人呐！"

当天下午，吉田来电话，说五十铃厂同意加油箱了，但要增加些费用。我说一共二十五个油箱，就算增进中日友谊的赠品吧，就这样跟他们说，相信他们会同意。第二天，吉田通知我，三万美元的费用大洋渔业承担，东京公司本部还向我方发出了考察汽车厂的邀请。

合同项下的确认书全部签订。加装了车队希望的双油箱，还没增加开支，公司领导很满意，我也很有成就感。

愧对鲁金斯

一九九五年秋季的一天，已几年未见面的老同事马经理突然到南海路上的机关找我，说有一事想求我所在的计划货源处予以协调，不知可否。

询问因由，原来牵扯我们的德国老客户鲁金斯。说是鲁金斯在上次省出口商品洽谈会上，与青岛市就投资一亿美元的德国瘦肉型猪养殖项目签署了意向书，回国后做了一年多的策划筹备，先根据约定时间带了百公斤的详尽策划资料回到青岛，由于在机场联系不上市外贸那位会英语的项目相关人，近七十岁的鲁金斯无奈联系了省外贸做芦笋罐头业务熟悉多年的马经理。不料马经理把鲁金斯和他带来的大量资料送到宾馆后，帮助他联系项目相关单位来宾馆洽谈时，却无一例外地被婉拒。当初参加意向洽谈的市外办，市县经贸委、农委，市县外贸公司，县肉联厂都说自己不是牵头单位，谈不了。于是马经理想到了组织洽谈会的省外经贸负责机关和我所在的有扶植出口货源职能的处室。

其实与鲁金斯事有关的可涉多个处室。外商投资处、企业管理处、贸易管理处，甚至劳资处和财务处都可触及此类外商投资项目，当时的情况，如无上级指令牵头部门，也同样会出现推诿现象。我跟处长汇报了一下，处长同意我去帮一下忙。

我与马经理驱车到宾馆见了鲁金斯先生。戴着耳聋助听器的鲁金斯听完马经理的英语介绍，马上递过他那总是印成红色的名片，记得当初有业务员问鲁金斯为什么喜欢红色时，鲁金斯下意识地晃了一下长长的胳膊，诙谐地回答道："中国人不是特别喜欢红色吗？这样我受欢迎呀！"

其实与马经理同事时，我曾多次参与接待鲁金斯。他每次来都提着一只特大的铝壳旅行箱，沉重无比；到宾馆房间打开箱子时，会发现里面仍装着那台传统的英文打字机。鲁金斯打开旅行箱的第一件事是从箱子的深处拿出妻子的带框的半身照片，认真而恭敬地放到床头柜的台灯旁，先看一眼，再摆正，回身向我们一笑，回答我们疑问的目光。他那金发碧眼典雅端庄的妻子望着大家，好像也在参加鲁金斯与我们的洽谈。

鲁金斯与我们公司合作多年，欧洲的芦笋罐头市场就是他帮我们打开的。最盛行时，鲁金斯把我省的芦笋罐头送到了英国女皇的餐桌上，还真的拿来一张伊丽莎白二世女皇坐在立着一听我省芦笋罐头的酒店餐桌旁的照片。

鲁金斯打开他带来的卷宗，其中一页上画着签订意向书庆祝宴会上的三张圆桌宾客坐的位置，每人的名字都是鲁金斯在宴会现场请本人写上去的，每桌都超过十人，名字旁边还记录着每个人的办公电话。那时候，人们还没有手机。根据鲁金斯提供的名单和电话，我先从有直接上下级关系的市外经贸委开始联系，找到了马经理也曾联系的那个人。那人很客气，但仍讲无能力组织协调此事，我说能不能先过来见一下鲁金斯先生，当面说明一下情况；他说已经请示过领导，这种项目正式合同应当与出土地的县里签，不用他们管了。我又联系圆桌旁的几个人，态度基本一样。联系到市辖县的一位领导时，他很不耐烦地说："这事你去找肉联厂吧。"好容易打通了也在鲁金斯的宴会桌图上签名的肉联厂长的电话后，那厂长说："这也太开玩笑了吧？我一个小厂，能办这么大的事吗？他们也太会推了，我去见外商，说什么？"

　　我与马经理商量后，把他们都不能来的情况如实告诉了鲁金斯，鲁金斯不解地摇起了头，又去看那"联络图"，食指在那三个大圆圈旁的名字上滑动着。

　　突然，他把手指停在一个名字旁，还从卷宗中抽出一张名片，说联系他，他肯定不会不见。我注意到，那人当时坐在宴请主人鲁金斯身旁，名片表明是市外办的一位科长。鲁金斯讲这人当时一直陪同他在青岛活动，还会些德语，两人成了好朋友。

　　我打通了外办的电话，接电话的人似乎请示了旁边的人后告诉我："这人不是外办的，只是对外工作临时挂我们的名义，我给你他的电话，联系他吧。"

　　电话很痛快打通，而且是他本人接的，很礼貌也很爽快，说请示一下领导，下午打电话给我。我把情况告诉马经理和鲁金斯，他们对这唯一答应回信的也只有耐心等待。下午约定时间，那科长没回电话；我打电话过去，是他一个女同事接的，说是那科长接到临时任务出差了。我明白，这也是托词。后来打听到，这科长伴随鲁金斯主要是为了熟悉德语，难怪他也回避，只是辜负了老鲁金斯的真情。

　　鲁金斯沮丧了，马经理和我无奈又无助。鲁金斯耗时近一年，开支近两万美元的上百公斤资料如何处理。

　　考虑再三，马经理决定暂代收保存这批资料，并联系他熟悉的本公司基层单位找合适地方存起来。

　　鲁金斯是马经理送到机场的，他帮他提着那装着准备打印洽谈文书但未用上的打字机和相濡以沫爱妻照片的大铝壳箱子。

　　后来再也不知道鲁金斯留下资料的下落。近些年也通过媒体知道有地方在搞瘦肉型猪，但规模远不如鲁金斯的。

　　再也没有机会见到鲁金斯。我一直觉得，我们愧对鲁金斯老先生。

但行好事

那年夏天，我所在的外贸公司接待了三位香港五丰行的客人，派我陪他们游崂山，同去的还有四位日本客人。一早，在栈桥宾馆接他们上车时，发现只给日本人准备了野餐，没有五丰行的；问服务员，说是公司没安排；打电话问对口接待的储运科长，说是外派人员餐饮自备。我急了，就是自费也得早告知人家，崂山上没有卖饭的呀！三位港客神色冷静沉默不语地看我和服务员如何处理这"内外有别"。情急之下，我要求熟悉的服务班长，马上再准备同样三份午餐和饮料，由我负责结算。桌布、餐具齐全的三份午餐很快送上了车。

中午在崂山顶草地上午餐后，五丰行的吴经理热情地提议大家合影留念，还单独给我拍了两张，事后不久还专门从香港给我寄来照片。

回公司我忐忑不安地向总经理汇报自己自作主张之事。总经理说："你做得对，五丰行的人既是外派的同事又是公司大客户，奔我们来，计较顿饭不应该，谈不上什么'内外有别'；那个科长实用主义，觉得自己平时不打什么交道，不当回事而已。"

五年后，我在汽车进口严格控制的形势下受命到北京申办进口四十辆日本产冷藏车手续，在北京跑有关部委四十多天，在外经贸部大院泡了一周，最终的进口许可证也没有结果；使我焦躁万分。那天，我又在外经贸部大院里边溜边考虑如何办时，忽然听到身后有人喊我。我诧异地回头一望，路边草地里一块园景巨石上坐着一个人在吸烟；定睛一看，是吴经理。他告诉我，已从香港调回部里了，问我办什么事。我说办进口汽车，跑了几个部委办，太难了。吴经理静静地听完，站起来说："你跟我来吧。"

进的那栋楼正是我进过多次找不到受理人的进口管理局；进的那间办公室是进口处处长室，我不觉一惊。

吴经理把我介绍给一位年长的副处长，让他看了我办了几个月也总被认为不齐全的手续批件；很快开出一份"进口货物特别许可证"。

吴经理说："回去办吧，问你们经理好。"这就行了吗？事情顺利得使我难以置信。天下真有这样的巧事，只见过一面的吴经理正是管此事的进口处长，而且在此时此刻巧遇，真是天助我也。

当全省首次引进的四十辆能自行制冷的冷藏车从青岛港停泊的巨型滚装船上一辆辆徐徐驶下时；我建议公司总经理给吴处长打电话表示感谢。总经理事后告诉我，吴处长在电话里讲，小刘敢承担责任，很能干，可以重用。我听了，成就感顿生。

第二年，给3%的突出贡献职工调升工资时，有我。

选择缄默

那年，我被临时指派兼任一家亏损、呆坏账均超千万的进出口公司的总经理兼书记。因出口实务所知甚少，便要求上级同意让我原单位做过多年进出口实务的孙经理随我调来任副职，负责日常出口管理工作。公司经过整顿，很快建立了正常的经营秩序，没有发生新的亏损，还追回欠款二百余万元，偿还贷款三百余万元。孙经理的作用举足轻重，使同时担任两个单位主要负责人的我减轻了许多压力。

一年后，上级突然决定公司撤并，我不再兼职。如随我回原单位，已在计划中的孙经理住房困难问题必将落空；而在一年的整顿清查工作中形成的复杂利害关系，在人事大变动之时，成为排斥我们这两个"外来户"的不小势力。我经反复考虑，确定在孙经理本人不明就里的情况下与他"闹翻"，把他推向待整编安排人群，以便他能在尚有待分配住房的原体制内继续解决困扰他已久的住房问题。

我下意识地与孙经理公开争吵了几次后，目的竟然达到了。上级确定他暂不随我回原单位后，并出于信任或"利用矛盾"，派他处理在我兼任两单位负责人期间，两单位间的经济纠葛。我更是现场"发难"，严声厉色，以致老实的他一时惊恐万状。

此后，我暗地里与个人关系尚好的一位集团副总裁和他新任岗位的负责人洽谈，请他们务必协助解决孙经理的住房困难。那集团副总裁在电话里说："你已经调走，还关照这事，挺够意思。你知道他对你意见很大吗？"我调侃这位曾在局机关共事多年的老同事说："你早帮他解决了房子，他就不会对我有意见了。"其实我离开时，这副总裁还是与我平级的干部。

孙经理的住房不久就解决了，而且是在他家临街贴了一个小套二房，新旧加起来超过享受面积不少，这使我感到欣慰。

孙经理始终没与我联络。几年后在一个街角偶遇，他局促地跟我寒暄了几句，目光游移，言辞谨慎。他也许根本不知道我当年的意图；他也许庆幸自己留在那公司里的机遇；他也许始终对我当年的"翻脸"耿耿于怀。我想，生活里太少两全其美，太多左右为难，太多成人的矜持，自己能心安理得就好。

以工代干

以工人身份，做脱产岗位的工作，史称"以工代干"。那年厂供销科长口头安排我兼任汽车配件采购员，负责厂里两部老旧汽车常损零件的采购。二十世纪六十年代末，没几家企业有载货汽车，有车的也都是破旧的外国货，配件奇缺。厂里一部雪佛兰、一部布拉格常因缺件停驶待修，最糟糕时，两部车全停，厂里只得到处借车拉生产原材料。科长的信任使我踌躇满志，很快下手四处求援配件，偶有所得，但多数空手而归。在修车师傅的支持鼓励下，我向领导提议将两部车全改造成国产跃进车型，彻底解决配件问题。后来厂里又调来一辆老掉牙、开一天修两天的苏联格斯67吉普车，也征得厂里同意一并改造国产化。年轻气盛的我得此重托，便天南海北地跑起来。南赴沪宁，北达内蒙古，省内各专署；市内各运输公司，系统内各有车兄弟单位，乐此不疲。经常是一辆大金鹿自行车的后座载着沉重的金属配件摇摇晃晃地推着走，实在带不动的，就去雇三轮车拉。一次在配件公司买了一个旧的底盘大架子，为借车拉就忙了好几天。因为改造车主要靠省运汽车保养场装配，跑得很勤，有人甚至以为我是他们单位调来不久的职工。三年左右的时间，三辆车全部改造成功，领导很满意，我自己也很有成就感。在为解决家庭困难调离了工作九年的单位时，新单位的商调因由是引进急需技术人员，我仍是以工代干岗位。

新单位的任职文件是打字油印的，盖着革命委员会印章；任命我为技术员，负责厂里汽车、叉车的修理技术。时已近改革开放，外贸单位进口汽车陡增，我是被引进的众多技术人员之一。新单位机动车辆不多但种类品牌复杂。大货车有四吨解放牌、五吨布切奇，小货车有两部二吨丰田，小客车有天津吉普，还有七八辆日本产的内燃机或电瓶叉车；后来又调来五十铃大头车、新解放牌、北京吉普等，日常维修保养压力确实不小。在新单位组建修理班开展工作，对当时尚未达而立之年的我有相当难度。十几个人的基层汽车组，多数在看这远来的和尚能干什么，态度暧昧。我懂得这是每个新人都会遇到的境况，何况我是进门就管事的小青年。我带着几个从车间里调过来的小青年从打黄油、换机油做起，很快又开展了钣金和喷漆，不久又亲自动手，边修边教地大修了丰田车的发动机。经过一年的努力，单位车辆的日常保养一般不用出门，也节省了大量费用。同事们的态度明显转变，上调40%工资投票时，大家都给我举了手。

公务员生涯

我于不惑之年奉调到省属机关工作，红头文件只有一行字，职务是副主任科员。

二十世纪九十年代初，外贸企业积存了大量尾货和未销过时库存。解放占压资金迫在眉睫，处里搞过一次内销会的同事已调走，处长有些犹豫地把再次组织内销会的任务交给了调到机关不久的我。在基层工作时，我曾多次担任公司赴广交会秘书，熟悉展会筹备组织流程，便欣然接受。处长嘱咐可请调走的同事介绍情况，几次联系，都因对方推脱未成，也就不再指望。在处里几位年轻同事的积极配合下，几经筹措，一场大型内销会如期开幕。展销的数日，汇泉湾一时热闹非凡，展馆外大街上到处是夹提着"外贸转内销品"的男女。展期销货量超过预期，有的参展公司后悔组织的货源太少，没想到这次如此畅销。下半年，我们又一鼓作气搞了两次内销会，各出口公司积极踊跃参加，同样取得不错的效果。

在泰安搞的那次内销会上还发生了一起挺离奇的口舌之争。我和两位同事会前赴泰安与当地外贸展览中心于总经理洽谈筹备事宜时，于总对我们讲，费用承担有两种方法：一是尽你囫囵尽我破，二是尽我囫囵尽你破。意思是办会方出固定费用或服务方收固定服务费，另一方保底实际开支，不论沾光吃亏，不再多退少补，避免清算麻烦。我们商议并电话请示领导后，告知对方，采取我方一次性拨款的方式即可。对方表示同意并很快做出拨款预算，我们回去汇报后很快按预算拨款给了对方。内销会顺利结束，成绩斐然，大家在聚餐会兴奋不已，于总经理突然提出追加拨款，说是尚差数万。我有些发愣，说好尽我们囫囵尽你们破，四人在场听得很清楚，怎么又要钱呢？于总经理脸色一变："我当时讲的就是尽我囫囵尽你破，前期拨的是预付款，不够了补齐尾款还不应该吗？"

我与身旁的同事们面面相觑。我站了起来，欲与于总争辩，被同桌的处长伸手示意停住。

其实我知道，下级单位申报拨款虚报时有发生，只是这位于总的绕口令式的说法让初听的人着实摸不着头脑，多亏当初同去的两位同事认真，有笔记，不然大家会以为我这个主谈确实听反了呢。

处长主持给于总补拨了款并表扬了内销筹备小组，我们也为能帮助企业解决资金积压困难做出贡献而欣慰。后来听说，那于总为单位的生存呕心沥血，颇得职工信赖，玩些手段也是无奈之举。

"突然袭击"

刚随一位领导去深圳考察归来写着考察报告，我突然被人事处叫到会议室，分管人事的领导和几位处室负责人已在等候，唯不见我们处长。见我不解，领导温和而一板一眼地对我说："有一事业单位问题比较大，职工怨声载道，需派人主持工作，很急，经全面考虑，决定派你去。"我毫无思想准备，也不知是征求意见还是组织最后决定。我说："那可是个标准县处级单位，我仅是主任科员，能行吗？"人事处长插话讲："小单位，都考虑了。从年龄、履历、组织能力看，你最合适；先任命副职，主持工作，没问题。"

我问："什么时候去？"领导说："现在就去，已通知单位全体职工集结等候，先口头宣布任命，后补正式文件。"我当即感觉事态蹊跷，恐怕是有人不接受此安排后才临时找上我，怕我知难而退才不给考虑时间。转念一想，自己从未在组织安排工作时退却过，怕什么，还能掉了井里去？

连我回处里打个招呼的时间也没给，七八个人，一辆面包车，直奔坐落在老市区的研究所。坐满男女职工的大房间，几十双眼睛直勾勾盯着我。领导和人事处长讲话，然后是我匆忙中的即席表态。

上任首日，我马上感觉到了这单位情况的紧急。单位不大，每年有下拨经费，却入不敷出已数年；应收呆坏账数百万元，账上仅余款项不够维持一月开支。从业务力量看，一个技术性单位，成立以来没有任何专利和专有技术，搞的几项加工销售项目全部严重亏损停业，投资几十万设计制造的唯一品种的食品加工设备只卖了一台，上级的差额拨款开完退休人员工资便所剩无几。我到任的当月就是到兄弟单位借款开了职工工资。

两大任务明摆在面前，一是清欠追款，二是重启创收；解决职工的饭碗问题迫在眉睫。我很明白，想完成这任务中任何一项，都必须大刀阔斧改革，都要得罪人；我也明白了领导那么急切安排我到任的缘由。当然，首先是组织信任认可我。

在三角债满天飞的二十世纪九十年代中期，经过一年多的堪称"艰苦卓绝"的奋力追索，除单笔过百万的一笔因经办人未申请强制执行成为不受法律追究的"自然债务"仅追回半数，其他欠款大部分追回。

领导班子认识到原投资创收的若干项目失败无非是机制和人才问题，通过职工代表会议，确定了双向选岗和自主创收任选其一的政策，基本无争议地分流了人员。同时集中所有资金在市区东部新的政商中心购置了近千平方米的新建门头房，成立展览销售中心；力邀组织能力很强的海军少校转业的原机关同事韦华加盟任职。正在农村挂职锻炼的小韦欣然应允，很快承担起了管理责任和创收任务，经营业绩日新月异；让一直压在我心头的重石落了地，单位自此摆脱了缺钱开工资之忧。

几年后，我调走的离职审计报告上有难得的"做到了国有资产增值保值"的字样。遗憾的是，我在职期间，单位的技术项目仍无任何进展。有位高级工程师对我未调配资金让他们既能工资待遇旱涝保收，又能课题资金不计成果耿耿于怀，在宣布我调任的职工大会上仍是侧目相对。其实我早已几次解释过，在自收自支体制之下，饿着肚子搞科研是不现实的。他可能不知道当时全省数千事业单位亟待改革，境况大同小异，只养人不出成果的日子已一去不复返了。

多年后，小韦在一把手任上退休，单位与另一事业单位合并。据老同事讲，当年购置的门头房现评估价已翻十几倍，因此项投资产生的效益使单位平稳度过了若干年。小韦在电话上告诉我，退休交接时，财务账面尚有数百万自有现金。他最后感慨道："下一步怎么做就不是我的事了，你当年交给我的任务就完成到这个样子了，我也得歇歇了。"这话使我眼前随即闪过他当年有着漆黑直硬密发的分头和不久前见到的他那斑白稀疏的寸发头型；小韦真的辛苦了。

我每次走过曾主持筹建过的展览销售中心门前，心里总有些许的欣慰。我自认未辜负组织当年的紧急派遣，当然最重要的是用对了一个人——韦华少校。

最后的专营

急于为缺乏经营手段的事业单位"借船出海"，寻求进出口权，我自告奋勇接手了集团内一家已近停业的进出口公司。我明知那单位问题大，许久无人接任，却自以为在出口过亿美元的大型进出口公司工作多年，承担一个子公司的管理工作不会坐蜡，竟在进出口权的"诱惑"下拾起了原负责人撂下的挑子。以总经理兼书记的身份走进占据大厦一整层的子公司时，我感觉还是不错的。集团分管副总裁在我到任的职工会上说："公司问题很多，本来想拆散撤销，刘经理勇挑重担，希望他带领大家走出困境。"听那口气，好像有些揶揄。

子公司此时亏损和应收呆坏账均过千万，积压库存数百万，业务几乎停滞的局面。这在二十世纪九十年代末期国有外贸公司中并不鲜见，但其内部管理的混乱、人事关系的复杂程度却是我始料未及的。首先偌大一家集团公司竟然没有成文的财务制度，子公司财务管理更无细则。询问集团财务部经理，他拿出一沓纸稿对我说，早已拟好制度，领导说没时间研究，一切制度都在每周办公会纪要上体现就行了，照办就是，既方便又灵活。

一进入实际工作，集团这种碎片化、经常前后不一的纪要规定就显现漏洞；各子公司无从遵循，便各行其是。如每月上班 26 天，我们子公司却按 30 天发午餐补助。更离谱的是，业务员只要当期核算不亏损就可自主无限额开支业务招待费，以致业务员们几乎天天中午到大厦旁的几个餐馆吃喝，毫无顾忌。他们觉得不花白不花，花到年底亏损也不扣工资，何而不为？

组织国内外清欠收账困难极大，业务员有收不回款的无数理由，而且有内外勾结的嫌疑。有时去外地追款，当事人却早知消息，藏人、藏货、藏车，只剩看门人。特别使我气馁的是，当我通过常驻香港相熟的老同事协助追讨一客户无端拖欠几年的货款时，在收到那客户少量欠款的同时，我受到了集团分管领导的严肃批评，说："这客户向我反映了，你不能这样催款，人家也是要面子的。"此后该客户再未履行已承诺的分期还款计划。

我发现，我们子公司几乎每个员工都"有些来头"，有的是涉外监管部门的家属子女，更多的是集团领导们的关系，领导们也不回避此事。集团一把手在一次办公会上说，前期进人比较乱，大家有意见，后来定了：集团领导班子每人每年一个指标，不能多进。在公开招聘人才已多年之时仍如此用人，令我猛然明白公司内为何会有那种无所事事而腰杆死硬的员工了。

公司主要业务和客户已随离职人员而去，开发新业务机会甚微。我只能主持确定了"全员清收欠款，紧缩日常开支，避免更大损失，归还集团贷款"的二十四字工作目标；竭尽全力推进。我先是当机立断将午餐补助减为 26 天，停止业务员自主开支招待费，所有开支统一审批。此决定实施得罪了许多职工，个别业务员与我相遇时冷冷的目光中露出怨恨。

经过十个月的拼搏，清欠追款完成数百万元，内销积压库存数十万元。我随即主持将此回收资金连同近百万非必须流动资金一起上交了集团。兼任总裁助理的财务部经理感叹地对我说："你虽然来得晚，却是第一个还贷款的子公司，集团应该感谢你。"他的话使我得到极大安慰，次日我便心安理得地提出辞职。辞职的理由是，兼任两个单位的主要负责人不堪重负。

随着进出口权的迅速放开，外贸企业专营地位的丧失，集团多数子公司出现严重亏损，管理上的漏洞弊端一一现露。当初作为旗帜号召大家学习的一个子公司亏损过亿，被骗资金数千万；没有几个子公司再向集团归还贷款，集团也再无力向银行归还越滚越大以亿为单位的巨额贷款。

我当初借船出海的希望早已落空，使我感到欣慰的是，自己曾保护了在某些人眼中不值一提的区区几百万国有资金。

一次老同事的聚会上，当过集团一把手的老领导很自得地说："我干了一辈子，业务干得不怎么样，人为得还不错。"他说得很实在，作为一个高层干部，他的人缘之好确实令人感叹。我当时突然想到，在职责和人缘间，大家都在做着平衡。有的以经营人缘关系为主，职责在次，往往被称为聪明人、好人；有的总是把坚守职责放在第一位，牺牲了人缘或亲情也不顾及，会被人称作傻瓜、彪子。我想，自己会被看作哪一种呢？

舍与得

在亲友们给我的坚守机关事业单位直到退休的善意告诫中，我服从调配到一家日渐萎缩的大型进出口企业任职，先是纪委书记，后任副总经理。从上一个给我写的匿名举报信满天飞的单位调任大企业专职党务干部，无疑是工作的需要和上级组织的信任，起码我自己是这样认为的。被信任是我最看重的，远超过留在机关事业编制内等待享受高退休待遇的愿望。

公司亏损数亿银行贷款，应收账款数千万元，现金流早已是负数。较我早调进不足一年的一把手交给我的第一任务就是清欠。从法制办提供的资料看，进入诉讼程序的清欠案件有四十余件，超千万的有两件。

公司数年前为一家钢铁厂提供进口矿砂，对方提出品质规格不符，拒付千余万的货款，却将矿砂全部用光。令人不解的是，法院两审公司均败诉；颇有些魄力的法制办主任提出请北京律师做风险代理，在拿不回钱来一切费用律师自担的条件下，到最高法院打申诉；但原领导班子讨论时因"天价"的代理费时搁浅。是否同意律师的要价，成了是否重新启动诉讼的关键和对我的考验。约谈时，我发现竟是曾打过交道的确实能力不凡的窦律师。他提出的价格较公司意见高十个百分点，但我认为理由充分，只是无人愿担此巨大开支责任而已。在取得求钱若渴的总经理认可后，我在代理协议上签了字。律师领令而去，公司却有些反响。当时形势，打"三审"，受理已近无可能，胜诉绝不敢指望，死马当活马医而已，有律师接案已是幸运；此前找过多家大律所，均拒绝风险代理。我的想法是，近案值三分之一的代理费不过是空头支票，而一般代理无论费用高低则都是公司的新风险。

整整两年，先是最高法院裁定发回二审法院重审，后是二审法院重审裁定我公司胜诉，再是申请强制执行，几百万打到了公司账户上。窦律师确实拿走了不少钱，但大头仍是公司的。有人埋怨，有人怀疑，但无人正式提出异议。我工作过的所有单位都有那种总提意见、唱高调，自己却什么也做不来的人。司空见惯，我毫不在乎。没有舍，那有得？清清楚楚为公办事，何惧非议？

我的几年任期，几乎都是在清欠官司里滚过来的。官司本身赢多输少，但多数执行无望。我与相关同事齐心合力，或亲力亲为，几年时间回收各类账款数千万元，缓解了公司流动资金断缺的困难。

公司官司输得很惨的也有。一家很强的律所，代理国内背景非凡的驻海外公司，追索借调我公司业务人员为其工作的业务损失，一下子从公司执行走了数百万元。职工怨声载道，法制办却无可奈何，原因是出庭交换证据时，对方出具的几十份盖着我公司红色印章的协议文函，我方均无存底或当时申请盖章的登记。询问已当值多年的公章管理人，那女士笑眯眯地说："那章是真的，我老远看一眼就知道，怎么盖上的可没有印象。"前期公司管理如斯，官司输掉也真是无奈。官司打的是证据而不是事实本身，不想输也得输。

以后我"退居二线"，做了可以不上班的调研员，自觉腾出办公室回了家，几乎未再未走进公司大门。岂料新任一把手"舍不得"记在我头上的改制股份，仿冒我的签名受让了我的股份，取消了我的董事名分，拿走了我名下的分红。我本想起诉他侵权，后闻那一把手不允许领导层公开分红，我疑其资金来源不明，就放弃蹚那浑水，不沾"私分国有资产"边。后来那一把手果然因经济问题被捕判刑，我更庆幸自己的这一"舍"。

自己在国有体制之下多次受命任职，也多有舍得。舍去留机关事业单位退休的机会，舍去唾手可得的高级职称，舍去扩大面积的福利房，舍去股东的大额分红，舍去当老好人的安稳；但却得到了直身做人的机会，得到了信任和尊重，得到了内心的宁静，得到了正派自强的后代；得莫大焉！

职称之路

退休后，遇有三次给有高级职称的人另增退休金，总计增加千余元。联想自己的评职称经历，不禁感慨。

二十世纪八十年代首次评职称时，已有二十年工龄的我，发表作品情况也在公司屈指可数；但因为仅是老三届高中生，申报的中级职称批下来成了初级。使我纠结的是，历来与中专为同等学历的高中在评定职称中与初中、小学甚至初小别无二致，同等对待。

出于自尊，我一年后报考了业余大专班，三年后毕业，随即得到了中级职称。当时大专班上的同学机关事业、企业的各级干部占多数，都是不可或缺的工作骨干，几乎都是为职称所困而进修的，有的同学三年来上了没几天课，也拿到了毕业证书。我当时想，这种形式化的学历真是没有必要；但当时的风气就是千军万马上业大，水平如何无人问。

一位技工学校毕业的同事高兴地对我说，技校改中专了，让历届毕业生拿五十元补办毕业证书，公司认可，中级职称没问题了。一问职称办，只要有毕业证，不问来历。于是，五花八门的毕业证从四方飞来。

一位十六岁到公司就业的女职工凭空拿来一张全日制中专的毕业证，在十六年中生生挤进了三年学历，便成了四岁上学，十三岁初中毕业，公司竟然承认。

一位早年参加工作的已身居要职的干部，到外省拿回一个中专毕业证明，说是他工作过的单位在新中国成立后组建了一家技术学校，可以把他算作学校的毕业生，从而也评上了高级职称。

只有经济师职称的我几年后被调到一家高级工程师为主干的研究所负责，倒也未因专业技术能力为难，迫在眉睫的是单位的生存问题、开工资的问题。

研究所人不多，却有以一位副所长为首的七八个人每周两个下午参加"国际商务师"培训，后来都考上了。一问那外语考试，竟然只有英译汉一道题，而且事先得到译好的答案，往上抄就是。后来的公布的外语考试分数有些可笑，分数近满分的都是人所共知不会外语的，外语不错的几个人分数都不高，我知道他们是在维护自己知识的尊严，不屑作假行为。

后来得到通知，各单位主要负责人没有高级职称的，可一次性补办高级政工师职称，不必考试。一位有高级工程师职称，又是系统中级职称评审委员会成员的副所长抓着那红头文件对我说："真不像话，这算什么规定，一把手就有特权吗？"

不知他是否有意，但我觉得他在说我，因为只有我一人符合文件的要求。

我要办他是挡不住的，但会被这位老大学生鄙视。尊严当然比职称重要得多，我让办公室收走这份红头文件，没有在办公会上传达，更没有去办这高级职称。

后来从企业退休，高级职称两次增加退休金都没有我的份，我心中有过不悦，但很快被一种自豪感赶走；因为除去职称补贴的部分，没有多少企业退休人员收入高过我，而我自认为那是实实在在凭贡献得到的，没有任何取巧的成分。

收据的故事

一九八七年秋，公司进口的四十辆制冷运输汽车已投入运营，我去海关核销补偿贸易手册。海关办理此项业务的是一位姓蒋的很漂亮也很有礼貌的女同志，我此前接触过几次，对她的热情接待很满意。因为涉及远超过车值的巨额免税，为慎重起见，我用一张红格稿纸写了一份详细补充说明，粘在手册里，以便关员们参照审核。交给小蒋时，我还特别指着那张稿纸说了一番。小蒋笑着说："你还真仔细。"我觉得小蒋收到这么重要的东西应该给我一份收据，或者她自己做一个登记，但她都没做，我知道那是没有制度要求她那么做。当时在外办事经常有机关收走你的正本文件或证件不给收据；每遇此情，生性审慎的我便心留顾虑。

大约两年后的一天，海关一女关员忽然打电话找我索要两本补偿贸易手册，我告诉她早已交给小蒋，找她问就是。对方说，小蒋去美国留学了，不好联系。我说："那你们仔细找找吧，每本里都附着我用红格稿纸写的说明，应该不难找。"

又过了一年，我在新单位接到原单位的电话，说是海关还有一本手册没找到，我说两本是一起给他们的，当时给只给一本海关也不会受理，还是让他们自己好好找找吧；如果当时他们给开个收据或者自己做个登记也不至于这么说不清。

几年后，我被调派到一家事业单位工作，正在整改工作忙碌之时，又按到原单位电话，说海关缠着公司不放，硬说没收齐手册，无法核销。我想，此事距我交上手册已过八年，恐怕是上级海关怀疑这笔免税几千万元的业务的真实性，在查什么；可这又怨谁呢？这么重大的事情，交接没有手续，没有责任人，事后处理何以为证呢？我对原单位明确表示，让海关看着办吧，作为经办人，我随时准备承担失职责任，但他们必须有证据。

与一老同事谈起此事，他讲那时开放不久，很多业务都挺乱，手续管理跟不上也难免。我说："不对，还记得咱秘书科的老王吗，你领用几张信纸都要写条；临时借用几块钱都要写借据，经手几十年的办公用品、家具设备无一账外，清清楚楚。人家是旧社会过来的老职员，靠一个算盘算账，一张纸条留底，不也是从不出错吗？"

老同事说这倒是，老王一退休就被省内一家外贸企业请去做驻青办事处的"管家"，肯定是看重老王的认真细心。不过，老职员们都很认真；借钱、借东西都是主动写条，按时归还，早年就已成工作素养。

现实生活中，缺收据、借据、领用手续而发生的纠纷屡见不鲜。有的是图省事，有的是单位制度粗陋，有的是有章不循；但从根本上讲，人员的管理意识差异是最根本的问题。当然，管理的漏洞造成重大问题时才被注意。绝不限于日常办公手续，建立并坚守最基础、最简单的工作流程规定是永远需要、永远不会落后的。

上下级之交

与早年在上海外贸学院毕业的一把手老连同期调到一家严重亏损的省属外贸企业工作，我虽被任为纪委书记，却分管许多行政后勤部门，其中清欠追债是一大项工作。当时银行债务数亿未还，再也贷不出款，数千万的外单位欠款催收是支撑公司运行的重要资金来源。

一笔近千万元的官司，是因为公司为省内一家钢铁厂进口了铁矿石，进货后该厂以规格质量不符为由拒付货款，却将矿石全部使用；提交法院裁决，一审公司胜诉，二审至省高院竟然败诉。所有接触此案的律师都认为明显不公，但无人同意接手公司提出的以风险代理方式到最高法院打申诉的要求。只有一位北京律所的杜律师提出如大幅提高律所风险代理分成比例，可考虑接手。他正式提出的分成是含所有费用40%；数百万款项，公司净得60%。事关巨款，我与公司法制办主任一起向公司总经理兼党委书记老连汇报。他一听就恼了："钱全给律师了，这怎么行！"

其实临危受命的老连很明白，在人们诟病"大盖帽两头翘"的当时，追款之难人所共知，推翻二审判决机会更是无望，有人接手已是不易。但他是负总责之人，决心难下可想而知。我深知资金紧缺给他这一把手的巨大压力，已有与他分担这一重责的思想准备，便表示请他放权，与律师的代理协议由我主持签订，老连叹了口气表示同意。经争取，杜律师又降低了五个百分点，"领令"而去。

半年后的一天，杜律师从北京打来电话，说案子已发回省高院重审，速做出庭准备。我汇报给出差归来的老连，他很高兴，说："不管我出差在外或下班在家，有事你打电话找我就是，好像你从未在下班后给我打过电话，很讲究呀！"

不久，一笔二百多万元的法院划款抵达公司账户。老连满脸堆笑地对我说："你看有意思吧，前面两任班子没解决的死账，我们追回来了，又有人说律师拿得太多了，这也是国有资产流失。"我说："这是早料到的，不管他，我们问心无愧就是；分成比例是我提出的，我负责到底。"

出于对我的信任，老连向上级提名将我的职务调整为副总经理，分管范围进一步扩大，但工作矛盾也逐步显现；特别是上级调派的年轻总经理上任，原一把手留任党委书记的期间，我的一些工作意见引起原一把手的不满，因我须对新任总经理负责，有口难辩。

后来，我与老连同期退居二线做了调研员，各自回家，不再联系。与我相熟的，与老连也是旧同事的魏总在食堂吃饭碰到我，说起对老连的印象。我说："他是条汉子，工作上用人不疑，敢作敢当；虽有工作矛盾，但我与他既无私人关系也无个人矛盾；同事四年，我只往他家里打过一次电话，从未到他家一次。但我不会忘记他的信任和重用。"

正式退休时，公司在一酒店送行，可巧碰上老魏几个人与老连在旁边房间聚餐，老魏拉着端着酒杯的老连走进我们这单间，指着我说："你问问老刘，是不是他说的你是条汉子？"

老连已酒至半酣，微红的脸上露出疑惑，随着老魏问道："你对我是这么个看法吗？"

"是的，连总。"我站起来迎着他，一本正经地答道。

好久未见面，大家都有些不自然。老连听到我的回答后，连连点着头，接着眼睛望了一下上方，像在回想什么。一起碰杯喝了酒，老连要转身离开时，又突然回身向我伸出右手，我忙上前握住，老连紧闭着嘴，不讲话，使劲握了一下我的手，他的眼睛好像湿润了。

此后除去一次在街上碰见老连与家人，寒暄几句，再未见过面。辗转机关和几个企事业单位，自己与上级的关系大致如此，无论沾光和吃亏。

拒绝道歉

那年兴搞集团，我负责的科研的人、财、物一起并入了省外贸集团；单位资金困难终于有了可靠的解决渠道。我向集团财务部打报告申请拨款四十五万元，账很快转至科研所，几个小项目的启动有了资金，职工们也有了信心。

一次单独汇报工作，集团闵总裁批评我未事先向他报告直接到财务部办款，以后不能这么干，还很客气地讲："就是打个招呼嘛。"我想申辩，又忍住了。闵总裁既是我现时的领导也是当年在机关工作时的领导，一向支持鼓励下级工作，住房等生活问题也给大家解决不少，我本人也是受益者。

进集团的第一天，我就要求查阅规章制度，以便遵循执行。但始料未及的是，好大的集团，不但没有系统的规章制度，连完整成文的财务制度也没有。我去财务部申请贷款时就跟负责人王经理要规定看，曾在香港常驻机构做财务工作多年的王经理指着桌上的一厚沓文案说，财务制度早拟订好了，上面说没时间看，所有的规定都先以办公会纪要为准，所以很乱，很容易前后矛盾，下面经常无所适从。按说正常程序是基层先把有关财务的报告递给主管部门财务部，如需批示由财务部呈报上级领导，所以闵总的批评令人不解，况且财务部已实际转款，该批评的也不应是我。

有些戏剧性的是，不到一年，省厅下令科研所退出集团，闵总为那四十五万元与科研所打起了官司。更离奇的是，告我们的诉状上的原告和被告都是我，说是原属集团的"我"告已离开集团的"我"。一审裁定结果，集团"我"败诉，接着提起上诉。据说闵总很恼火，亲自出面办案，终于在二审胜诉。期间，也是老同事的集团办公室孙主任曾给我电话，说让我赶快给闵总道个歉，这事就过去了，那点钱不是主要的。我说我按常规申请拨款用于项目，没有任何违规手段，现在又打官司索要当时下拨的资金，我不知错在哪儿，道歉说什么，希望理解。

退休后，我请几位当年支持鼓励我工作的老领导、老同事在一家海鲜馆吃饭叙旧，把闵总安排在首位。我半开玩笑地说："请您吃饭可不容易。"闵总随即反问："你请过吗？"我被噎住。在集团时，有人指点我分别请一下集团几位总裁，我都没做，认为无必要，也不应该。这回还真是首次请闵总，当然是自费。结算时，一千余元。帮我召集大家的张处长说，这顿饭真挺贵的。

席间，口才出众的闵总天南地北，海阔天空，神采飞扬。谈起当年集团的工作，他自嘲道："那些年，我业务做得不怎么样，但为人不错。"他没再提起那四十五万元的事，我也只是与大家一起赞许他当年的领导才能和对下级的照护，几次造辞问他敬酒。

学会道歉是很重要的，懂得拒绝也非同小可。在正事上惧于对方的权势地位而无原则地低头"认错""道歉"，我曾经犹豫过，但始终难以做出来。

二次组织调查

几十年工作期间，我曾接受过三次组织调查，前两次是通过我查别人，第三次是针对我本人。

　　我到造纸厂就业的第二年，单位来了两个人，是体委系统的，要调查体育训练基地的老王，问我是否认识，我说认识。来人说："老王开的那辆长江750三轮摩托的一个排气筒没了，是铝合金的，很贵重，可能是你当时借他的车用弄丢的，我们来落实一下。"当时公家的物资都要清查，侵占损坏公物是要重点打击。他们板着脸一问，我真有点紧张，原想回答不知道算了，两年前的事，并无清楚的印象。但看看身边被查对象的处境，想起老王那厚道的模样，我又觉得老王不是随便说的，我得好好回忆一下，对人负责。老王是运动员出身的后勤服务人员，记得是开着那辆破旧的三轮摩托给食堂买菜什么的。当时高中生的我，因为参加组织学生体育活动认识了一些体委系统的教练和干部，其中就有老王。老王的三轮我只借过一次，是在一九六七年冬天，也是我几个月前刚考上两轮摩托驾驶执照后首次尝试开三轮摩托，按说是违章的。老王当时也不大放心把车交给我这么个不到二十岁的学生，犹豫着。我把黄色塑料皮面的"非职业机动车驾驶执照"递给他说："下一步我去考三轮，你得支持我呀！"老王憨笑着还给我执照，说："好，你可小心点。"

　　右斗的侧三轮开起来老往右面扯，很别扭，为了熟悉一下，我载着两个同学把车开到了汇泉广场，一圈一圈地左转右转。虽是冬季，我却在围观的人们不无羡慕的目光下，额头上冒出汗珠。有一圈向右转弯急了些，载人的右斗猛地掀了起来，我接着往左扭把，车斗咣当一声回落地上，我吓得出了一身冷汗。坐车的同学似乎不觉，还说："你很有技术嘛！"其实我很明白，这是一次很要命的险情，如果车子扣过去，后果不堪设想。

　　开了一整天三轮摩托，办了不少通知联络的事项，这开车的和坐车的都很兴奋。在一共没有几辆三轮摩托的城市，三个孩子驾车飞驰而过，那是什么感觉？

　　在辽宁路加油站加完油时，我们碰见部队一辆同样的三轮摩托发动不起来了，开车的小战士急得前后转。我想，他开着过来的，加完油发动不起来，不会有大毛病。军爱民，民拥军对我的影响还是蛮大的；于是我过去帮助他。他那辆车显然是缺乏保养的，发动机上灰尘密布，原本红色的分电器盖已变成黄土色。我拔下分电器盖上的高压线，发现锈蚀严重，已露出铜绿，跳火肯定受影响。用手钳掐掉了腐蚀的线头，取改锥清理了分电器插线孔；小战士急切地去发动，只踩了一下起动杆，车子随即发动起来了。小战士激动得跳下车来握着我的手说："老师傅，谢谢你！"他车上载着的另两个军人也连连表示谢意。记得那是我一生中首次被称做"师傅"，而且是"老"的。

夜幕降临时，成就感满满的我才去还车。经过一天的奔驰，已有两轮基础的我，三轮已开得熟练多了，心想着一有机会就去增考三轮。从海边爬大学路坡到三十九中门口时，我忽然听到车下一声金属蹭地的声音，接着发动机的声音粗暴起来，但车子的动力毫无变化，放慢速度扭头看了一下也未发现什么。还车时，老王从楼上下来，并未到已熄火的摩托旁边看看。这一分别就是两年。

外调人员的到来，使我回想起那金属蹭地和排气变粗的声音，而且一就业就学习汽车维修技术，使我明白了那排气筒就是在三十九中门口脱落掉地的，责任在我，老王说得没错。

找对外调人员如实诉说，接着在他们的笔录上签了字。我对他们表示："如须赔偿，希望估价低一点，由我来赔。"来人一笑，摇摇头，未置可否。他们走后再无下文，但我心里坦然了许多。

第二次调查也是在同期。厂革委会政工组把我叫到一间屋，出面的是被大家称为小木匠的党员孙师傅和与我同组的退役军人老姜。调查的内容是有人反映修车师傅王明辰利用修车加夜班试车机会拉走厂里的木头，问我知不知情。我说不知道，孙木匠说："他修的是你开的那辆车，你不可能没发现点什么。"我说真想不起来有什么。他就让我写写对王明政治表现的看法。我正要写，孙木匠挡了一下我的笔说："你这样开头写：我叫某某某，男，多少多少岁，现为供销科汽车组职工。"我说："这是交代什么问题吗，还统一格式？"见我不满，孙木匠像是无奈地笑了笑说："是上面要求的，你就写吧。"用了半小时，根据孙木匠的要点提示，我写完了一张纸，孙木匠看了一边说："你写这些没有什么用，一点确定的事实没有。"我说："总不能乱说，没用就没用吧。"同组的老姜始终一言不发，不知他对王明辰知道多少。在这种调查面前，我一句似是而非的话就可能把人给害了。事后未见王明辰师傅挨整，我和老姜也从不议论这件事，算是过去了，只是我对那写证明材料开头的要求心里不舒服了许久。

第三次调查是针对我本人的，情况复杂了许多。当时我担任一家省属自收自支事业单位的负责人已近两年，曾严重入不敷出的单位收入情况略有好转，职工虽得不到多少奖金，但基本工资已有保障。因为前期较大力度的内部改革，个别不满的人表现出明显的敌意，先是处处发难，有令不行，后是匿名信上告。我第一次被通知到集团党委谈话，见的是纪委方书记。曾在部队做过副师长的方书记态度异常严肃，对我说："上至省纪委下到集团领导班子全体成员，都收到了告你的匿名信，内容基本一致。省纪委已责成集团纪委处理此事。"他还告诉我，给集团领导的信都是从各领导办公室门下缝隙塞进去的，没有塞错或漏掉的，显然是熟悉情况的人。

方书记将身前的办公桌抽屉拉开少许，向里面看了一眼，又拿起桌上一个很小的记录本，一面翻看，一面盯着桌对面的我，述说起匿名信提及的数项"罪名"。我想，那抽屉里一定是那匿名信，懂纪律的方书记不会去念那封信的，更不会直接拿给我看。方书记讲完，我马上就知道那是什么人干的了。独断专行，压制民主；乱投资，破坏科研项目开发……共五六项，有事实依据的只有东部投资建展览中心一项。那几年，匿名信很多，而真正有价值的是有具体事实的贪腐渎职等经济问题，告我的信中恰恰一句未提，但望风捕影地提到生活作风。我马上想到这个人，几百万的呆坏账都是他亲自搞成的，真查起经济问题来，那不是引火烧身吗？反过来讲，匿名信的作者唯独不告经济问题，不等于自报家门吗？

我非常认真地回答了所有的问题，并表示希望组织进一步调查落实。

第二次谈话，是与兼任纪委副书记的穆副总裁。他曾是一位教师，做过厅机关办公室主任，也是我不太熟悉的老同事，但知他善讲逸闻趣事。他只问我生活作风的问题，并很亲切地说："你对我实话实说，不必有顾虑，我会为你保密的。"

我略一思考，严肃地回答说："这种越描越黑的事，我不想做任何解释，组织调查就是。"穆总听完我的回答，即刻收敛了笑容，再无问题。

几个月后，我与所在的科研单位突然接到脱离集团回归厅直属单位序列的通知，同时我由主持工作的副职改为正职。我不知道这些变化的原因，也没去打听，这些都是组织的行为。我始终是相信上级组织的，做得正就不怕查。不过，当干部、做公仆还是要有些"吃亏是福"的认知的。

车的记忆

一、马车

二十世纪五十年代初，我五六岁时，邻居家大人带孩子去坐马车，也带着我去。记得马车场站在河南路大沽路交口的广场上。后来知道那马车是西式传统的，与近年英国女王伊丽莎白二世庆典日乘坐的马车基本结构别无二致；四个轮子，前面的小些，后面的大些；两匹或三匹棕红色为多的高头骏马静静地立着，等待着驭手的命令；乘厢软座对脸而设，可乘五六人；雪白的座套；赶车的人背向客座，双手牵着皮制的缰绳，高高在上，驭手座两侧还立着照明用的玻璃罩煤油灯。

我们坐车去当时称跑马场的汇泉广场，马车顺河南路到海边太平路，望着海中的栈桥、回澜阁；悠悠地驶向莱阳路、文登路；马车的四轮滚在马路的条石上发出咯噔咯噔的声响，与两匹高马的轻快蹄声、铜质的马铃声混合成一片有节奏的打击乐，欢快悦耳。到达跑马场，我才惊奇地看到一大片或纵横停放、或缓缓移动的马车；原来这才是马车的"总站"。听大人讲，这一趟花六角钱。

已记不得在汇泉怎么玩的，回来大家是步行。这些马车后来好像在一夜之间全没了，我也没有机会再乘第二次。

二、洋车

记得自己幼时一次感冒发烧不退，母亲急了，叫了一辆洋车，抱着我坐上去；天还下着雨，车夫放下风雨帘，然后弯腰拉着车跑起来，怕撞着行人，车夫还不时抓一下固定在车杆上的红皮囊，皮囊另端的黑喇叭便发出呜哇呜哇的响声。要去的是吴淞路的一家医院，要爬德平路大陆坡才能到达，我从风雨帘的缝隙里看到，健壮的车夫盘旋而行，仍是小跑，非常有劲。终于到了平道，车子快了起来；一下坡，接着停下，已到医院门口。母亲匆匆付过钱，背我进去。后来知道，洋车、黄包车是一个东西；有可张可叠的布篷，直径很大而充气胎很细的车轮，长长的车把杆，就是骆驼祥子在北京拉的那车。据说青岛的洋车是德国人带来的，为了防止拉车人身上的汗臭味飘到身后乘客的身上，当局规定拉车人必须衣冠整洁，按时洗澡；还在西镇建了供拉车人洗澡用的大澡堂。后来在报纸上登载的大澡堂老照片上，还真见到了那百年的影像。到二十世纪五十年代末期，就见不到几辆洋车了，好像说是人拉人不平等，取消了。

三、三轮车

新中国成立后存在时间最长的乘用人力车莫过于三轮车了，从二十世纪五十年代到八十年代源源不断。乘用三轮在本地刚出现的时候，样子也很新颖：

软座、帆布篷，主车身漆成红色，穿着统一工服的车夫蹬车穿梭街道成了城市一景。二十世纪七十年代我出差带汽车配件等重物，坐过几回，厂里也给报了销。改革开放后，除了在火车站附近见到三轮车拉带行李的旅客，基本看不到其他人乘坐；许多三轮车改为给单位拉货为主，车上的客座变了相，污烂不堪；货装得张牙舞爪时，已无蹬车的位置，便改蹬为拉；一手扶把，另一肩套上一根攀绳，当地排车用了。二十世纪八十年代末，我去北京出差很多，尚能看到街上人不少力三轮车，但青岛已经见不着了；可能青岛坡路太多，淘汰得早一些吧。

四、卡车

早年蓝烟铁路线尚未建时，父母带我和姐姐回莱阳老家过年，从馆陶路的长途汽车站乘坐一辆翻斗的美国十轮卡，票很便宜；老婆孩子十几个人缩在冰冷的铁斗里；身上、头上都盖着棉被、大衣还冻得发抖；一路上司机让我们下来活动了几次，到老家县城下车时，我们冻得都不会走了，在车站有大火炕的旅店住了一宿，大伯赶着牲口把我们驮回村子的。

改革开放前，交通工具不足，大货车的货厢载人是允许的，只是对驾驶员的安全驾驶经历有一定要求，再就是除装卸工外不允许客货混装。当年我驾驶经历五年，安全驾驶经历达到二十万公里时，大货车驾照上就有了"大货载客"准许签章。时光荏苒，经过几轮换证，监理所工作人员用钢笔手写内容的驾照和那"大货载客"的许可一起淘汰掉了。

五、公共汽车

自己接触最早的公共汽车是 1 路环行，这路车都是"大鼻子"，车头跟美国古姆西卜轮卡的一样，车身是上白下绿色，只能坐二十几个人，多数人站着，因为只有一个门，上下车很费劲。二十世纪五六十年代，国产汽车稀少，公共汽车基本是外国车或外国车改造而成。据说 1 路环行车就是美国吉姆西十轮水陆两用车卡改造的，15 路车是捷克布拉格牌柴油车改造而成，从大窑沟跑浮山所 401 医院的 6 路车是纯进口的匈牙利依卡鲁斯大客车。1 路车只有一个不宽的乘客上下推拉门，售票员开关门时须用脚去踩一个蹭得锃亮的黄铜踏脚。方向盘是铁木合制的，盘周的弯木被司机的手套磨得油亮闪光；而且这车方向机转向极轻快，司机转急弯时两个指头就把方向盘拨得飞快。二十世纪六十年代末，我学修车去道口路交通公司求援吉姆西发动机配件，才知道，这些老得没牙的车还能跑是因为交通公司大修厂能仿制吉姆西发动机的活塞、活塞环、活塞销、进排气门、大小衬瓦等所有主要配件。这在当时是很不简单的事情，我很佩服交通公司的技术能力和技工水平。

1 路终点站在四方嘉定路。这车我不但坐得多，而且在一九六四年学雷锋时与同学们在嘉定路总站义务劳动了好几天。擦车身、车窗玻璃、座位，扫车厢地面；有胆大的同学还与司机师傅和售票员一起爬到车顶上冲刷。擦干净的车从车场驶向始发站时，我们还学着售票员的样子，把着敞开的车门，对蜂拥而至的乘客喊着"大家别急，注意安全"。

二十世纪六十年代初，因为缺汽油，1 路环行车还背上了铸铁造的煤气发生炉，烧木炭，经常会抛锚，售票员或司机会就跑下车来，把煤气发生炉上的鼓风机摇得嗷嗷响，有了煤气再发动汽车跑起来。那时，我经常花五分钱乘一路环行去市里看电影，在大连路站挤上车，到接近中山路的湖北路站下车，跑到福禄寿、中国、青岛、友协或金星电影院买票看电影；有这趟车的方便，我几乎看遍了当时放映的所有国内外影片。

六、电车

大概我上初中时，青岛首次有了无轨电车，记得是上海产的。开始时只跑两站，黄台路站到中山路站，中间在市立医院停一站，总共不过五里路。因为稀罕，等着坐电车的人很多。当时无轨电车的终点站掉头成了街头一景，总是吸引不少路人驻足观看。在黄台路站，电车从热河路下来还没停，年轻的女售票员就从车上跳了下来，跑到车后拉下那两条"大辫子"，一面拽住一面随着无动力滑行掉头的电车奔跑；电车在黄台路、辽宁路、包头路等七个路口前的开阔路面上划一大圈车头转向来方，再把俩"大辫子"一根一拽地挂到空中的驱动电缆上。那情绪紧张地操纵着无动力电车的司机和那拽着"大辫子"在车后奔跑的女售票员的样子令人难以忘怀。特别是往下拉"大辫子"的动作，有时很费劲，女售票员的动作既像拔河比赛又像杂技表演，整个身子都在用力。后来开通的贯穿市区南北的2路、5路电车全线，直至六十年后的今天还在运行。

　　"文革"初期我在上海坐过有轨电车，是已有百年历史的那种。那司机半坐半站，手握操纵杆，臀部靠在高高的小木座上。车辆行走时，司机不时拽响头顶的铜铃，告诫前方避让。车内也都是硬硬的木质座位，售票员坐在固定的位子上买票。一次车很空，售票员给我票后，熟练地从眼前的小桌下端出一个盖杯和一个桃酥，吃喝起来；下一站将近时，又麻利地收起，该干啥干啥。这使我真切感觉到了上海人吃零食的高明和乘老电车的悠闲。

司机轶事

　　二十世纪六十年代末，我到工厂就业当了汽车司机。在那社会车辆很少的年代，机关企事业单位的司机许多都相互认识，见车如见人。

　　记得从前海沿的单位算起，当时最高级的小轿车应该是报社的奔驰100型，开车的师傅姓高。那次我碰见高师傅在报社西门的车库清洗汽化器，浅绿色的轿车引擎盖翻在空中，高师傅一面忙活一面讲起这部车的来历。这车原是二十世纪五十年代配给山东大学校长的，是紫红色，五十年代山大西迁后留在青岛医学院。医学院后缺救护车，用这辆车跟日报社换了两辆美国车：一辆福特小吉普，一辆道奇 T214 中吉普（当时也称中卡），后者改成了救护车。二十世纪六十年代末的两部车，都由一位姓周的老司机驾驶，放下这部开那部。我由此记起五十年代一个夏天晚饭后，我去黄台路医学院找上大学的堂姐有事，恰巧碰上堂姐和几个男女同学奋力往一辆里面开着顶灯的美国小吉普里塞一个披头散发的女学生，说是谈恋爱受刺激，送回老家去养病。想那小吉普就是用奔驰轿车换的。直至改革开放，在本市未见过第二辆奔驰轿车。高师傅很懂小型汽车，他告诉我，红旗牌轿车是仿的法国西姆卡轿车，上海牌轿车仿的就是他开的这种奔驰 100 型。

也认得交际处的老司机王师傅，平时开一辆华沙轿车，有重要活动就开出那辆一九五六年产的浅蓝色的伏尔加轿车，很漂亮的流线体，引擎盖前端有一只跃起的小鹿。他说此车只有省部级军政干部或重要外事活动才能动用，不够级别的人是不能坐的。伏尔加轿车越野性能良好，机械设计几乎无懈可击，我国生产的北京吉普发动机和驱动桥完全仿造伏尔加，配件可以互换。该车品质之高，俄罗斯总统普京至今仍保留着一辆能跑能用的一九五六年的伏尔加轿车就是一证。

位于市南沿海一带的各市级机关和银行、省外贸公司，二十世纪六十年代仍用着四十年代生产的美国轿车，都是财政部门统一调拨的，有福特、道奇、雪弗莱、别克、奥斯茅比尔等。这些机关的司机师傅都把自己的车当成宝贝一样，每天都把车子擦得雪亮，跑在阳光下闪闪发光。轻工局的张师傅开车送领导到我们厂，每次都不肯离那辆老别克轿车远去，与我聊天时，时不时回头望一眼那车子。因为当时轿车稀少，能开小轿车自然有一种优越感；拉领导出去办事，受到的待遇绝不亚于一般干部；较灵活一点的，无形中担起了领导秘书的角色，令许多人青睐。这些机关有了更好一些的轿车，就可能把原有的旧车调给下级单位；车再破旧，下级也会视作宝贝。有一年冬天，鞍山路上的机床厂获拨一辆 41 年八缸福特轿车，发动不起来了，相熟的青年司机小王要我去帮忙看一看。

我赶去时，那车引擎盖早已打开，车头旁围满了人。小王一一给我介绍：厂长、书记、主任、工程师，还有几位技工。车子已经拉得快没电了。我先发现汽化器下部的制动器真空吸管脱落了，装上后一拉车有发动迹象。再检查，发现点火顺序也调乱了。我按八缸车两种点火顺序试调，车子轰的一声发动起来了。车旁的厂领导们即刻喜形于色，连连道谢。为保险起见，领导们很客气地要求我帮助试车。于是，一位厂领导、办公室主任、司机小王还有一个技工钻进车厢，由我驾驶，在市内转了一大圈，好不风光。事后小王跟我说，领导原先埋怨上级给了辆破烂车；那天修好后，再没出大毛病，领导们几乎天天坐车出去办事；一趟跑回来，还没下车，下一拨人已经在院子里等着了。那个年代，能坐小轿车出去办公，心情确不一般，哪怕是坐老牙破车。人们挑剔小汽车档次，那是好多年以后的事了。

那时当汽车驾驶员的人都是单位精选的，既要开车，又要会修车，要求很高；驾驶员队伍党员的比例比干部队伍都高。"文革"中，为防止方向盘掌握在"坏人"手中，曾经有过清理驾驶员队伍的"极左"做法；当时许多从旧社会官商机构、私营车行过来的老司机着实紧张了一阵子。那时候，开载货汽车的车体越大越威风，越令人瞩目；如果是女司机开大型车，那更了不得。我至今还清晰地记得造船厂一位身着背带工装，扎着两只小刷辫的年轻女司机驾着美国十轮大万国车在辽宁路上穿行的情景。那原为军用的三轴驱动车的驾驶室可拆卸帆布棚、门像是修车后未装，女司机整个身子和驾车的手脚动作全能看得一清二楚；发动机罩侧盖也未装上，能看见里面喷刷着鲜艳红漆的发动机；十个轮圈也都是同样醒目的红色。这大万国车发动机的声音，像连续不断开啤酒瓶的呼呼声，很独特。一个姑娘开着这样一部敞篷驾驶室的大型车在路口等放行信号，周边行人不禁驻足注视，或与同伴感慨；那姑娘戴着白线手套把着方向盘，仰望着信号灯的神态，像是如今当众领证书的女博士。

"文革"后期几年，许多人热衷于开汽车达到了痴迷的程度；不但当工人的想开车，当干部的也有不在乎身份，身体力行。我认得一位干部，很精明的人，想了不少办法借调到一家酒类企业，开一辆新的解放牌罐车拉水，根本不计较待遇；只有每天二角五分钱的午餐补贴，却精神焕发，车开得一兜劲，一停就擦车，那车始终绿光闪闪。听说后来单位召他回去复职时，他守着那车好难过了一阵子。最令人忍俊不禁的是我的一位同事，原是一家汽车运输公司的劳工干部，在给职工办理调动手续过程中发现许多老司机想办法调去了外贸，全是开进口新车，他动了心，悄悄在给别人办理手续时捎上了自己。到我们公司报到后，他又跑回去找领导告饶，弄得领导哭笑不得；但考虑不过为开个车，就放了他一马。他这个"干部司机"一直干到退休。

被遗忘的"功臣"

回首本地汽车运输史，一种从未被称作汽车，始终以绰号"叭哒叭"风行十几年的简易机动三轮车似应给予一席之地。此车种据说源自潍坊，制造成本极低。前面一个轮驱动，上面压着一台12马力的195单缸柴油；手摇起动，皮带拉轮，360度转向，露天驾驶；突兀冲天的"叭哒叭哒"柴油机震响使它出了名。尽管它外形怪异，黑烟冲天，轰鸣惊人；但因装配简单，油耗微小，操作方便，发展极快。本市每个区都成立了由此车组成的运输队；一车二人，连开带装卸，没有人确切知道它能载一吨还是三吨；在运力严重不足的年代，它为市区短途货运做出了可谓不朽的贡献。记得我们公司出口啤酒装船，一个阶段几乎全是由"叭哒叭"运输队从啤酒厂抢运装船赶交货期。后来这种车多数用来给各单位运煤，大街小巷到随处可见这种"四黑"的运煤车；煤是黑的，车是黑的，车冒的烟是黑的，驾驶员的脸是黑的。到了卸煤点，驾驶员跳下车，一下子把前驱动轮和柴油机扭了180度后，下车徒步手推油门，车子腾腾地拱上了煤堆；驾驶员和助手抄起随车的大铁锹，打开挡板，跳上货箱，几下子就把一车煤卸了下来；其麻利程度，很长时间成为一景。那些开"叭哒叭"的师傅，大都是原来拉地排车或干装卸工的老同志，吃苦耐劳，认真负责；不管风吹雨打、寒冬酷暑，总是一丝不苟地在大街小巷奔波辛劳着，给人们留下了深刻的印象。用现在的眼光看，"叭哒叭"从设计、环境、安全等方面都是存在不小的问题的，但却不得不承认当年人们解决实际问题的独创精神。当时有的外轮船员看见"叭哒叭"云集船下，不知为何物，竟跟在旁边跑着看它到底是什么工作原理。看来，说我们当年的"叭哒叭"是空前绝后的创造，应不算过分。功臣，自然是这车和驾车的人。